WHY YOU SHOULD NOT FEAR TO DIE YOUNG

石敢 著

反对长生不老的真正原因

中国地图出版社

·北京·

目 录

目 录

本书故事纯属虚构，请勿对号入座

楔子

美丽的新世界

如今，二黑已经被埋在香江花园那栋别墅前的龙爪槐下十年了。它的关节松弛，指甲脱落，皮毛和骨血都分解成细微的营养，顺着土壤的缝隙渗透进小槐树的枝桠里，偶尔努出几个嫩芽。初春的傍晚，红澄澄的夕阳穿过别墅间的缝隙洒进前花园，孤零零的龙爪槐就披挂上金色的铠甲。它的枝条像头发一样散开，在树干顶端投出一条条橘色的抛物线，再垂向地面，在二黑的坟头撑起一把只有骨架的枯伞。

偶尔路过这个院子的保安小伙子，正在皱着眉毛巡逻。对于这份工作，他谈不上享受，也谈不上厌恶，只是嫌斜阳晃眼，于是把帽檐压得更低，并没有注意到这些枝条上已经冒出汩汩的绿叶来。

猫咪是不怕寂寞的，尤其像二黑这种不怎么聪明的猫咪。实际上，它到底是暹罗、缅甸、布偶、东奇尼还是什么别的品种，我一直说不清楚。只觉得它性格特别温和，长得也很漂亮，蓝色的圆眼睛，深棕色的面孔、耳朵、四脚和尾巴，身上是淡棕黄色的毛。它从头到尾的毛都和它的性格一样柔顺，也不算太长，摸上去很舒服。二黑八个月大的时候，被我从工人体育馆北门的宠物店买回家，年少的时候它还非常活泼，常常在我腿间转来转去，也会因为玩吊线的小老鼠而跳跃到半空中。长到五岁时，它因为误食一段缝被子的粗棉线，导致肠粘连、坏死，最后只能手术截肠。它手术之后胃口一直不好，还患上鼻炎，看见阳光就打喷嚏，更显得浑浑噩噩，眼神也变得娇滴滴。在那次事故之后，二黑就这么柔若无骨地又活过七年。也许是因为笨笨的，没什么警惕性，也不怕生，家里来客人的时候，它都会走到别人腿上坐一会。只要你说“二黑，你可真好看”，它就低头让你摸摸后脑勺和脖子。

2009年10月，我带着前夫和刚满百天的大女儿芸豆，从澳大利亚回北京娘家探亲。那短暂的几日便成为我和二黑的最后一面。见面的时候它还很健康，看见我就轻轻哼唧着迎上来。我也蹲下，伸出双手来抱它。从两边腋下夹住二黑柔软的身体往上提，能感觉到它的肩胛骨松弛开，身子也被拉长离开地面，可能是我下意识地用了抱孩子的力气，显然托举的力道过大，差点把它扔到空中。我发现自己用力过猛赶紧停下来，才意识到这只十二岁的猫咪，比三个月的婴儿轻很多。

也许二黑看到芸豆的时候就知道，当妈妈的我已经不再是那个孤单寂寞、需要搂着它睡觉的抑郁年轻人。所以在我们回墨尔本之后没多久，它就突然死于内脏衰竭。我在异国他乡，没有来得及赶去给它下葬；之后，我又“三年抱俩”生二胎，再也没有机会去顺义看它；如今，那座别墅转卖给他人，而我和爸妈、女儿们都被全球新冠疫情禁足在墨尔本的家里，无法旅行。去看望二黑好像变成永远也不可能实现的计划了。

二黑陪我度过的高中、大学、工作、移民的时光，已经过去了那么久，每每想起来，倒也不全是忧伤。就像是毕业工作后的某个下班路上，偶然经过初恋情人的家门口，想起他们全家早已离开大杂院，搬进曾经崭新、如今也老旧的商品楼里，结婚并生了二胎——此刻的你不由得想起，十六岁的夏夜在广告牌背后说过的悄悄话，以及一年后分手前的恐惧与怨恨。那些或浓或淡的情绪，如今都已烟消云散。然而这种突如其来的、对于“不可能回头”的确认，却快速地把我们拉进一种又苦又甜、又近又远的幻境里，晃了个神。这让我想起莎士比亚的传奇剧《暴风雨》，大概就是类似的主题。这部剧是莎士比亚去世前创作的最后一部作品，我记得开场就是少女米兰达和父亲普洛斯必罗在海上遇到暴风雨，不得不逃难到荒岛生活的场景。在这个戏的最后一场里，年轻的米兰达第一次看到那不勒斯王船队登陆荒岛，惊叹道：“How beauteous mankind is! O brave new world, that has such people in it.”（这群人多么美丽！啊，那个美丽的新世界，有这样出色的人群在里头！）从小远离文明的米兰达，羡慕着岛外的生活，而她未来的爱人——那不勒斯王子贡柴罗，却羡慕岛内的纯洁世界。他们渴望彼此的世界，都把理想放在对方的生活里，因为他们都没有在自己的世界里找到“这样出色的人”。四百年后的我们，依然过着同样的生活，在报纸上读到阿兰·德波顿的专栏文章，叫作《为什么你永远都不会和对的人结婚》。

我想：

这世界上如果真的有灵魂伴侣，我已经永远地失去它了。

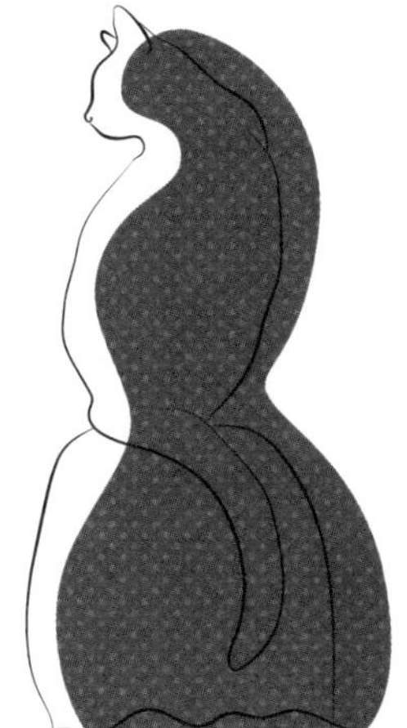

美丽的新世界

Day

01

初夏夜谈

夜深了。

舒小红带了食物和酒来到我们的酒店房间，给我们简单地接风。孩子都睡了，我俩坐在餐桌前，盯着落地窗外的伦敦塔桥聊天。她跟我说：“当这一切结束的时候，就让它结束吧。我不希望人死之后有灵魂。小麦死以后，不需要作为鬼魂或天使，在另一个世界看见我的伤心。我也不想因为挂念着他，或者因为想着有一天会在什么地方再看见他，而有所顾忌地活下去。”

我看她神情淡定却有点憔悴。为给患有胰腺癌的英国老公治病，小夫妻俩离开学习工作了二十年的北京，来伦敦租房就医。此刻的我，不能确认自己是不是带着一丝怜悯的滤镜在看她，所以也不能确定是不是夸大甚至臆想了她的痛苦。

我说：“真的有人可以为了自己而活吗？”

舒小红说：“也许年轻的时候可以吧，没有什么责任和负担。”

我说：“但是二十几岁那些年，我们也搞不清楚‘自己’是什么。”

舒小红说：“所以，年轻人的‘做自己’就是跟着情绪走。”

我说：“所以，情绪就是自己吗？”

舒小红停下来，没有直接回答我的问题：“小麦死了以后，就再也没有人和我聊这种天。”

我不顾时差的疲惫，说：“你就凑合跟我聊聊吧。”

◇◇◇

我和舒小红是大学同学、同寝室的室友。大一新生入学分宿舍的时候，我们俩都选择下铺——因为都懒得爬梯子去睡觉，而且都不介意自己的床铺被别人看见，也不介意宿舍有客人来的时候，陌生人会坐到自己床上。

我是北京生源，她是天津生源，和外省状元们比起来，都算不得是什么“好学生”。在入学之初稍作犹豫之后，我俩也就决定不再追求什么学术上的突出成就，到了大二、大三，反而感觉生活轻松起来。我们和同寝室两个山西女孩的作息完全不同：我俩平时总因为晚上出去玩而睡懒觉，又因为睡懒觉而逃早课，周末也都不在宿舍，我回奶奶家，她回天津。

我们念的是考古系，早就知道大二的时候要去河南农村下田野发掘半年，条件艰苦。所以她大一结束时，选择去不需要严格田野实习的博物馆专业，在那里待了没几个月，正赶上北大新闻学院第一年招生，就抓住机遇在大二开学转去了新闻系。虽然要重新读一遍大一的课程，也比我们都晚一年毕业，但总算是逃过下乡发掘。

上学时候的友谊，大部分是靠一起上课、一起逃课建立的。虽然我们一起上课的时间只有一年，但是我发现舒小红对周围人有一种特别的影响力。她特别真诚。对于重要的人，她会认真地给予最大限度的时间和关注，从而获得对方最大的信任和感激，甚至可以和她共同保守秘密。这让我非常佩服。

◇◇◇

舒小红看着杯子里只剩下一点点气泡的气泡酒，很认真地问我："我就是好奇，小麦最后是怎么死的。"

我很惊讶她会这么问。因为对于周围人来说，"得癌症而死"是一个可以接受的解释，但是转念一想，对于朝夕相处的伴侣来说，这种肤浅的答案显然不够。

她说："癫痫本身并不致死。癫痫发作的当下会非常吓人，但是这个痉挛的状态总能过去。我就是想知道，他的身体最后发生了什么，生命就结束了。他是怎么死的。"

我明白她的意思。于是，我也开始好奇，生命是怎么结束的，人是怎么死的。

◇◇◇

这段对话发生在2018年6月25日的午夜。在这之前的36个小时里，我带着两个孩子从南半球初冬的清晨出发，在北半球初夏的中午降落。我在英国留学毕业离开之后，第一次重返伦敦希思罗机场，心情截然不同。

行李传输带旁边已经有很多人。我眼疾手快，从人墙的缝隙里捕捉到自己的行李箱，再小心翼翼地放到印有"招商银行"广告的推车上。斜眼看看英国机场的行李车上，竟然满是熟悉的中文广告。

飞行近三十个小时，穿越大半个地球，从澳大利亚的墨尔本来到英国的伦敦，从南半球的初冬降落到北半球的初夏……以为自己跑出来好远，却依然没有飞出招商银行的“如来佛掌”。

我像摆积木拼图一样，把大大小小的箱子堆放在行李车上，轻轻吆喝着孩子们往外走。脚步虽然不快，但是身上也微微浸出汗。两个女儿，九岁的芸豆和六岁的乐豆，已经在飞机上换好夏装，一边一个跟在行李车左右。她们两个常常跟着我旅游，已经很习惯这样，散散漫漫地甩着裙摆，跟着妈妈，穿梭在机场的人群中。

一出海关，就见到了来接机的英国司机。这是我提前几个月在网上订好的酒店司机，果不其然，是一个挺着啤酒肚的中年白人。他和我确认过眼神，大概是拿不准我的英文水平，所以并不和我说什么话，只是接过行李车，便自顾自往前走。此时我已经腾出手来，一边一小只，拉着俩豆的手，穿过两条马路，钻进密密麻麻的停车场，来到一辆奔驰轿车前。

此时，我们旁边还有一小群中国游客，看上去是一些退休的大爷大妈跟团来英国旅游的。司机蜻蜓点水地望了他们几眼。我有点想说“我们是从澳大利亚来的”，以表示自己和他们不同，但转念一想，又找不出非要和他解释的原因。大爷大妈们钻进一辆小型白色面包车。那车开得有点鲁莽，倒车时速度很快，换挡开走的速度也很快，临走时司机还透过车窗上下打量了我们一眼。

这让我想起自己十五年前刚到英国留学的时候，接待我的一位叔叔。他就是专门接小型中国旅行团的，出国十几年，住在伦敦北三区一个小公寓里。听说他后来从中国迎娶了一个年轻姑娘，很快就把她接到英国生孩子，也不知道现在过得怎么样。

我带着两个孩子坐进奔驰轿车的后排座位，妹妹乐豆坐在中间。在司机关上门之前，我借着外面的日光抓拍了一张母女仨的自拍照，因为热得小脸红扑扑，自我感觉很不错。车门关上以后，光线变暗，我们发现车内环绕装饰着蓝光，发出啧啧感叹。

我知道从酒店直接订车很贵，但是作为一个单亲妈妈带着两个小闺女出远门，我从来都是以“花钱买省事”为原则，仿佛只有这样，才能说服自己“不害怕”这趟旅行一样。奔驰车的门两侧各放着两瓶矿泉水，是我不认识的本地牌子。因为从冬天空降入夏，我们感觉身体发热，母女仨一人一瓶打开就喝。乐豆说，这水和家里的味道不一样哎！

一路上，司机的话不多，只是在我提问的时候才回答。

我说：“到酒店需要多长时间？”

他说：“路上会堵车，大概要一个半小时。”

我说：“中午也会堵车吗？”

他说：“伦敦什么时候都堵车。”

我说：“我们会不会路过议会大楼和大本钟？”

他说：“会，前面就是泰晤士河。不过你们这趟来伦敦，看不到大本钟。”

我说：“为什么啊？”

他说：“大本钟在维修，要修三年的时间。”

我失望地说："哎？啊……"

等到一个小时后，我真的远远地瞧见被脚手架和灰色帷幕包裹起来的大本钟，心想：得嘞，这样一下子可以省掉两个景点，大本钟和伦敦眼都不用去了。因为要去坐伦敦眼摩天轮，也不过是为了重温当初留学时的景象，站在伦敦眼的游览舱里远远地看一眼河对岸的议会大楼和大本钟。

这样想的时候，脑子里便呈现出十五年前作为留学生和游客的我，登上伦敦眼遥望大本钟的画面：金黄色的夕阳铺洒在泰晤士河上，所有的景色都是温暖的大地色，甚至包括伦敦眼基座旁边的达利雕塑艺术展，著名的"流淌的时钟"和爬满海报的蚂蚁，都被染成橘红色，一点都不犀利。

从机场到酒店一路确实很堵，但并没有觉得很漫长。我忙着观察街景，像要把整个伦敦都印到眼底一样，贪婪地寻找任何熟悉的蛛丝马迹。那样子一定很可笑：我如痴如醉地找出那些地标，惊呼和拍照。但是司机是本地人，孩子们是第一次来，所以也不知道要和谁炫耀"自己和这些地标有过某种渊源"这件事。一路上看到蓝色圆圈加红色横杠的公交车站牌、曾经日常购物的TESCO超市、博物馆、千禧桥……总之，我怀抱着殷切的期望，想给自己来一记满血回忆杀。像怀里抱着漫漫的樱花瓣，时刻准备着撒向空中，然后在落英缤纷中，回忆青春，老泪纵横。

此刻的芸豆和乐豆也四下张望，但是对于她们来说，这些景色是第一次映入眼帘，所以并没有什么感情色彩，只是好奇这个城市和家乡墨尔本有什么不同。

然而，我并没有被自己感动到，看见熟悉的景色，也没有滋生出什么特别厚重的感慨，但我还是在孩子们面前演出种种惊喜的表情，还把手机贴在车窗上拍很多边缘模糊的街景照片，又在微信上发给曾经在英国留过学的朋友们，填补途中的空白时光。果然在一个半小时之后，司机把我们送达位于伦敦塔附近的Cheval Three Quays酒店。

在伦敦住酒店是全新的体验。我之前是在网上选定的这家酒店的套房。它的地理位置非常好，客厅有大落地窗，从厨房到餐厅，完全面对泰晤士河，非常适合在房间里自拍，然后发Instagram或者朋友圈。

偶尔跳出现实生活回头看自己，这些年好像就是为发MSN space、QQ空间、开心网和朋友圈而活的。十几年过去，也不知道在这些网络平台上呈现出的自己，有什么变化。

我们的飞机是上午十点左右降落在希思罗机场的，到达伦敦塔酒店的时候差不多是中午十二点。门童和酒店司机帮我们处理好行李，前台提示我们还需要两个小时才能入住。

我迫不及待地拉着孩子们在伦敦塔门口的冰激凌车买了两个圆筒冰激凌，又拖着她们，在河边以伦敦塔桥为背景拍照片、发朋友圈。虽然我知道现在我们母女三人的脸色都不好看，但是有美颜相机，就什么都不怕。过二十分钟再打开微信看，果然有二三十个点赞的消息，仿佛和朋友们也都达成共识——对于这三张机票钱堆出来的昂贵的朋友圈照片，需要给予赞赏。

澳大利亚的学年分四个学期。在第二和第三学期之间的寒假，是当地学龄儿童的最佳出行时机。因为时值六月，大洋洲进入初冬，欧洲步入初夏，此时的南北半球都在过渡季节中，温差相对小一点。

但我们依然感觉热。

融化的冰激凌顺着六岁小女儿的手往下流，让本来就微微出汗的胳膊变得更加黏答答。我赶紧抢过蛋筒，把口沿周边融化的奶昔舔干净，再在妹妹翻脸之前还到她手上。另外一边，姐姐芸豆虽然吃得快，但也难免在胸前滴上糖水，我从随身背包里掏出湿纸巾给她擦干净。

这个酒店的底层是商铺，有常见的红星星连锁咖啡店，有老字号蛋糕西点店，还有酒吧和餐厅。夹在酒店建筑和伦敦塔之间的，是一条有两百年历史的石板路，从伦敦塔拥挤的售票中心通往泰晤士河边的渡轮码头。从这个码头，可以坐渡轮往东，去格林威治，或往西，去威斯敏斯特教堂。码头上迎来送往的有两种船：一种是观光用的慢船，一种是作为公共交通用的快船。每隔几分钟就有船靠岸，乘客上下，摩肩擦踵，让泰晤士河热闹得像马路一样。

由于时差的关系，我们入住房间的时候已经很累了。我以给大女儿过九岁生日为名，提前和酒店预订了糖果、蛋糕和气球。所以进入客厅之后，孩子们用尽最后一点力气，吃了糖果，参观了厨房，翻看了酒店附送的儿童玩具袋，在各个沙发上坐了坐，最后来到卧室，分配好谁睡哪张床铺。妹妹无声地钻进被窝，姐姐打开电视，找出卡通频道，也一边看动画片，一边迷迷糊糊地睡去。

我把散落的鞋子收到门口的角落，把行李箱拖到卧室摊开，翻捡出需要挂起来的丝绸连衣裙和风衣。之后走到厨房，把电水壶灌满水，接上电源，在烧水的过程中打开冰箱，一样样地拿出里面的食物，并仔细阅读标签。

酒店的冰箱里有火腿肠和意大利风干肠，还有黄油、果酱、苹果汁、橙汁、牛奶、酸奶和气泡水，冷藏柜的最下层放着我给芸豆预订的生日蛋糕，是事先选好的歌剧院蛋糕。我把蛋糕从冰箱里取出来，放到操作台上，仔细揭开封口贴纸，打开白色纸盒，看到厚重的巧克力方蛋糕。蛋糕表面撒着金箔，还用白巧克力写着："祝梅琳达九岁生日快乐！我们爱你！"我撇嘴，嫌弃英国人这个"爱"字用得太随便。

厨房的操作台上放着一个木质的水果盘，里面有黑麦面包、早餐麦片、坚果和各式茶包。自我在英国留学后，就染上了喝下午茶的习气。于是在厨房里翻出一个白瓷茶杯，用新烧开的英国水，泡了一杯"正宗的"英国红茶，还在里面滴了几滴酒店提供的有机牛奶，用勺子将牛奶搅和均匀，再把茶包提出来扔在水池里。

虽然身上还在微微浸汗，我依然像取暖一样，双手捧着奶茶，坐进落地窗前的单人沙发里。被沙发包裹的瞬间，感觉到一种累到极致的松弛。

我透过落地窗仔细观察泰晤士河。河水非常浑浊，码头木踏板与岸边隔离出来的细长水域里，甚至漂着垃圾和白色泡沫。码头外面宽阔的河面呈现深绿色，被来往的船只拉出一条条的褶皱，像老妇人身上的绿色灯芯绒裙。河对岸是伦敦市政大楼，看上去像是一截玻璃冬笋，倾斜生长在伦敦塔桥的基座旁边。市政大楼门前，是一个小型的广场，迎河竖一面大屏幕，好像在放露天电影。广场的东侧，是高耸入云的“新地标”——2013年建的“碎片大厦”。说它“新”，是因为十五年前，我生活在这里的时候还没有这座建筑，对它没有“回忆”。这座大厦，据说是由法国巴黎蓬皮杜艺术中心的设计师皮亚诺设计建造的，但是建好就赶上英国经济不景气，至今楼内的空置率还有百分之七十。“碎片大厦”的背后，应该是伦敦市区著名的农贸市场Borough Market，沿着河再往东走几步，应该就是泰特美术馆和莎士比亚环球剧场。只是从我坐的位置望过去，什么也看不清。我往前伸伸头，倒是能看到儿歌童谣里常唱到的“伦敦桥”（London Bridge is falling down, falling down……）。这座脍炙人口的伦敦桥，其实只是一座毫不起眼的红砖平桥，连个高耸的柱子都没有。反而，左手边的伦敦塔桥更难以忽视，装饰着皇家徽章和铁索，庞大壮观，让人不能忽视。其实，当初在网上选这家酒店，就是为了能从客厅看到塔桥。

我的脑子里，总是把塔桥和米老鼠联系在一起。那是源于小时候爷爷从日本给我带回来的一本迪士尼挂历。挂历的每一页都有米老鼠和世界各地名胜古迹合影的图片。这么多年过去，我只能记得其中一幅画，就是一轮大圆月下面的伦敦塔桥和在塔桥前挥手的米老鼠。我甚至都记不清，挥手的到底是米奇，还是他女朋友米妮，但是那一轮巨大的圆月和夜色中蓝灰相间的塔桥，深深地印在我的记忆里，每每回想起来，嘴里还能泛起一种爷爷奶奶家里红烧鱼的味道。奶奶炖鱼的秘诀是在鱼炖好临出锅的时候，烹几滴老陈醋。

◇◇◇

像很多北京机关大院的子弟一样，我从小是跟着爷爷奶奶长大的。三岁的时候就被送去住宿式的托儿所，每周一到周六住校，只在周日回家一天。王朔曾经有一本小说，叫《看上去很美》，写的是北京复兴路二十九号大院里面的一帮孩子在托儿所、翠微小学的生活。同是北京大院的孩子，我读来特别有感触。那种在所有老师同学的注视下，演示脱下所有衣物再穿上的冬日清晨，我也记忆犹新。尤其是回头一看，发现自己还漏穿一条秋裤在地上的片段，在我脑子里也是橘黄色的，和奶奶家的红烧鱼、夕阳下的达利雕塑展海报一样，温暖中透着一股寒气。

1987年8月份，六岁生日一过，我便迎来了小学开学典礼。我上的是市委机关对面的北京小学，旁边还有一个可以免费进出的宣武公园。公园里有一座小山，山顶有一座狮子雕像，我和几个小伙伴常常爬到狮子肚子下面玩，感觉那里是我们童年秘密的保险箱。北京小学的校服是浅蓝色袖口、白色胸襟的运动服，但是因为年纪小，我到三年级才带上红领巾，给校服胸前特意留白的地方添上一抹鲜艳的红色，感觉特别骄傲。

由于家住得近，我负责掌管教室的钥匙，把它骄傲地挂在胸前，每天早上第一个到学校给大家开门，下午放学以后也是最后一个走：出版报、参加棒球队训练、物理竞赛培训、合唱队排练，帮老师们印习题、收拾办公室，偶尔还帮老师去附近市场买水果，直到天黑才回家吃饭。那时候的我，以每天在校时间最长为骄傲。因为我知道学校里发生的所有事情，哪里都有我的参与，大大小小的活动一件也没错过。那时候的我在学校入伙，中午还帮着从食堂拿饭到教室分发，连食堂大妈也都认识。因为和老师们住在同一栋宿舍楼里，从校长到班主任，到体育老师，每个人的家长里短都清楚：语文老师家里的老猫生了小猫，数学老师的女儿耳朵背，必须要吵架一样地和她大声说话，音乐老师自己在家里教钢琴挣外快……我们班里也有一些同学，第四节课一打铃就跑回家吃午饭，之后还睡个午觉，脸上印着枕巾印才回来上下午的课。我面对他们的时候，心中总有一些优越感，觉得他们永远会错过中午操场上发生的好玩事，仿佛和我不同，他们是学校的边缘人。那时候，学校似乎比家还重要，因为爷爷奶奶家里，还住着个表哥。

上小学的时候，我没有自己的房间，就睡在哥哥卧室门口的一张藤椅上。每天晚上，我都能听见爷爷给哥哥讲故事，都是他亲身经历的抗战打日本鬼子的故事。我在门外躺着，他们在屋里讲，听不真切，只是觉得故事特别热闹。爷爷讲得绘声绘色，一会学机关枪扫射的声音，一会学敌人的呼喊声。

我隐约听到他说自己被鬼子追杀，逃到一个村民家里。那家人刚娶了新媳妇，为了救爷爷，就让他躺到新媳妇的炕上。日本鬼子来搜人的时候，小媳妇说那是自己的丈夫，得了猩红热正在发烧。日本人怕被传染，就没有撩开被子检查，爷爷也就此躲过一劫。

之后，我听见爷爷和哥哥说“故事讲完了”，便走出房间来。我央求他再把刚才的故事给我也讲一遍，爷爷无可奈何地拉一把椅子，坐在我的长藤椅旁边。

但是他给我讲了一个白眼狼的故事。说这个白眼狼被人们抚养长大以后，翻脸不认人，反而吃了很多村民，被猎人扒了皮、挖了眼睛。最后，白眼狼变成孤魂野鬼，夜夜到山头上对着月亮嚎叫。

这个故事，我听着不对劲，和刚才哥哥睡前的抗战故事不像。我说：“我要听你给哥哥讲的故事。”爷爷说：“哪个故事啊？”我说：“那个打仗的故事。”

爷爷还是不明白，又给我讲了一个母狼抚养弃婴的故事。说这两个兄弟，很小的时候就被父母遗弃在森林里，后来被一只母狼发现，用自己的乳汁把他俩抚养成人。于是，两个少年就变成不会说话、只会爬的狼孩。爷爷讲完之后说：“你听着，我还能学婴儿哭。”然后他就一只手托着下巴，一只手拍打着自己的腮帮子，发出嘤嘤的声音，模仿婴儿的哭声。

我虽然觉得这个口技很精彩，但是故事还是不对劲，想要再次和爷爷抗议。突然一阵睡意袭来，就怎么也说不清楚要听哪个故事了。于是，那则精彩的“新媳妇救抗日英雄”的故事，变成水里的泥鳅，从我的手指间滑来滑去，怎么也抓不住了。

◇◇◇

也不知道望着泰晤士河在窗前坐了多久，我先是喝红茶加奶，后来是喝薄荷茶，最后又泡一杯小雏菊，缓过神来的时候发现窗外夜幕低垂。

华灯初上的泰晤士河非常漂亮，引得我不禁站起来，绕过电视台，推开餐桌旁的阳台门——楼下酒吧嘈杂的声浪，和着泰晤士河面的潮湿空气，就这么一起撞进怀里来。

一下子，伦敦的夜晚就活了。我趴在阳台的玻璃围栏上，低头看楼下酒吧里的男男女女，一桌一桌地围坐着喝酒谈话。虽然是高声谈笑，但没有失掉风度，没有人推推搡搡，甚至连河边走路的人，都没有摇摇晃晃的。

这和我记忆中的伦敦酒吧不同，大概是因为附近都是游客吧。

◇◇◇

我十五年前来伦敦的时候，是一名大学生。和俩豆一样，对于眼前的一切都是初体验。常驻伦敦、专门给中国旅行团做地接导游的谢叔叔在机场接我。他把六十公斤重的行李装进小面包车的后备厢，招呼我坐上他的白色小面包车，穿过伦敦金融城，把我送到伦敦政治经济学院的学生宿舍。

那是一间只有九平方米的小房间，进门左手边镶入了一个一体式的厕所及淋浴间，右手边是衣橱，往里走一步就能看到左边贴墙放着一张单人床，右边贴墙摆了一张狭长的写字台。写字台的下面是一台只能冷藏的小冰箱，写字台的上方是悬空钉装在墙面上的书架。正对房间门的是一面不能打开的正方形玻璃窗，窗口对着宿舍楼的天井，窗户下面放着一部灰色的按钮电话机 。

谢叔叔把我的行李放在宿舍地上，便带着我到楼下的小超市买东西。小超市里的零食琳琅满目，光是早餐麦片就有好多种，他帮我选了一盒裹着蜂蜜的脆玉米片，随后又拿起半个西瓜，说夏天就是要用勺子挖西瓜吃才痛快。我低头看看价格，要四英镑。谢叔叔慷慨地结帐，帮我把东西提上楼，也没有什么嘱咐，扭头就走了。现在回想起来，我猜他那时候应该是害怕停车超时罚款，才那么急匆匆地离开。

关上宿舍门，我转身站到窗口往外看，直到他的背影从我脚下的楼门再出现，匆匆横穿过天井，又从对面楼的楼洞里穿出去，走到大街上消失不见。那时候，我初出象牙塔茫然无措的感觉顿生。其实这种感觉至今仍然伴随左右，只不过年纪渐渐大了，朋友们会恭维我，说我看上去是“淡定”“佛系”“胸有成竹”的。

目送谢叔叔离开之后，我低头看见窗框的一角被阳光点亮了。之后的留学时光中，我逐渐摸索到宿舍里的日照规律：每天下午三点左右，有一抹阳光能斜照进我这间小卧室。夏天里，甚至能在写字台上摊出个金色的三角形。可惜这片阳光只能持续短暂的一个小时，所以每次它来的时候，我都放下手里的书，痴痴地看这片光，从小小的角落探进来，延展到最大，再慢慢收走……

◇◇◇

由于时差关系，母女仨头三天会在午夜醒来，我们就着月亮光看河水，看有彩灯勾勒线条的伦敦塔桥，看不亮灯、任凭黑漆刷出线条的伦敦塔碉堡，也算是假期放松的一部分。只要摆正心态，这一趟旅行，哪怕只是在酒店房间里一起看河水涨落，也值得。

实际上，我这一趟来伦敦，还真不是观光的。

我和前夫杰克，是2007年在澳大利亚度假的时候认识的。但是故事还要从2006年参加越南的一个艾滋病公益项目说起。那时候我在一家英国的非政府组织工作，被派去河内附近的下龙湾地区寻访制鞋工厂的女工，一边做调研，一边做艾滋病预防教育和宣传。通过田野调查，我了解到“越南新娘”人口走私之所以在中越边境屡禁不止，有着根深蒂固的社会背景。随着中国劳动力的价格上升，越南手工业蓬勃发展，大量农村妇女涌入制鞋、制衣工厂工作。由于工厂往往只招聘女性，越南农村女人的现金收入就普遍提高了，然而男人仅靠种地农作的收入，相对于女人在工厂获得的工资来说，显得微不足道。于是，男人为了彰显家庭地位，尤其是在我们工作对接的下龙湾地区，家庭暴力案件不胜枚举。女人白天在工厂工作，常常是十二个小时以上连续劳作，晚上回家不但要操持家务，还要忍受丈夫的暴力。所以很多“越南新娘”自愿出逃，就算被卖到中国农村当媳妇，也比留在家乡的待遇好。

2006年的时候，我因为抑郁症从伦敦回到北京，每天沉浸在忧伤的海洋中找不到生活的意义，为了自救才投身到扶贫发展项目中。那几年，我几乎是靠着“看比我更惨的案例”来维持自己的生命。

河内的工作结束之后，我一个人去芽庄玩。那里号称有越南最好的海滩。作为一个背包客，我每天晚上花人民币二十五元，就可以在海边的青年旅舍里租一间客房。在青年旅舍的门口有可以免费使用的电脑，某一天上网的时候看见一个身材精瘦的白人小哥走过来，坐在我旁边的电脑前看Facebook。三言两语聊起来，得知他是澳大利亚人，我们正好都开着Facebook页面，就在上面加了好友。我不太会记英文名字，往往是加了好友后，常常聊天或看对方的网上动态，才能记住他们的名字。作为Facebook好友的青旅偶遇男子，名字叫克里斯。当天晚上，我们一起吃饭喝酒跳舞，走出酒吧的时候天已经黑下来。迎面而来两个中年妇女，叫嚷着掐住我的胳膊拉扯，克里斯伸手拉我，想赶走她们。无奈这一切发生得太快，我们又喝得醉醺醺，等我反应过来的时候，看见其中一个女人往我身上扔了一样东西，然后敏捷地跳上摩托车飞驰而去。定睛一看，原来身边有六七辆摩托车，这时候都鸟兽散开了。捡起地上的东西，发现竟然是我自己的钱包，里面的美金已经被洗劫一空。

自那次被抢之后，我和克里斯在墨尔本又见了一次。他带我去附近的公园骑自行车，去露天音乐节，然后和他的朋友们一起，坐在墨尔本北区的Brunswick居民楼房顶上喝啤酒，像每个微醺的年轻人一样，也和路过的陌生人隔着马路喊话。那是2007年的1月，南半球的盛夏。轻狂浮躁的夏天里，人的心是飘在屋顶上的，花园是可以没有土壤的。

在墨尔本相见的第三天，我和克里斯又去听露天音乐节，回家的时候发现他的房子被破窗而入。所有的柜子都被翻搅，物品散落遍地，甚至连我的证件也都一起被盗。震惊之余，我俩再次友好地挥手告别，心里认定彼此八字不合，这辈子都不必再见。于是，杰克就出现了。

他实际上是我妈妈的朋友的朋友的孩子，在澳大利亚出生的华裔男孩，刚刚考下来驾照，买上新车。被抢劫的那天傍晚，他开着崭新的本田CIVIC出现在我的生命里。我屁滚尿流地跟着他逃离盗窃犯罪现场的场景，正像他七年之后屁滚尿流地逃离我和孩子们一样。杰克开着车进入我的生活，也开着同一辆车离开，所以“他”对于我来说，是在本田CIVIC车尾的一缕尘埃中，轻飘飘地生，也轻飘飘地死掉的。

米兰·昆德拉在《不能承受的生命之轻》里写到，最沉重的负担也是最强盛的生命力的影像。负担越重，我们的生命越贴近大地，它就越真切实在。但是，如果我们都只是一个没有经过排练就上台的演员，会怎么样呢？

“如果生命的初次排练就已经是生命本身，那么生命到底会有什么价值？”如果只能活一次，就和根本没有活过一样，那么，我们也可以轻易地选择让之前的自己一个个死掉：那个曾经睡在表哥卧室门口偷听故事的我，那个曾经信誓旦旦和妈妈承诺要考出好成绩的我，那个曾经抑郁的我，那个白天出入医院、晚上出入酒吧，中药和酒精共饮的我，那个活得很轻，甚至试图把自己从世界上抹去的我，便是在成为单亲母亲的那一刻死掉的。

◇◇◇

那么，对于多年后重聚于伦敦的舒小红和我来说，那个属于未来的、小麦的死会是什么样的呢？

“最烦人的是，你不能做任何计划。”舒小红说，她看上去很勇敢，“医生说他可能活六个月，也可能是三年。”

“啊……要是三年可怎么办呢……”

“我刚刚签了新工作的合同，年底要去新加坡入职。距现在正好是六个月。”

我无言以对。此刻，未来不是过去的延续，而是不可期，有可能好，更有可能坏。

“小麦现在每天都要去医院放疗，只要相隔超过两天，癌症细胞就又长出来了。”

“他放疗的反应大吗？”

“他还好，就是精力有限。一天中可能只有一两个小时可以正常活动，然后就会感觉很疲惫。所以每天只能做一件事。比如，今天出去吃个饭，明天去看一个小展览。”

“如果不做放疗会怎么样？”我虽然知道他们已经做出选择，但是还忍不住要这样问。

“医生说，要么就是每天做放化疗，这样可能拖延三年的时间，要么就是几天的时间，回家和亲人做个告别。”

太难了，这个选择太难了。我心想。虽然在讨论别人的时候，我们可能会觉得与其每天受罪放疗化疗，还不如痛痛快快地活几天一死了之。但是我也明白，如果这种选择真的摆在自己眼前，恐怕没有人有勇气选择后者。“坚强”绝对不是选择的结果，现实生活中的坚强，多半是被“恐惧”逼迫的。

我带着孩子们在墨尔本独自生活的六年中，不断有人说我“坚强”：因为我是一个女人，背叛了自己的原生家庭，只身漂流在异国他乡，半工半读地把两个小孩拉扯长大。实际上，只有我知道，这种表面的坚强，掩盖的只是难以面对的恐惧。毕竟对于一个抑郁的人来说，“装正常”比“把内心的绝望崩溃公布于众”简单太多。

◇◇◇

2013年底的墨尔本夏天，姐姐芸豆四岁，妹妹乐豆不到两岁。杰克离家出走后的第二天，我按部就班地一早起来做饭、换衣服、送孩子们去托儿所，再去上班；第三天，我意识到他离开的时候把护照和信用卡都带走了；第四天，我发现家里连一双干净的袜子都没有；第五天，我想起来厨房的大垃圾桶已经塞满，要倒出去……直到第一个周末来临，我注意到自己已经一个星期没有洗澡了。

那天下午，我冲了个淋浴。我洗了十五分钟，两个孩子就趴在浴室外，拍打着玻璃墙哭了十五分钟。水从花洒里喷洒出来，我灵魂出窍，听不见水声，也听不见哭闹，只瞧着自己的念头一条条从脑海中飘过。我认识它们。那是十年前去英国留学时曾经有过的轻生念头。不同的是，二十二岁的时候太年轻，生命也不值钱，对死亡没有恐惧，对生活不必珍惜；如今三十二岁，拖着两个生活还不能自理的幼儿，对死亡有了恐惧，知道自己早晚还是要踏出浴室的那道门，知道那一瞬间，她们两小只会扑过来抱住我的腿。

当想到我也许是这个世界上唯一爱她们的人，就舍不得离开了。因为不忍心把我的痛苦分配给姐妹俩。所以，在2013年11月的最后一个周六下午，我决定活下来，并不是因为爱自己，只是因为心疼她们。直到现在，我对于这两个生命的维护，已经养成了一种偏执的热爱，是比对什么爱情、自由、青春、理想的追求，都更脚踏实地地崇拜，甚至偶尔自己跳出来回看自己，都要感激涕零。只有我知道，这不是“坚强”。

◇◇◇

“他自己想活啊，当然。”舒小红坐在酒店餐桌前继续说，“我现在就干脆不想将来，把所有的钱花光了算。”

“你这种条件将来也不会找不到工作啦……”

“说实话，我现在也还是有人追的，”她边说边露出一点客气的笑容，“只是我和别人相处都没有那种知己的感觉，毕竟我和小麦是一起成长过来的。”

◇◇◇

舒小红和小麦是在英国留学的时候认识的。她因为大二那年转系去北大新闻系，比我晚毕业一年。2004年我研究生快毕业的时候，舒小红也申请到我所就读的伦敦政治经济学院的课程，来伦敦找我。她初来乍到，没有申请到学校宿舍，只好先挤在我那间只有九平方米的小屋里。那时候我已经得了抑郁症而不自知。但出乎意料的，我因为有人陪伴，竟然在英国度过了比较愉快的一小段时光。在那之后没多久，我就毕业回国，所以后面的故事也只是听说。

我走之后，舒小红就顺利接手了我的学生宿舍，继续在那座小楼里住下。有一次她放学回家，看见小麦在宿舍楼门口抽烟，便走上去和他说话。伦敦抽烟的人很多，作为大学研究生，我们的课程大多分散，除去定期研讨会上几个队友，很难交到其他朋友。我也就是那时候得的抑郁症，开始抽烟喝酒，很熟悉我们宿舍楼下的吸烟区。所以舒小红说起她对正在宿舍楼前抽烟的小麦一见钟情，我脑海里便有了画面。

后来舒小红硕士毕业回国，在北京一家知名公关公司上班，周围也不缺长相激动人心的美男子，日子过得光鲜亮丽。其实，在考古系的时候，舒小红就被看作我们的系花。她有一头又黑又柔软的长发，一双梅花鹿一样的大眼睛，走在校园里，有很多师兄眼馋，系里系外的追求者都非常多。最后，她不负众望地和学校公认的大帅哥在一起了，两个人都瘦瘦高高的，就连肩并肩走去食堂吃饭的画面都很养眼。她这个男朋友叫木海，是电脑工程系的大四师兄。也不知道从什么时候开始，木海注意到舒小红，便天天在我们宿舍楼下的开水房门口等，直到有一天真的遇见她提着暖壶去打水，干脆直接上前问她要电话。第一次约会回到宿舍，舒小红兴奋地说："他的眼睛是绿色的！"我们几个室友都听得如痴如醉，没想到现实中真有才貌双全的帅哥，尤其他还有一双绿色的眼睛。想到他们互相注目，凝望对方的眼睛，那画面里舒小红淡棕色的眸子仔细观察着木海绿色的眼睛，天空都要放晴，云开雾散，简直就是高智商版本的王子和公主。

后来我们一直管他们叫"小红和小绿"。

恋爱后，木海没多久就大学毕业，拿到新加坡国立大学的全额奖学金去读博士了。但是这并没有影响到他们的感情，他每个周末都从新加坡飞回北京来和舒小红约会，每次回来也并不住宿舍，而是住在学校附近的酒店，还会从机场带来一些高级的小香水和化妆品。这让我们羡慕不已。舒小红后来跟我们说，木海在新加坡期间省吃俭用，奖学金全都花在了北京，以至于毕业以后也没有任何积蓄。

就像所有成人童话里的王子和公主一样，他们最后也没有走到终点。在舒小红去英国的时候，“王子”换成小麦，但是在她毕业回北京之后，“王子”差点又换成公司同事小哈利。总而言之，小麦在几番周折之后也来到北京，俩人就这样稳定下来。

◇◇◇

离开英国这么多年之后，我终于懂了她说的“只能和小麦聊天”是什么意思。离婚后，我在墨尔本也交往过一个小我十岁的英国男朋友。刚认识的时候，他在机场的咖啡馆上班，后来做腻了咖啡，跑去一家酒吧做调酒师，所以“他是咖啡馆里做咖啡最快的服务生”，以及“卖出菜单上最贵的葡萄酒”，便成为我们相处时的话题。我俩在一起的时候非常开心，因为两个人年龄悬殊，所以也不想将来，白天就愉快地约会，晚上他去上班，我回家带孩子做晚饭。我很清楚他想听什么，所以就只说他喜欢听的。脸上挂着笑，心里却在打哈欠，脑子无聊到爆。但是这也不能抹杀我们共处时的生活，本质还是阳光灿烂、喜笑颜开的。只不过每晚分开的时候，我们也并不会彼此想念，甚至不怎么联系。所以我懂舒小红说的，“和其他人再也没有谈话的感觉了”。我更懂她现在的焦虑。当你的伴侣就是你最好朋友的“幸运时刻”，产生的那种焦虑。

舒小红目前在伦敦的生活，表面上特别精彩。她学潜水，是自由潜，不带氧气面具的那种。偶尔，她会在我们大学闺蜜的微信群里发来自己穿着美人鱼的大尾巴潜水的视频，美出天际，优雅出天际，完全没有离开氧气的窒息感。我和俩豆在英国的这些天，常常看她早上起来就去练搏击，除了带小麦去医院放疗，就是去打篮球、划船、在阳光下吃健康无糖的早午饭。不过我知道她在干什么。她在为没有“知己”之后的日子，做准备。

来到澳大利亚以后，我最怀念的就是上大学的时候，一群人聚在一起聊天，“噼噼啪啪”灵感的小火花四溅的感觉。我最“爱而不得”的，便是听大学老师说话，和大学师兄谈恋爱。在那种“被开眼界”的时光里，灵魂腾空而起，像小鸟一样喜悦，在新鲜的知识里自由潜。2008年，我怀着孕来到墨尔本，然后高效率地“三年抱俩”，再在2013年恢复全职工作，表面上非常高效，但是实际上，在这五年里，我无时无刻不被“肉身的极端疲惫伴随着思想的极端空虚”所折磨。

◇◇◇

“你记得小绿吗？”舒小红突然说，“我们前两天在伦敦见过一次。”

我有点惊讶，事隔多年，“小绿”还能出现在我们的谈话中。因为在旁观者的脑海里，“小红和小绿”的组合解散以后，“小红”和“小绿”哪一个单独存在都不成立。更不成立的，是在解散之后十五年，“小红”和“小绿”还能保持联系。

我曾经看过一首阿九写的诗，叫《分手》：

> 一个小语种的湮灭。
> 那失传的深喉音，含混的句式，

两个通电的身体
幽暗而透明的文法。
那些专有的名词
不可复制，无法借贷，
拒绝一切金石学家细密爬梳的考证。

两个人的语境，不需要注册，无法复制，也无法借贷，说得真好。一针见血。就像《百年孤独》*的最后一句话："羊皮卷上所载的一切自永远至永远不会再重复，因为注定经受百年孤独的家族不会再有第二次机会在大地上出现。"我想，爱一个人也是，当你想像奥雷里亚诺一样，跳读着去寻找自己的死亡日期的时候，便明白自己不会再走出这个房间。当你过于享受这份经历的时候，便忍不住好奇它会如何结束，于是便明白，它一旦结束就再也不会有第二次机会在这个地球上出现。所以，我懂"小红"为什么在这个时候提起"小绿"。

因为"小红"是"小绿"的"小麦"。

"他前几年离的婚，现在又找了一个特别年轻的老婆，"舒小红很平静地说，"他跟我说，和这个老婆完全没有共同话题，只是因为她长得像我。其实他说，和我分手以后，就再也没有和哪个女人进行精神交流的欲望了。"

我不知道舒小红听到小绿"陈年告白"的时候有没有感动，因为这样的事情并不是第一次发生。就在舒小红从英国

---

* 加西亚·马尔克斯著《百年孤独》，范晔译，南海出版公司2011年版。

毕业回国之后，小麦决定追随她来北京之前，我们的生活中出现过一个叫哈利的男人。我和哈利并不熟，只是社交网络上的朋友。在舒小红回归小麦身边的时候，哈利曾经和我说，他对舒小红是真爱。我和其他闺蜜那时候是当笑话听的，毕竟在旁观者的眼睛里，他不过是“偶然路过”我们的男人。这个“真爱”的用词，甚至还成为我们茶余饭后的笑料。但是几年后，我偶然在脸书上看到他的照片，发现他老婆长得跟舒小红一样，才明白他说的是真话。也才明白，两个人在对方生命里走得有多深、多远，并不能为外人知。

◇◇◇

我刚从英国回国的时候，患有严重的抑郁症。晚上不敢睡觉，因为梦里都是被追赶、被杀、被砍的场景，早上一睁开眼睛就哭着计划今天要怎么死，每天能忍住不哭的时刻就算是心情的高点。

北京的孩子上学的时候，常常听老师说“你脑子有毛病吧？再不听话就把你送安定医院去！”后来，我真的站在安定精神病医院的门口，仰望着天空，就又有那种“逃不出如来佛掌心”的感觉。我看见两个穿白大褂的医生夹着一个病患从院子中间走过，他们三个人的手都捆绑在一起；我看见候诊大厅里，一个女孩子横躺在三张椅子上，嘴里念念有词，她一遍遍地说：“你说我是丑八怪，你说你们长得帅……”我路过他和她，好像理解了些什么，又觉得还没悟透。

实际上，当时周围有很多朋友都抛出过橄榄枝，可惜患者本人，看不见这些善意。有个中文系的师兄跟我关系很好，那时候他留校念博士，我常常去找他在未名湖边散步。有几次，我能看出来他在努力讲笑话，想逗我开心，可我脑子里的逻辑却是："您费心！我给您添麻烦了！"不但没有开心，反而因为增添了别人的麻烦而充满了负罪感无法自拔。后来，他说自己喜欢上一个艺术系的师姐，因为她会让他射在她嘴里，然后吃下去。我知道他每次的量很大，于是脑海里就出现那个画面：她跪在地上，一边大口地吞咽，一边艰难地寻找短暂的间隙喘气。他备受感动，眼睛里满是温柔。我竟然有点向往。

还有另外一个男生，知道我从英国回北京，打电话来，说他暗恋我八年。初中的时候，他坐在我后面。我意识到自己是他的初恋时，完全出乎意料。那时候，我和另外一群男生玩。我们团购了名胜古迹的学生套票，不上课的时候每天都去不同的景点乱逛，玩累了就去其中一个男生家吃饭聊天，完全没有注意到坐在我身后的这个人。高一的时候，假期里一起玩的一个男孩天天放学送我回家，推着自行车陪我从牛街走到崇文门，然后我坐上公交车继续往东去劲松，他跨上自行车回头往西，回和平门的家。傍晚的前三门大街上，橘黄色的路灯一盏接着一盏亮起来，我喜欢一边走，一边偷闻他身上的味道。上高二的时候，我去琉璃厂附近一个四合院里，给班上一个学习成绩很差的男生补课。这个男生虽然数学不好，但是手特别巧，会錾刻，能在亮晶晶的铜盒子上雕刻繁复的图案，毛笔字也漂亮，水彩画完成之后，铺在地上，用毛笔蘸了带金箔的水甩在画上。有一天，他偷偷告诉我，自己的手机密码是2597758，谐音"爱我就亲亲我吧"，我一下子就被迷住了。高三结束的时候，我考上北大，这个补课男生最终考上了北京理工大学，而曾经坐在我后排的他奔赴西安。据他自己解释，毕业后各奔东西，自认为没有什么发展的可能，就一直没有和我表白。只可惜八年之后，和一个深陷在自我仇恨泥潭中的人表白，依然没有什么发展的可能。两个人便就此错过。

我不知道小绿和哈利“真爱”的，是不是“真实的”舒小红，但我知道“后排座的那个他”八年的初恋，爱的不是我。只不过是他脑海里、想象中的形象。

还有一个男孩，我第一次看到他，是在北大艺园六楼的戏剧排练室门口。他不是戏剧社的，是经过朋友介绍来参加活动的，提前到了教室门口。我到现在还记得，他在楼梯口半探着身子，和楼下作为社员的我打招呼，青春洋溢的脸庞上泛出阳光，顺着楼梯间的天井洒向我们。我简直不能相信，现实世界里怎么会有长得这么漂亮的人呢？后来，我们熟悉起来，总一起去簋街吃火锅和小龙虾，去中戏附近买盗版盘，去后海小酒吧的顶楼，抱着柔软的靠垫抽烟、喝酒、聊天，一坐就是一个通宵。他的嘴特别损，但是脑洞特别大，我好喜欢听他说自己天马行空的想法啊！不知道他后来有没有像自己希望的那样，把那些故事写出来。他身边也总跟着一个长相平凡的小个子姑娘，我看得出来，她在默默喜欢他、帮助他。在我淡出他生活之后的很多年，这姑娘还留在他身边：他去了经纪公司做经纪人，这姑娘去了影视公司做监制，工作中常常有交集。我猜她伤痕累累，也没能在他的生活里留下太深的印迹，因为后来他去了广州，她嫁给了别人。

◇◇◇

每次回想这些，都有一种写年终总结的感觉，因为不量化的经历，都不能落实成业绩。蓦然回首，才意识到自己竟然路过那么多善良的男孩，也许这辈子都不可能爱自己，但至少感受到许多次“被爱”也是一种成就吧。那些年，试图在我生命里点亮灯火的人，虽然没有成功，但是那么美好。不知道我在他们的生命里，又刻画得多深入？

Day

02

他的眼睛里有一片星空

舒小红十一点多坐车离开酒店。在泰晤士河畔的酒店里，孩子们在午夜十二点醒来。

为了帮助母女三人倒时差，我提前从澳大利亚的药房开了帮助睡眠的褪黑素，这个时候正好派上用场。我们轮流把药水喷在舌底，在黑暗中围坐在客厅的落地窗前，对着泰晤士河轻轻地谈话，等待困意来袭。

姐妹俩的眼睛盯着窗户，观察灯光雕塑出来的伦敦塔桥，手里捧着雏菊茶，蒸腾的湿气熏着小脸。我用英式下午茶的大瓷杯，她们用装特浓咖啡的小瓷杯，三个人像在玩过家家一样翘着小手指，斟茶、碰杯。我有意不开灯，不和她们大声说话，希望能保持这份安稳，以便在喝完安神茶之后能继续睡觉。

墨尔本的心理医生曾经跟我说，亲密关系的基础是对人性的信任，相信对方是有可能爱你的。有信任，才可以让别人走入你的内心，才能建立亲密关系。

我无法理解。

“难以产生信任的时候，就想想你对孩子们的感情吧。”她说，“那是一种建立在完全信任基础上的，真正的爱。”

我就理解了。

◇◇◇

我怀孕的时候是二十六岁，已经着手申请移民澳大利亚和孩子爹团聚。那时候，我妈已经给自己安排好养老的计划：在西直门外长河湾小区的两套房子，一套她和我继父住，一套给我结婚生子，从装修到家具都一手操办齐备。所以，当她发现我和一个澳大利亚小伙子在一起的时候，必然是强烈反对的，只是我那时候还没有看明白。

“不用着急，你慢慢分手就好”，她听说我交男朋友之后的第一句话。

我并不爱杰克，依然预谋和他私奔，是为了逃离她。

怀芸豆也是一个意外。我想把她生出来，其实是为了有一天自己作为妈妈，可以用实际行动反驳我妈说的话。所以，就算是生孩子的时候差点丢了性命，我也要坚持喂奶，因为我妈说她“没有奶”，我就要证明任何情况下都可以“有奶”。生芸豆的时候，我大出血2200ml，血压跌到40/60mmHg，连输血都来不及，医生直接在我胳膊上注射蒸馏水。他说，我体内的液体不够，连心脏都撑不起来，所以紧急打了两针管水。那个时候，我妈并没有来墨尔本看我。

因为她已经安排好我的生活，在我表明不和杰克分手的时候，她说：“在国内，你去不同的城市我都不能接受。你要是去澳大利亚，我就当没有你这个女儿。”我并不在意一个人生孩子，因为我只想证明，同样是没有好好坐月子的情况下，也是可以喂母乳的。我让杰克去药房租了一只巨大的电动奶泵，在完全没有人帮忙护理的情况下，坚持每两个小时爬起来泵奶。只要是孩子醒着的时间，都把她抱在怀里吸吮，两边的乳头每天都被吸破、流血、结痂、再吸破、流血……我几次把芸豆的嘴掰开来仔细地端详，怀疑新生儿是不是真的没有牙齿。

到第五天出院的时候，我终于泵出五毫升的初乳，用最小的针头收集起来，滴到芸豆的嘴里。到第七天，我坐在卧室的地毯上，看见乳头在电泵的收缩中，终于喷出了半透明的乳汁，激动得嗷嗷哭。因为跟我妈复仇的机会指日可待了。

那时候我还没有意识到我们母女间的这种竞争关系有多么危险。人是不能随便和仇恨闹着玩的。一个简单的决定，就可以改变生命的走向。

◇◇◇

倒时差的过程不复杂，就是需要等。我们已经从南半球的冬天等到北半球的夏天，还在乎这几个小时吗？半夜起来大概一个小时，两个孩子又软绵绵地重新回到床上入睡。我喜欢给她们盖好被子，喜欢和她们黏在一起亲亲抱抱，喜欢看她们小小的身体陷在巨大柔软的床里。这大概是我这辈子唯一的亲密关系。

等我们再在酒店房间醒过来的时候，是早上六点五十分。终于有机会把写着“爱你”的生日蛋糕拿出来吃。我和妹妹给芸豆唱跑调的生日歌，她伸出舌头来舔挖过蛋糕的叉子。我们继续喝茶，看泰晤士河面上的晨雾慢慢散去，清洁工开始打扫昨晚留下来的酒瓶和垃圾，码头的船舶逐渐往来，街道上有一些晨练的人。熟悉的清晨景象让我有点恍惚，觉得伦敦的泰晤士河跟墨尔本的亚拉河重叠起来。

姐妹俩换上金色的百褶裙，背上天蓝色小挎包，我们决定出门散步，熟悉一下周围的环境，目的地是最近的一处Waitrose超市。从酒店大堂出门右拐，是伦敦塔门前的广场，路过铁栅栏门而不入，顺着河边两百年的石板路小心前行，便能走到伦敦塔桥下，穿过桥洞，左边是一个小型Tesco超市，右边是一个喷泉，喷泉中央有与海豚嬉戏的少女雕塑。沿河继续前行，我们路过一处水闸。闸门后是一小片水库，里面停靠着很多游艇和帆船，这便是美丽的圣卡瑟琳泊口（St Katherine' sDock），我们在这里看到伦敦标志性的红色电话亭。精致的泊口附近，连路灯下都点缀着大捧的紫红色鲜花。这一路并没有人，我们很愉快地边走边看边拍照，绕过游船港，来到Waitrose超市的入口。

◇◇◇

从英国毕业之后、移民澳大利亚之前，我在欧盟驻北京大使馆工作过一段时间。那时候认识了很多志同道合的年轻人，其中有一个丹麦姑娘，与使馆的合同到期后回到丹麦旅游局工作。多年之后，她已经是旅游局的负责人，因为到墨尔本开会，我们有机会聚在一起吃个晚饭。席间她提到一个新的旅游概念叫“游览时代的末日 —— 临时居民模式来临”。我对这种旅行方式深表认同。

其实从大学开始，我出门旅游的目的，就更倾向于“交朋友”和“感受当地的生活模式”了。如今的网络包罗万象，我们通过网上论坛结交“驴友”，通过各种网络反馈评估当地值得光顾的地点和餐厅，甚至早在民宿风潮之前，就通过“沙发冲浪”的论坛借宿在当地人的客厅……“去体验”的重要性，早就超越“打卡拍照”。在我们这些“酷孩子”眼里，“酒店—名胜古迹”的旅游模式显得老土又肤浅。

于是此次伦敦之行的各项安排，我也在出发之前就有理论甚至视觉上的理解和感受了。身临其境、踏上旅程的目的，则更侧重于与这个物理世界、这个特殊地点发生“肌肤之亲”，将它从十五年前的回忆中重新拉入现实世界里。就像分手多年以后，约见纠缠不清的前男友，只想确认一下：我当初看上他，到底是不是被青春的荷尔蒙糊了眼睛。

所以，到达伦敦的第一个白天，我和闺女们就像在墨尔本时一样，散步、去超市、跟老朋友去网红餐厅吃饭。和伦敦这个“前男友”，重新做曾经每天都做的事情，以显示“我和那些从中国来的大爷大妈游客不同”，并且一定要打着“不经意”的幌子才酷。

◇◇◇

和谈恋爱一样，和一个城市的关系，也是讲缘分的。我初中毕业的时候，我妈和她丈夫就想送我去美国。因为他们希望把“前婚姻”中的孩子送得越远越好。幸运的是，那个时候爷爷奶奶不同意我太早独自出国，也就没有成行。但自那以后，“出国留学”的念头便在我头脑里生根发芽。大一的时候，我在妈妈的鼓励下再次申请去美国留学，并且拿到明尼苏达和匹兹堡两所大学的录取通知书。在我去使馆参加签证面试的时候，签证官拒绝了我。大概像所有旁观者一样，他也弄不明白：你已经考上北京大学，为什么还要去美国重新读大学呢？

我听完也猛然惊醒。我和美国缘尽于此。

大四的时候，我跟风申请去英国留学，收到五所大学的录取通知书，在最后一刻决定去伦敦政治经济学院，因为那里有欧洲排名第一的人类学院。尽管那时候根本不了解人类学到底是什么意思，只是听考古系的老师说，我们中国学生的考古技术世界一流，但是理论知识缺乏，还是要多去学习西方的哲学和人文理论渊源。

也许是以留学生的身份来到一个城市，比移民到一个陌生的城市容易一点。因为那时候可以预见自己接下来两年的生活场景，无非是宿舍、教室、酒吧，交往的无非是同学老师。行为目标清晰明确，所选的落脚地以大学为判断标准，并没有太在意城市本身，甚至对本地的名胜古迹也没有太大兴趣，全部注意力都在学习新知识和不要挂科上。所以歪打正着的，这短暂的留学生活塑造了我丹麦朋友所说的“临时居民”的生活模式。

作为留学生的我，和“游客”大不相同，会因为清晨路边喝露水的松鼠而喜悦，会因为学校门口三明治吧的大婶叫我一声“Darling”而温暖，会为同学请我去吃一顿锅贴而兴奋不已，会因为看到红色双层巴士而感到亲切，会因为从Testco买回打折的提拉米苏而开心，也会为与一个屁股很翘的师兄见面，勇敢地搭乘夜班公交车。总之，对二十一岁的我来说，伦敦不是宏伟的白金汉宫和喧嚣的海德公园，而是细腻的、日常的青春校园剧。

墨尔本在我心里却截然不同。真正决定到墨尔本定居，是在我发现自己怀孕的时候。那时候我和杰克已经保持远距离恋爱一年多，仍然互不相让，无法妥协。我舍不得自己在北京的工作，希望他能来北京生活；他舍不得墨尔本的家人，也没有钱移居到北京。就连结婚，也是我在“五一”长周末飞去墨尔本，到市政大厅签个字而已。结婚仪式定在5月5号下午三点，只有五个人参加，而我回北京的飞机是晚上七点四十。我们成为法定夫妻之后去亚拉河南岸吃了一顿比萨，之后便直奔机场。第二天早上飞机落地北京，我从机场打个车去公司上班，好像什么都没发生一样，开始新的一周工作。

直到发现自己怀孕，我才明白为什么女人总是婚姻中最先放弃抵抗的那一方。我把怀孕十二周的超声波影像报告交到澳大利亚使馆，三天后，伴侣移民签证就批下来了。因为我申请的配偶签证，也叫“人道主义家庭团聚签证”。

我是辞了职，怀着四个月的身孕来到墨尔本的。为了对自己好一点，我用飞行里程换了一张商务舱的机票。心想我拿着高价机票又是孕妇，必然是飞机上最靓的女仔。没想到，旁边居然坐了一个怀孕八个月、拿着医生证明上飞机的的四十二岁高龄产妇，完全被她抢了风头。那也是我头一次近距离观察澳大利亚人“漫不经心”的办事风格。

她说自己是第二胎，因为年纪大，唐氏综合症的发病比例超高，但是抽羊水做DNA检查得知胎儿发育正常，便安心地往返于中澳之间，快到预产期才决定回到澳大利亚定居。一路上她吃吃喝喝，咖啡沙拉都没有忌口，也让我大开眼界。

也许是这样一个开场，让我对于墨尔本的待产生活没有什么特别的期待。杰克带我认识的澳大利亚，是从下往上看的。他妈妈是曾经风光一时的中央美院油画系学生，也是最早一批出国的留学生。但是也像很多那时候出国的老移民一样，她和她的孩子们将卑微者的智慧发挥到极致，精通于高税率、高福利社会的谋利之道。我也像每一个初来乍到的新移民一样，对他们“老到”的办事技巧充满崇拜。

因为拿的是临时居民签证，很多社会福利我还享受不到。况且，是我自己上赶着要来，又从没有为澳大利亚社会贡献过一分钱税金，所以也没有什么不满。反倒是在工作人员的帮助下，申请到政府的“特殊补贴”之后，让我感慨万千：一个外乡人，不仅一个月可以拿到一千澳币的生活费，等孩子出生，还有一笔五千澳币的“奶粉金”。在这种被钱砸到脸的情况下，不由得感叹自己当初上那么多年学，去外企当白领的梦想是多么肤浅。

我挺着大肚子去提供社保的Centrelink办公室面试的时候，真的为工作人员亲切的态度所感动。和大学毕业出国留学办手续时遇到的工作人员风格完全不同，澳大利亚的工作人员连说话都放慢速度，尽量从“你”的需求出发为“你”提供服务，各种款项和福利又丰富又复杂。我记得对方和我说，虽然你现在刚来澳大利亚，还没有资格领政府的失业救济，但是等你生完孩子，我们会尽一切可能辅助你重新回到职场。“你告诉我们你想做什么？”办事员半开玩笑地说，“如果你想做厨师，我们就给你买菜刀和围裙，送你去技校上课。”

我至今还记得，走出面试大厅的时候，感受到的那种知道自己可以“挺直腰杆做人生选择”的幸福感。那种自信心似乎坚不可摧，因为有一整个福利制度在为我撑腰。

也是我到了墨尔本才发现，杰克妈妈嘴里说的“画廊”，实际上是一家做书画装裱的小店。杰克的妈妈原名叫乔桂花，但是作为中央美院油画系的毕业生实在无法接受这样的乡土称号，就给自己起了一个可以抽烟、喝酒、吹牛皮的外号，叫大华。她虽然以旅澳画家自称，但是平日里都在忙着给顾客的照片、印刷品装裱，也很少有时间画画。我很为她惋惜，有空总愿意和她聊聊艺术创作，以及她远在天边的个人画展规划。有一次，大华提起因为自己是学油画的，从少年时期就向往去一次巴黎的卢浮宫，但是如今年过半百，儿女成双，也没有实现去欧洲旅游的梦想。那天晚上我和杰克商量，由我们出钱资助他妈妈去一趟巴黎。杰克没有什么异议。于是我就打电活跟大华商量。出乎意料地，她没有特别积极地响应，先是说手头上有哪些活要完成，“离不开啊”，又说马上要圣诞节了，需要装裱照片、做圣诞礼物的客人会多起来，“是店里最挣钱的机会”。我也理解，就等了几个月才再和她提议，可是连最简单的英法五日游、七日游，也被她以“复活节，装裱旺季就要开始”为理由拒绝。复活节之后，是“财年终促销”“杰克的妹妹还小离不开人”等原因……我也就发现，有些愿望，永远都不让它实现，就有了一辈子抱怨命运的借口，是自己一辈子都没能出人头地的垫脚石。

这是在国内作为“社会主流”人员时不配拥有的理由，只有到了海外，成为挣扎在生存边缘的“弱势群体”，“不得志”才是真正“有志”的标识。她这样一个“中央美术学院油画系”毕业生，最终不得不向残酷的现实生活低头，这样的漂泊人生显得优美而悲壮。

在澳大利亚的头五年，去吃米其林餐厅是不敢想象的事情。好在，离婚之后的我就像终于收起锚扬起帆的船，在物质生活的海洋上鸟枪换炮。在芸豆六个月大的时候，杰克还没有要找工作的意思，甚至连政府救济金所要求的每两周去行政机关汇报一下“创业”或者“再就业”的进展都会忘记。他的理由是，不管你什么时候去汇报都一样，因为政府会追溯，将之前你应得但还没有拿到的救济金补发给你。对于生活开销也是一样。每次拿到账单，他都会在期限最后一天缴付那些会“逾期罚款”的项目，比如电费，但是并不会罚款的水费和地税，则要等到对方一催再催才付，因为这样可以最大限度地挣到银行利息。他的这些“生活小窍门”都让我大开眼界。

芸豆十个月的时候，我找到了一家澳大利亚矿业公司的工作，负责与中国市场的对接和中方投资的接洽。起初的一个月，杰克为我的工作而欣喜，自愿在家带孩子做奶爸。但是一个月后，我每天下班一到回家，他就把孩子留给我自己出门。甚至有几次是半夜醉倒在火车站，我要打电话求他妈妈去火车站接他回家。我心里明白，自己的“正经工作”已经给他造成压力。随后我开始联系公司周围的托儿机构，每天早上带着芸豆进城上班，晚上下班先去托儿所接她再回家。等孩子睡熟以后，我再陪杰克写简历、投求职信、模拟面试。那是杰克人生中第一次找工作，但他不愿意将就，信誓旦旦地说，必须要找和我工资匹配的职位，年薪六万澳币以下的工作都入不了他的眼。

几经周折，芸豆一岁的时候，杰克终于也找到了一份网络营销公司的“正经工作”。他的爸妈兴奋地给他从新加坡定制了八件埃及棉衬衫，让他可以体面地出入位于南墨尔本的办公楼。

虽然辛苦，但在有了物质保证的基础上，我们迎来婚姻生活中最愉快的一年。夫妻俩的工资收入达到澳大利亚“富裕家庭”的水平，甚至在一年的省吃俭用之后，攒下了我们第一栋房子的首付款。可惜好景不长，杰克负责的第一个项目进入尾声，因为缺乏经验，领导力不足，导致公司这一单生意亏损了二十五万。他被辞退。我因为怀上老二，无心无力为了私企老板加班出差，职业规划必须调整，也决定辞职回家，重新回归校园，攻读教育硕士，考教师证，转行当老师。这样不但方便解决将来两个孩子的上学问题，也能和孩子们同步，一年有四个假期，省去学校假期的托儿费用。其实，在读书期间，仍旧有猎头公司和中国企业联系我，甚至有去大学中亚基金会和律师事务所工作的机会，但是为了照顾杰克“一家之主”的形象，我都必须忍痛拒绝。直到离婚之后，我才意识到自己当时被杰克“男人的自尊”局限，重获自由的同时又重新感受到初来澳大利亚时，面对生活的多种可能性，可以自己做决定的快感。甚至，在他走以后，我发现自己不但不再需要拒绝好工作，也不一定要留在澳大利亚。我一个人推着二十公斤的双座椅儿童车，带着两个孩子，去日本和新加坡旅游。“考察”加“疗伤”两周之后，还是觉得澳大利亚最适合养孩子，才真正感觉自己在墨尔本扎下根来。

◇◇◇

重返伦敦的第二天，晚上要在伦敦米其林餐厅约见的“老朋友”，是我在伦敦读书时候的一个同学，叫贾斯丁。他是出生在伦敦的日法混血，亚洲人的面孔上长着高挺的鼻子、蓝色的眼睛和棕色的眼睫毛。每次看他的眼睛，我都有一种要掉进去的感觉，就像是在夏日的草原上仰望星空，有一种头重脚轻、要坠入星海的感觉。

我在伦敦政经读的是人类学硕士这个学科，虽然在西方被认为是人文学科的“数理化”，属于基础学科，但是当时国内对这个以西方殖民活动为背景发展起来的学科还没有太多了解。开学之后，我翻阅了前十年的毕业生名单，都没有看到中国大陆的学生，只看见几个台湾留学生的名字。实际上，我也是大二参加了考古田野发掘，才懵懵懂懂地对这个专业有些向往。当时考古系的老师和我说：“我们系出去的学生，在发掘技术上都是最棒的。世界上没有什么地方的遗迹，能够比得上河南遗址的复杂程度，但是我们缺乏的是理论。”

那时候对于人类学的理解，局限于民族大学的民族学、地方志的收集整理上，还知道著名学者费孝通也是在伦敦政经读的人类学博士，师从英国社会人类学田野调查创始人马林诺夫斯基。他和鲁迅一样，1928年考入医学院预科，感叹“真正的痛苦不是来自于疾病”，而是来自社会，于是转学去燕京大学，拜吴文藻为师学习社会学，毕业后又在清华大学社会学院读人类学研究生。他1938年从伦敦政经博士毕业，博士论文就是著名的《江村经济》。初到伦敦求学，我是以费老作为榜样的。他比我们这代留学生早八十年，就已经走在中国社会学与西方社会人类学的领域之间，擅于借用西方的话语体系来分析中国问题，给国人第三视角的启迪，尤其是著作中对于我当时的学术困惑，更是解释得一针见血。他在《乡土中国》里说，中国人对于意识形态的态度是非常实际的，一种宗教或者思维方式的接受程度，取决于它是不是能被日常生活所利用。我深以为然。

我们的课程除了一门人类学理论的必修课以外，都是根据自己兴趣选择的选修课。我和贾斯丁都选了“宗教人类学”。选这门课的学生很少，所以每周研讨会的时候，除了主讲莫里斯教授，就只有我们六个研究生，每个人都偷不得懒。亚洲面孔就只有我和贾斯丁两个人，不知道是不是因为他的日本背景，我们俩分析问题的角度常常相似，只不过那时候我的英文水平，还不足以“作为文化人”在课上和他调情。

上课间隙，他就在打工，帮助高中生修改作文、批改考卷之类的。毕业之后，听说他也在扶贫机构工作过一阵子。时隔十五年，这次再见到的时候，他已经是一家市场咨询公司的区域负责人了。

◇◇◇

我们相约的餐厅就在酒店附近，我和俩豆都换上赴宴长裙，沿着伦敦塔的围墙往北走不远，再穿过一个街头公园就到了。这座顶着战神雕塑的大理石建筑，猛一看还以为是教堂，走近才发现是四季酒店。这里曾经是英国的港务局大楼：正门高耸四根罗马柱，支撑着顶楼基座，之上是四座战神驾驭马车的大理石雕像，俯视三一广场、伦敦塔城堡和伦敦塔桥。依稀可以想象，大不列颠帝国称霸全球之时，来这里办理海港事务的人来人往。那些热闹，如今也随着生命的消逝，和与事者的记忆一起飘散在历史的烟雾中。

进入高挑的大堂，严峻的氛围转向柔和，深红色的木质墙面、大地色的木质家具，搭配奶油色的地毯。大堂的右侧是咖啡厅，中央的红丝绒舞台上安置着巨大的三角钢琴，暗红色的穹顶笼罩在钢琴之上，将音乐烘托为主角；左手边就是我们要去的地方：La Dame De Pic，那是法国唯一的米其林三星女主厨在英国开设的首家餐厅。餐厅的内部巧妙地用镜子包裹着罗马柱，隐藏起圆柱柔和的分割线，再用笔直的黑色木质边框，将镜中的空间重新分割，构成一个虚实、纵深、疏密叠加的几何世界。搭配如瀑布般高悬的蕾丝屏障、金色的灯光，外加厚重的棕色皮椅，整个餐厅沉重又奢华，还没用餐和饮酒，就已经感觉人生如梦。

这些年来，我和贾斯丁虽然在社交网站上还有断断续续的联系，但是此刻我才意识到，和他在现实世界中相隔两地已经太久了。曾经天天见面的同学，毕业之后就轻描淡写地不再相见，各自奔向自己生命的方向。时间也随着空间距离的拉大加速划过，以至于不但忘却了分手时的伤感，也有点抓不住再见面时的欣喜。

所幸，他见面的第一句话，是夸张的："哦，青豆，真的是你吗？是我最喜欢的青豆吗？"

我就轻松起来，和他拥抱、亲吻脸颊。然后，他转向我的女儿们，很自然地称赞她们可爱，故作姿态地和两个人分别握手，芸豆直勾勾地盯着他看，乐豆害羞地钻进沙发里。

可怜的孩子们，无法享受高级餐厅的漫长晚餐，这是来英国的第二天，还带着澳大利亚的生物钟，只各自喝一杯菊花茶，就躺在沙发上睡过去了。这倒是给了我和贾斯丁一个畅谈的好机会。我已经有好久没有在现实生活中听到这么深沉浓重的伦敦腔英文了！

在伦敦读书的那两年，我总是感觉自己笨，脑子不够使，加上英文也不够好，很多时候连同学们说的笑话都听不懂，终日生活在社交尴尬中。英国人的幽默感也和我们在美剧里看到的不同：美式幽默很直接，滑稽、直怼、夸张，然而英式幽默很多情况下是在严肃的表情中传达出来的黑色幽默。那时候，我总分不清对方是认真的还是在胡说八道。学术上更困难，尤其是人类学，涉及哲学、社会学、心理学和社区经济发展等很多领域的专业知识，每周的必读书目多到吓人。像杜尔干这种喜欢写长句子的学者的著作，我甚至要拿尺子比划着，用下划线画出哪些是动词、哪些是修饰谓语的补充条件、哪些是限定语境的从句，才能看懂，速度比同组的学生慢几十倍。印象中，我就没有一个礼拜能够完全读完参考书的。很多作业，我觉得自己非常努力阅读、思考、斟酌用词，成绩依然不理想，然而贾斯丁去酒吧，去打工，各种活动都没有落下，还能拿优秀，更加深了我对自己学术能力的无奈。

像奇迹，两个十多年没有见过面的人，从落座那一刻开始，所有的记忆都涌上来。简直难以相信，我们居然可以回忆起这么多、这么久之前的事情来，好像从没有分开过一样。

看到他手上没有戴结婚戒指，让我有一点点欣喜。可能是我正在通过一种单亲母亲的"自卑滤镜"观察他，本能地想压抑情绪，告诉自己"有期待心态就会不好"，但是嘴角的肌肉却忍不住抽搐上扬。我跳出躯壳回看自己那样子，特别傻。

"多么美好的回忆杀！"贾斯丁说，"收到你的邮件时，我自己都很奇怪怎么会感觉这么亲切！你看上去很棒。"

我想热烈地回应他，但只说出口"你怎么样"这种平凡的问候。

贾斯丁不无感慨："我2008年去上海工作，在那里七年。那时候总以为能再和你见一面！后来我又去东京工作了四年，今年才回到伦敦，本以为我们的生活不会再有交集……”

“日子这么一天一天推着过，却总有翻天覆地的时候。我2008年嫁去墨尔本，谁想到2013年又离婚，2014年的时候我带孩子们去东京疗伤。可惜那时候你还在上海。”我说，心里想起那句不知道从哪听来的“夜晚总是很漫长，岁月却太短暂”，于是那种我启程之前计划好的“时间穿梭之旅”的感动终于出现。

“我最近总感觉世界颠三倒四，”他说，“伦敦生活非常好。这么多年来我都没有结婚，正准备今年和女朋友求婚，我们的关系却莫名其妙结束了。不过生活就是这样有起有落，让人没有办法。”

贾斯丁和原来一样，一段话要在政治正确的观点中结尾。

“我懂。杰克刚离开之后，我第一次自己从厨房的大垃圾桶里把一大包垃圾提出来的时候，觉得这就是世界末日。后来我逐渐习惯不需要妥协的生活，可以自己决定什么家具放在什么地方，可以自己决定下一个假期带孩子们去哪里玩。甚至有一点享受单身生活。”

贾斯丁的眼睛里闪过一丝失望。

“刚恢复单身的那一年，我约会了七个人，都无疾而终。直到第七个人问我离婚几年，我说一年，他说，那你出来得太早，”我忍不住和贾斯丁解释道，“回头看那个时候的自己，也无非是想证明自己还有市场竞争力，还有人要。”

和杰克在一起的七年里，头两年是远距离的欲求不满，后五年是在怀孕、生孩子、喂奶、换尿布中的筋疲力竭，几乎忘记自己也是个人了。我那时候的身体极尽疲惫，精神和心灵却空虚绝望。

“你能想象吗？我在怀芸豆的时候读完《三体》和《平凡的世界》，在怀乐豆的时候读完普鲁斯特的《追忆似水年华》，每次抱着孩子喂奶的时候，我都被对文学和智慧的向往啃食，是一种从内到外的饥饿感。”我虽然无意抱怨，但是贾斯丁在这个时候突然伸手搂住我，好像是给我一个可以继续说下去的通行证，“直到孩子们断奶，我才发现曾经的自己有多么累。”

我没有继续说太多，因为那一刻我发现自己早已熬过最困难的日子，没有必要再纠缠于过去的公平对错了。终于，现在孩子们可以“生活自理”，我也摆脱了每天喂奶换尿布的生活。终于，我有足够的信心再次对新生活雀跃。

贾斯丁耐心地沉默了一会，看我真的不准备继续抱怨下去，才缓缓开口：“你的经历我恐怕很难体会，也无从安慰。不过我想，普鲁斯特尽管被公认为法国20世纪最伟大的作家，却因为写作《追忆似水年华》穷尽了他所有的生命力，从三十多岁开始生病，只活了五十一岁。生病之后，他的感官变得特别敏感，特别怕声响，也怕光。”

我知道贾斯丁也是热爱文学的，实际上，我一直坚信不论是哪个领域的佼佼者，都一定是热爱文学的人。不论哪个领域，要做到顶级水平，都必须要有可以在文学作品中共感和享受人文大爱的能力。

普鲁斯特的故事还在继续，贾斯丁接着说：“一个怕光的人，白天是不能出门的，他只有在夜晚才偶尔走出公寓，看一眼大街就又钻回到黑暗中。他对气味和声响的敏感程度更是到了极致，是那种如果有人敲打墙壁，他就犯哮喘病的程度。普鲁斯特生命最后的十五年都生活在巴黎一个小小的阁楼上，用软木镶满墙壁隔音，窗帘也从不打开。他就在这黑暗的十平方米小屋里写出《追忆似水年华》，只用一行行文字滋养自己直到结束。”

“一个自愿的囚禁者。”我慢慢地琢磨着布鲁斯特的故事，感叹道，“自愿囚禁了十五年。”

“这本书的法语原名是*À la recherche du temps perdu*，英文翻译作*In Search of the Lost Time*，寻找丢失的时光。”贾斯丁谨慎地看向我。我就又掉进他的蓝色眼睛里。

不知道是不是太久没有放松，第一杯酒就把我催出了眼泪。在朦胧的视线中，我看见米其林女厨师创作的新颖菜式，惊叹它们的精致，取笑工匠精神的不可理喻。红菜头脆片搭配芥末酱，啤酒味的黄油，以及烤鳗鱼口味的冰激凌搭配薄脆的西葫芦片……

压抑太久的情绪就是这样，在你刻意追求感慨的时候，往往变成无法攻克的城堡，仿佛曾经用尽全力抓住水闸头太久，手指和臂膀都已经麻木，甚至忘记保持这个动作有多费力。突然，在不经意间，想要“再加把劲”的时候，闸口却滑脱，然后热烈的情感就洪荒猛兽一般倾泻而出，什么尊严、什么礼节，都拦不住。

十五年前在伦敦政经读书的时候，我对贾斯丁是有好感的。只是那时候我的心被拴在国内，对现实中的“身边人”打不开，对本来就朦胧的暗示和暧昧更是茫然不见。

本地学生和留学生不同，贾斯丁并不住在学校宿舍。有天晚上叫我去他租的房子吃晚饭。我进门之后才发现，他的室友并不在家，才明白他的用意。我到的时候，他早就包好了饺子，说要给我做日式锅贴。从锅底倒油、放入包好的饺子，煎至金黄再泼入凉水，水气蒸腾的瞬间盖上铝质的锅盖……我站在他背后看着这一切，第一次看见一个男生这么熟练地做饭，好奇地问："你怎么知道饺子是不是熟了呢？"

他转过身来，腼腆地笑，说："我也不知道。我正准备打开锅盖尝一个。"

那天晚上什么也没有发生。

我记得他送我到公交车站的时候，给了我一个熊抱，我的胳膊搂着他的脖子，感觉他厚实的肩背，真的像一只安抚人心的泰迪熊。

后来，听说贾斯丁和班上另外一个西班牙女孩上了床。尽管他们并没有在一起，我还是忍不住总去观察这个女生。我记得在酒吧里看她穿着修饰身形的白色长风衣，和贾斯丁说话的时候，手会伸进他的外衣胸口。我觉得这女孩整个人都散发魅力，眉眼更长成一种我永远达不到的漂亮。

再后来，国内的男朋友寄来一只蓝色的泰迪熊，是他送我的越洋生日礼物。我就给它起了个名字叫"腼腆熊"。它在宿舍里，陪伴我度过了很多个流着泪读邮件的夜晚。然而，学习结束匆忙逃回国的时候，我并没有把它带回去。

"我记得当时是喜欢你的，"40岁的贾斯丁说，"只是，生活就这么一天一天地推着往前走，直到终有一日翻天覆地，再也回不去了。”

◇◇◇

在巴黎阁楼上写作的普鲁斯特，是十五年的自愿囚禁者。也许，我们每个人都是自己的瘟疫，把自己囚禁在软木塞包裹的阁楼里。所谓“抗疫”的结束，不过是下一场战役之前的中场休息。

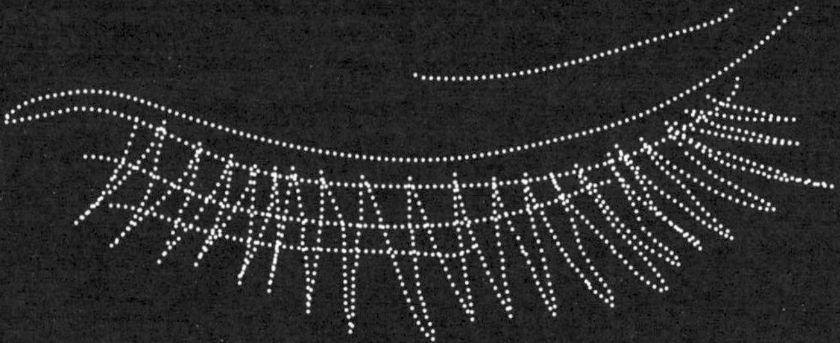

Day

03

会说希腊语的“夜礼服假面”

和贾斯丁把酒言欢的隔天早上，我还能感觉到宿醉的头晕眼花。

二十几岁的时候，宿醉是睡到第二天中午，然后穿上宽大的衬衫和牛仔裤，晃去街边喝一碗粥。阳光下，撇着八字脚甩出去的每一步，都透露出“不着急，今天没安排”的青春气息。如今三十六岁的宿醉，却是清晨六点挣扎着起床，给娃娃们煮鸡蛋煎培根做早饭。唯一的奢侈，是在她们终于开始用餐的时候，端一杯薄荷茶坐到阳台上，看泰晤士河面被来往船舶劈开一条条白浪。此刻的我，妄图回忆过去，一定是浮肿而苍老的。

我不由得在想昨天贾斯丁说的故事。普鲁斯特“活”了三十年，然后就自我封闭，靠咀嚼前半生的经历至死。我们海外移民——不管是来自中国、法国、日本还是西班牙，是不是仅仅靠“前半生的故土经历”，就可以滋养后半生作为边缘人的生命？在重新出发之前，被反复咀嚼的那些年，究竟是更深一步地融入到我们生命中，还是反而从正在活着的当下，被剥离开了呢？像我们这些十几、二十岁出国的人，在海外的时间超过在故土的时间之后怎么办呢？如果普鲁斯特在隔音黑暗的阁楼里生活超过三十年，他还算是巴黎的贵族吗？

我坐在阳台上，看着泛着浑浊波澜的泰晤士河，分不清它和墨尔本的亚拉河有什么区别。当初在伦敦留学的两年里，只去过大英博物馆一次。作为一个人文学科的学生，没有夜以继日地浸泡在大英博物馆里，我为此感到很惭愧。就像后来我听说考古系的同学毕业很多年才第一次去西安，学习历史多年却没有去过秦始皇陵，在中央美院学油画却一辈子没有去过卢浮宫一样。所以在伦敦的第一个“旅游景点”，必须是大英博物馆。

为了让这趟博物馆之行彰显隆重，我拿出在机场买的娇韵诗口红套装，和闺女们一起打扮起来。给自己涂上大红色的口红，给孩子们涂上粉色的。走出酒店门口，开开心心地钻进黑色的伦敦出租车，司机告诉我们博物馆要十点才开门，我们恐怕到得太早。

“没关系，”我跟司机说，“我们可以在周围逛逛。”

司机明显有些担心，提示说：“周围没什么可逛的”。不过还是很专业地把我们送到大英博物馆门前广场的铁栅栏边。

其实，大英博物馆白天拥挤，如果不提前赶到，恐怕各个展厅都要排队，不利于我这样带着两个幼崽的文艺单亲妈妈。好在大厅一楼右侧，主打珠宝首饰的礼品店虽然十点才能结账买东西，但九点就开门了，我果断带着娃娃们先走入礼品店，看好心仪的纪念品，准备等十点一开放交易就先购买到手，省去两小时后大部分参观者结束游览时，礼品店的排队环节。

对于礼品店，我也早有研究，大英博物馆根据各个展厅中所展示的时代、文化特点，开发各种系列的首饰、家居用品，有品位又不贵，相当诱人。我看中几样18世纪浪漫主义风格的花鸟鱼虫耳环、奥斯曼帝国时期粗旷风格的宝石项链，还有现代艺术展厅的丝巾，和几何形状的荧光色保温瓶。姐姐和妹妹不仅选择了繁复的涂色书，还挑选了好几款塑料小黄鸭：有日本武士小黄鸭、埃及艳后小黄鸭、女王小黄鸭和戴斗笠的中式小黄鸭。加上后来我们在剑桥买的巴黎画师小黄鸭、撑船小黄鸭和在伦敦塔城堡里买的戴着黑色高帽的红衣卫兵小黄鸭——伦敦之行总结起来，和小黄鸭一起泡澡玩耍的时间，比出门时间还长。

九点半的时候，姐妹俩各自捧着漫画书寻一片大理石座椅安顿下来，我便去排队租导览耳机和图册——有供成人和儿童的两种。成人版本信息量更丰富，儿童版本色彩鲜艳，通俗易懂，还有一些互动游戏。

事后证明导读耳机的必要性：一旦博物馆的大门正式开启，汹涌的人潮下，著名的展品几乎都无法近身，甚至是极具学术价值，但黑漆漆没什么观赏性的罗塞塔石碑，都被围得水泄不通。我们除了在礼品店里“逛街”，大部分时间都是站在展品附近、听向导讲故事。而且这样的景象，并不局限于假期。大英博物馆和巴黎卢浮宫一样，每天免费向世界开放，也就等于每天都是人山人海的景象——我终于想起来，当初在伦敦读书的时候，为什么只来过这里一次的原因。

今天也不例外。我这个古希腊迷，居然还没等到有机会挤进希腊馆，孩子们的电池就耗尽了。下午三点回到酒店，一不小心母女三人都昏睡过去，让三天倒时差的努力全白费。

◇◇◇

其实，对于古希腊罗马的崇拜，从上大学的时候就开始了。因为混迹在北大戏剧社，听孙柏前辈讲戏剧史，总要提到酒神祭祀和希腊悲剧。随后又跟着师兄师姐，半懂不懂地看戏剧和舞蹈的录像，基本属于别人吃桃我啃核的盲从。

直到多年以后，我开始参与墨尔本所在的维多利亚州政府一些和教育相关的工作项目，遇到一个希腊裔的老板，才开启我重新学习古希腊哲学的兴趣。他有一个“X”开头的、典型的希腊名字“赞拿芬”，但对于非母语的人来说这个“X”字母太难发音，我就在背后偷偷给他取了个花名，叫“牛肉粉”。

“牛肉粉”是高中生物和古希腊语老师，并且给州政府做了二十五年的古希腊语高考负责人。我第一次见到他的时候，是在州政府教育局开会。那时候维多利亚州政府计划开设一门新的中国语言文化高考课程，叫各方代表来讨论选取中国文化部分的辅导书。那是我第一次去教育局开会，战战兢兢地跟在前辈中文老师们的身后，在高大的写字楼前台登记、刷卡、等待办公室派人下来接我们上去。通过比海关还严格的安检，我眼睛都不敢随便乱看。他坐在会议室长桌的角落，并不起眼。会议室坐落在CBD边缘写字楼的三十二层，透过巨大的玻璃窗可以将墨尔本的景色尽收眼底。澳大利亚本来就少有高层建筑，加之会议室朝北，站在窗口，从近处的皇家展览馆、墨尔本大学，到东北的文青聚集地Fitzroy、Brunswick区甚至北部的山脉都一览无余。与会的老师们纷纷惊叹美景，然后拿出手机来拍照，气氛松弛下来。

由于中国文化的范畴太广泛，所以教育局希望我们能组成一个专家小组，根据教学大纲给出一系列参考书目，以缩小学习范围、辅助在职老师授课。当时我真的是一个初生牛犊不怕虎的新老师，加上一线教学老师的身份，自以为人文学科的背景足以支持我对很多问题的意见，在会议过程中不断地从书包里取出事先准备好的材料侃侃而谈。然后我就注意到“牛肉粉”同样兴奋的目光。

“各位，我们也在寻找高考出题小组的成员，希望大家能够积极申请。”他盯着我说。

我热情地点头回应。

他笑了：“不光是你，青豆。在座的每一个人都欢迎。”

我也不好意思地笑，发现自己无意间身体向前探，说话的时候还摆出一个随时向他冲刺的起跑动作，赶紧坐回到椅子深处，但同时也小小地开心，因为他记住了我名字。

后来，我参与了关于这门中国语言文化课的幕后工作，直到2018年第一次组织高考阅卷。在这一年的接触中，“牛肉粉”作为直接领导，对我的工作非常支持，甚至坐阵我的两场高考阅卷官培训。虽然大部分时间都是我们一群中文老师在讨论中文语言相关的内容，他依然从早上八点坐到下午五点，尽可能地参与讨论。第一天培训开始的时候，我紧张得双手双脚冰凉，看到他从楼梯口走进来，仿佛是在交通事故中看到赶来的警车和救生员。

不知道是不是因为初春的清晨让人欣喜，“牛肉粉”带着青草的朝露，俯下身给我一个拥抱，说：“不要紧张，全维州没有比你更了解这门课的人。”

培训结束，他临走前又低头对我说：“做得好，这是我们可以预想到的最有效率的培训。”

我看着“牛肉粉”穿着黑风衣离去的背影，觉得他简直就是

《美少女战士》漫画里的蒙面侠“夜礼服假面”*！

在维多利亚州的高考设置中，所有的语言考试，都有口语和笔试两部分。高考学科负责人需要在年底的时候，将各部分工作写成总结，不但是给政府一个交代，也是给一线老师和考生的反馈，并且也为来年的备考师生提供方向性的指导。我自然是紧张到无从下手，然后找他求救。他在政府办公室给我安排了一个小房间，拿来各种分析报表，还打印出好几份其他学科的主考官报告给我参考。在编辑的过程中，他也耐心地听我想要表达的意思，再帮我修饰成既自然又严谨的英文。

有一次在讲解古希腊语报告的时候，“牛肉粉”坐在我身边，轻轻地念了几句报告中的希腊语，我听得直入神，只看见他宽厚的手掌扶着报告，修长的手指尖上，指甲是长方形的。至于他在说什么，我已经全然不知。

我印象很深的是，他在讨论过程中会突然严肃下来，跟我说：“我们是政府的公职人员，这份试卷不属于个人，我们所有集体创作的成果，都属于维州的每个人。”我从来没有意识到这一点，也没想到他会说出这种“打官腔”的话。不知道他是真的正直，还是因为在这个职位上所以必须要说“政治正确”的话，因为在日常的工作中，“牛肉粉”一贯是高效和务实的。后来我逐渐理解，掌握着某种权利又能高效务实的前提，是这个人必须要有一股子理想主义的执念才行。

他走以后，我去偷偷翻看古希腊文的高考试卷，眼睛里就

---

* 日本漫画《美少女战士》中的男主角，以黑色礼服蒙面侠的形象出场。

直接冒出了爱的火花。我发现古希腊字母长得奇怪，差不多是一堆我们数学课里面才会看到的欧米伽、阿尔法符号。不仅如此，古希腊文的高考题目，竟然有很多关于希腊神话中的神迹故事。“不明觉厉”。然而再看我们的中国语言文化课，因为是一半语言、一半人文学科这种“跨领域”的时髦设置，也因为对于学生的中文语言要求相对较低，导致语言部分的高考题目相对浅显。比如，2018年高考试卷中的写作是以说明文和想象文为写作手法，写一篇日记，描述你吃过的一顿饭。感觉因为语言难度的障碍，我们考试卷子上体现出来的思想深度相差了十万八千里。

基于对“牛肉粉”从专业精神到学术能力的全方位崇拜，我又重拾了对古希腊哲学思想的兴趣。所以爱慕绝对是学习的动力。我想起在大学宿舍里那些学习成绩好的同学，听教授聊天的时候也都是花痴脸，才后悔自己觉悟得太晚。

◇◇◇

哲学就像是一场旷日持久的辩论，一个学者提出一方论调，接下来的学者便抛出回应的另一种论调。不知道是不是所有的哲学初学者，都是从《雅典学院》开始认识古希腊学者的。那是意大利文艺复兴时期的大艺术家拉斐尔为梵蒂冈所作的壁画。从画面中央的柏拉图和亚里士多德开始，涵盖数学、哲学、机械、政治等众多领域的精英，而柏拉图的形象，更是以文艺复兴时期最著名的博学者莱昂纳多·达·芬奇的样貌出现，足以证明柏拉图的哲学思想对后世人类认知世界的影响。

然而对我影响最深的，却是由公元前3世纪的古希腊哲学家芝诺创立的斯多葛学派。斯多葛学派早期学者多是叙利亚人，直到1世纪的皇帝导师塞内卡在被迫自杀前所作的《对话录》，和2世纪的罗马皇帝马可·奥勒留写于军营中的《沉思录》问世，才变得有名。也许像人类学者费孝通说的，中国人的思维模式中，需要寻找哲学思想的现实功能，这样的思想才有意义。所以尽管我不能认同斯多葛学派中万事无限重演的思想，但在理性接受不幸的时候，这个学说就特别有帮助：

首先，“给予希望”并不是安慰人的最好途径。希望就像是精神鸦片一样，只能让人“期待越高，跌得越惨”。我刚出国的时候，也无法理解对方怎么可以用一句“Cheer up（打起精神来）”，或者“Just move on, everything will be fine（往前看，一切都会好起来的）”来帮我解除痛苦。甚至到现在，也常常会为收到“天真而乐观的安慰”而被激怒。因为给人不切实际的希望，要么是敷衍，要么是愚蠢，并不能解除面对不幸时的痛苦。

其次，“易怒”并不是天生的性格，而是来自对生活不切实际的“希望”。实际上，我们并不会对所有的不幸愤怒，而仅仅对“与自己相关的”“意外”的不幸而生气。明确这两个前提条件，就给我们提供了平复内心怒火的可能。当你承认“未来无法期待，可能好，但更可能坏”的时候，不幸就变成了“意料之中”的。扪心自问，除了主观臆断的“美好希望”，这世间难到真的有什么东西可以确保我们不遭受厄运吗？

就像塞内卡*在被迫自杀之前，告诉他妻子的：

* 古罗马政治家，斯多葛派哲学家，罗马皇帝尼禄的老师，但是被尼禄指控为阴谋论者，当着妻子的面被赐死。

“何必为生活中的某些片段哭泣？君不见整个人生都是泪水。”

此外，生而为人，内心的纠结往往来自人性中的“自我意识”，和“自我觉悟”。尽管“自我意识”肯定个人的存在是有意义的，给我们带来建立社会关系的基础，但同时也让我们太把自己当回事；尽管“自我觉悟”让人类种族反思自我不足，提供进步的可能，但同时也持续不断地提醒我们，任何一个独立的个体都不是万能的。

我们接受教育，在“自我觉悟”中压抑“自我意识”，越是有教养，越是为其折磨。我们逃不开这种自我蹂躏，就像我们逃不开自己是人类的现实。

更可悲的是，我们作为新生命对于这个世界的初体验，实际上正是对现实世界的不切实际的“希望”：由于婴儿完全依赖于他人的关爱和服务才能生存，所以以哭闹来要求，并安然接受赠予与服务，就是最自然不过的事情。可惜，当我们作为独立的个人进入社会的时候，却发现每个人的“出厂设定”都是对周遭爱与服务的索取。成熟的过程，实际是扭转这种婴儿期被灌输的“理所当然被照顾”的过程，成长的痛苦，便成为必然。

所幸的是，博物馆给我们提供了一个转变的可能。大英博物馆巨大的玻璃穹顶下，陈列着包罗万象的文物奇观。置身其中，每个人都感觉自己如尘埃般渺小。这种渺小，正是我们不要把自己“太当回事”的起点。在这里，每个自尊、自负、自卑的人，都同样无足轻重。面对历史长河，每个一己私欲都可笑。流连于展厅中，发现个人的执念，都会被艺术家上升到爱情的高度，对于存在价值的探索，则被扩展到人类共同体的范畴……

终于，我体会到一种跌入尘埃后的轻松——又悲又喜地发现，别人并没有那么关注你。嘴唇的颜色，额头的火疖子，裙子上的橘子汁痕迹……放弃自己的重要性，放弃不切实际的希望，我们才有了平静面对痛苦的武器。毕竟，你的精致或粗糙，别人并没有那么关注啊！可惜在大学读书的时候，并不懂得这些。我自顾自地沉浸在青春的焦虑和窘迫中，挥霍生命也在所不惜。

总之，大英博物馆，把各个人家的十八代祖宗都搬到了一处，确实震慑人心。

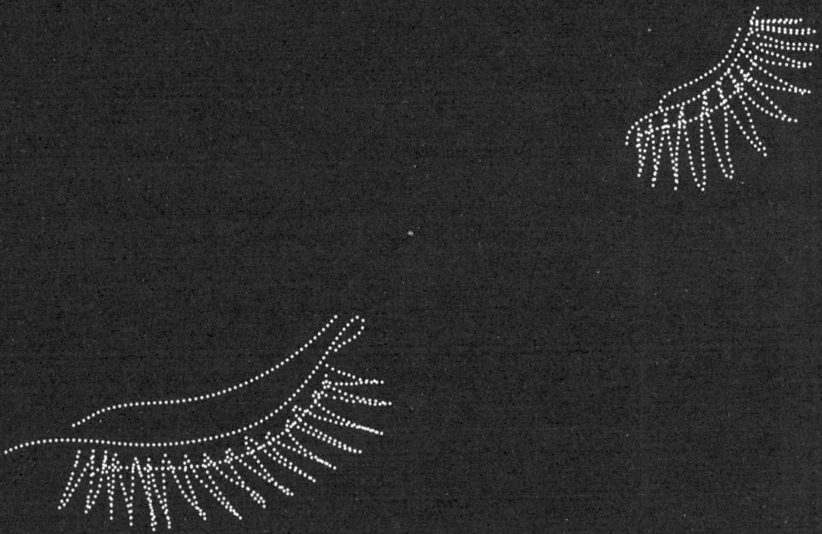

Day

04

曾经的新年愿望：不拧巴

像舒小红为小麦计划每日的行程一样，我带着有时差的孩子们旅游，每天也有一个可以外出活动的“时间限制”，因为她们俩的精力电池只够在外面走三四个小时。所以，昨天从大英博物馆出来，我们就直奔酒店房间睡午觉，一觉醒来，傍晚的活动便是在酒店房间里看动画片、画画、涂颜色。

其实自从当了娘，什么矫情、什么把生命活满、什么勇于尝试让生命不留白，都是过眼云烟。简直不能相信大学毕业以后的那几年里，我每个跨年许愿，都是告诫自己“新的一年不拧巴”。现在看来虽然是欲赋新词强说愁，但也是满满的青春味道。

直到现在，我也会拿起手机，花很长时间翻看旧照片，想要看看在杰克离家出走之后的几个月里，我是不是面容憔悴。结果却发现自己在照片里的生活完全没有变化。我带孩子们去参加生日派对、听演唱会、去农场摸小动物、喂猪喂牛，甚至更喜欢化妆，打扮得漂漂亮亮出去玩。可笑的是，回忆却与照片中的记录相反，感觉全是苦涩。好在只有我自己记得，曾经在教会周日做礼拜的时候，一边唱歌一边闭上眼睛痛哭流涕的情景。它那么隐秘，没有任何物质证据能证明，那几年的生活还有一个痛苦的版本。

◇◇◇

我初到澳大利亚的很长一段时间，常常遇到当地教会的朋友表达善意，并且感觉难以置信。生完孩子，转行在当老师以后发现，澳大利亚的大部分私立学校也都隶属于某个教会，要么是天主教，要么是基督教下的各个门派。初来乍到，没有朋友、没有工作，作为一个孕妇想要在一个新的社会环境中交朋友，教会显然是最安全快捷的选择。我从北京的咨询公司辞职来到墨尔本，也是从紧张快节奏的生活里一下子跳脱出来，心里空了一大块，因此并不排斥接近新体制的机会。只可惜那时候我们别无选择地要和杰克妈妈住在一起，而她的装裱店，则开在一个比较保守的犹太区。那里寥寥无几的基督教堂里，大都是退休的白人夫妻，礼拜的形式也很枯燥保守。尽管如此，我还是在第一次参加教会活动的时候就交到一个新朋友：她是一个台湾女孩，叫冰冰，2009年嫁给一个澳大利亚人，生了儿子，便定居在墨尔本。冰冰的公婆也在教会，老太太介绍我们俩认识后便退居幕后，任由我们年轻妈妈们交往。我有一段时间常常带着芸豆去找她家儿子玩。

起初，我们俩都全职在家带孩子，没有工作。她瘦瘦小小的，有先天性心脏病，但是能一边一只手抱着儿子喂奶，一边和我聊天。她还说怀孕的时候也会犯心脏病，但不能吃药，就准备一盆漂着冰块的冰水，然后把整个脸扎进冰水里憋气。反复刺激几次，心脏病的感觉就能扛过去了。

平时老公们都不在家，我们聊着天，好奇着彼此的故事，关系就快速发展起来。这基本上是所有新移民都经历过的“自救”过程之一：我们受过高等教育，有思想，有能力，头脑开放，勇敢尝试新鲜事，讨论所见所闻和对这个新社会的点滴认识，然后集思广益想象创业机会，抓住机会拓展社会交往，参加那些有必要或没必要的社交活动和学习班……直到各自找到“正经工作”，日子逐渐加速飞逝，我们也就渐行渐远。她去了一家金融机构，我去了一家矿业公司，都是繁忙的职务，在家庭、工作、度假和回国探亲之中，再也抽不出时间见面。不过我知道，万一有天再见到冰冰，我们也依然能保有那份亲切感。因为现在的不见面，是我们已经结束“过渡期”、过上移民后“正常生活”的证据。

杰克走后，国际留学生部的同事翠西给我打电话，她很婉转地说理解我的境况，希望能够帮助我。我说：“从小生活在没有统一宗教信仰的国家，让我很难敞开心扉接受一套完整的信仰体系。对于教会，内心总是有所抵抗。”她说：“我和你一样，我并不是盲目的人。我们通过学习《圣经》，用科学的方式逻辑论证和证实生活中的现象。不过在你决定如何看待上帝之前，可以先问问他‘What am I to you（你如何看待我）’。”

虽然到现在我依然觉得这肯定是某种心理暗示的假象，但是那天晚上，孩子们都睡觉以后，我默默坐在床边的地毯上，第一次试图祷告。也许是不习惯，就算是一个人不发出声音的祷告，我也很害羞，不知道应该说什么。因为心里总觉得如果上帝真的能听见大家都在抱怨和祈求，会不会也很苦恼？总觉得不应该用自己生活中的小事来烦他。于是，我就按照同事教我的，在心里默默地问他：

“你如何看待我？”

从对这个同事和英语语境的了解，我想答案无非是澳大利亚人挂在嘴边鼓励人的话："You are beautiful.（你很美。）""You are enough.（做你自己就足够。）"诸如此类善意而鼓舞人心的话。但是出乎意料的，我竟然真的听到一个声音，他说：

"You are a kid."——（对我来说）你是一个孩子。

瞬间，委屈直涌上来，泪奔。

◇◇◇

我最先走入的教堂，是我任职的西本中学的小礼堂。那是一间小小的红色教堂，在校园的正中央，也正好在我办公室的对面。平日里，常常看见学生们在集会后，从教堂里走出来，散落去四面八方。教堂面向学校的大门，从外面看并不大，但内部空间很开阔，坐得下全校两三百位老师一起祷告。我记得入职第一天，全校都聚集在这个小教堂里，迎接新学年。我很尴尬地和旁边的同事说，我手上还戴着雍和宫的佛珠呢。

学校的牧师叫凯文，他有一种特殊的才华，能够用非常生动的方式把你带入宗教的话语系统内，完全没有被洗脑的感觉。和他说话的时候，我们只是在另外一个语言系统中讨论真实的事情，而不是宗教内和宗教外的两个人，或者灌输和被灌输观念的感觉。所以我问他："为什么会相信上帝？为什么会做牧师？"凯文很坦诚地告诉我，他从小的生活中没有父亲，和上帝相处的过程，就像是和父亲相处的过程。于是，我给他讲我问上帝的问题，说怎么也没有想到收到了那个答案。

凯文很诚恳地说："啊，多么好的答案。"

我那时候是刚到学校的新老师，入职不到半年，总觉得自己还是学校的边缘人，但是凯文慷慨地邀请我带着孩子们去他家过圣诞节。我突然觉得自己像班上的留学生一样，受到了善良本地人的照顾，被邀请去参加主流同学才能参加的派对活动。圣诞节当天，我按照地址来到凯文家，才发现他居然只邀请了我们一家人。于是又被感动一次。他让我第一次体会到生命中，人和人之间可以有那么一种亲密关系，既真挚热烈，又单纯无辜。

凯文和我同岁，永远挂着和蔼可亲的笑容，分不清是牧师的职业笑容还是本人性格随和。那天圣诞日午饭，我第一次见到凯文的老婆和四个孩子。他老婆叫希纳，是一个很年轻的丹麦姑娘，据说两个人是在凯文留学丹麦的时候认识的。希纳在生过四个孩子之后有些圆润，头发的颜色淡黄但是发量很多，柔软的大波浪铺散在耳边，垂在肩膀上，遮挡住腮部的棱角，给人非常坚定又温暖的感觉。他们夫妻俩的笑容很像，不知道是北欧背景给他们带来了干净的灵魂，还是坚实的信仰赋予的安全感，两个人都高高大大，又憨憨厚厚的。

坐在沙发上聊天的时候，我就知道他们和我不同，没有那种随时怀疑这怀疑那的警惕眼神，从而也就没有聚会时强装随和的尴尬感。

四个孩子相对于同龄人来说也很高大。我们进门的时候，年纪最大的哥哥正带着三个顶着蓬蓬卷毛头发的妹妹，在厨房门外有顶棚的院子里玩车轮翻。四个孩子都是长手长脚，翻起跟头来特别明显，从厨房水池上的窗户望出去，全是飞舞的手和脚。小哥哥虽然只有八岁，但是看上去很成熟稳重，跑过来和我们打招呼，然后就小心翼翼地弯下腰来和芸豆、乐豆微笑说话，很快就拉起她们的手去玩了。五个小女孩混在一起，都蹦蹦跳跳的。

大盘的食物摆在色彩斑斓的桌布上，穿插其中的还有大盘的水果沙拉、裹着巧克力的姜饼曲奇和五颜六色的圣诞拉炮——这是一种用彩色纸壳做成的长条糖果形状的响炮，在吃午餐之前，邻座的两个人会一个人手持长条纸筒的一端，向两个方向一拉，便有鞭炮一样的“啪”的响声，然后纸壳里装的小玩具和小纸条便散落出来，里面一般会有写着笑话或者格言的小纸条、彩色薄纸做的皇冠以及塑料小玩具。

圣诞午餐的主菜是烤猪肉和土豆泥沙拉，还有水煮菜花配蘑菇酱汁。放眼向桌子上望去，这些静物比我们这些“活物”还热闹。在主人的招呼下，我们大大小小地围坐在长桌上，手拉手祷告，感谢上帝赐予的食物。然后就和旁座的人噼噼啪啪地拉响圣诞拉炮，各自戴上黄色、粉色或者蓝色的纸皇冠，在喜庆的气氛中吃起来。我歪戴着一顶滑稽的紫色纸冠，彬彬有礼地切肉、咀嚼、观察孩子们有没有把食物平稳地送到自己嘴里，开始喜欢上这种“规矩重重”中又透露着一点“不把自己当回事”的圣诞午餐。之后的每一年圣诞节，我都会模仿凯文家的“仪式礼节”，带着孩子们吃一顿烦琐的午餐。

随后的工作日里，尽管我还是会偶尔去学校的小教堂找凯文吐露心事，但是周末依然选择和翠西一起去她所在的教堂参加活动。那是一个非常小的教会，做周日礼拜的地方也算不上教堂，是西部工业区里一个废弃厂房。内部简单地搭建一个舞台，舞台前摆放着五六排折叠椅，四壁刷黑漆。翠西用粉笔在黑墙上写“不论你来自哪里，我们是一家人”。

连续有几个月，我带着孩子们每周日到这里来，和大家一起祷告，唱歌，听牧师讲话，然后喝茶、聊天、吃简单的三明治。这里的牧师是一个澳大利亚出生的印度男子，瘦高，脸上有棱有角，头发很整齐地梳到脑后。他和凯文一样风趣幽默，但是谈话的主题更针对成年人，他会给大家讲《圣经》故事，然后分析某些段落，再联系到他自己或者朋友们在生活中的经历。我去教堂的时候，对于交朋友并没有兴趣，虽然每次活动开始，牧师都会让我们互相问候几分钟，但是我更喜欢默默坐在位置上听他讲故事，也喜欢跟着大家唱歌，然后一边唱一边汹涌地流很多眼泪。祈祷和唱歌的时候，每个人都沉浸在自己的情绪中，也并不担心眼泪被旁人看见。有一次，我甚至看见一个胖胖的中年男人祷告到一半，把自己哭倒在地上，浑身颤抖。我记得那个场景，我飘在空中，看自己躲在人群背后，一只手抱着乐豆，一只手伸向天空，闭着眼睛唱着歌，眼泪不断地流。

可惜我没有在教会里停留太久。不论怎么努力，我依然难以完全敞开心扉，接受某一套完整的话语体系、逻辑概念。我想，不是基督教、天主教或摩门教的关系，也不敢说是害怕“信上帝”之后，会失去思辨的能力，或者“客观”的判断力。也许是担心在“无神论”的家人朋友面前被“标签化”？

因为我并没有能够走进这个宗教框架，也无从知晓身在其中的思维方式，所以说不清为什么有所抗拒。但这几个月里，我切身体会到内心对于“痴狂”的渴望，在之后的日子里，也无时无刻不渴望在周日礼拜这样的“群体痴狂行为”中，由于分离身心而获得安全感。

凯文在我离开西本中学之前离职，他和我说要带着孩子们搬家去丹麦。他说希纳大学毕业以后就跟着他回到澳大利亚，生养四个孩子，现在是时候换他陪希纳回家了。

凯文说："每次我们回丹麦，希纳一下飞机就像变了一个人似的，发自内心的喜悦。"

我想起来，他说过，希纳一直在家带孩子，并没有什么朋友，所以介绍我们认识。他看得出来，希纳作为新移民、全职主妇、四个孩子的妈妈，与他自己每天西装革履出门上班之间的对比反差。但也许和我一样，总是想着能拖一天是一天。

"我们想要在复活节假期搬家，"凯文说，"趁着丹麦最暖和的时候。"

我知道他实际上是在说，他知道自己肯定会想念澳大利亚的阳光。

在学校上班的最后一天，副校长在教师会上赞美他的工作，说"他的天赋是和我们每一个人做好朋友"。然后大家就陆续走上前和他道别。我又飘在空中，看见自己站在人群背后，没有勇气说一对一的再见，同时又看见全校形形色色的人物都和他亲密互动，印证着校长的评价，明白我感觉的"特殊"，不过是他工作技巧的展示，而这种"爱"——不管是上班之前停车场的短暂安抚，还是午休时间的共进午餐，或是在见主管之前的支持和提醒——是广泛的爱，也是有一个时间限制的爱。在他下班换上便装之后，便戛然而止。这是牧师的爱。

后来他们两大四小按照计划一步步地卖房、卖家具、打包、换钱、海运行李，飞行二十二个小时，终于抵达哥本哈根。甚至在定居之后，还偶尔和我在网上聊天。凯文说北欧实际上是最种族歧视的地方，他们为自己的公民提供完善的社会福利，但是对于“外国人”种种设限。他必须要在落地后的六个月内通过丹麦语的考试，才能保住自己的居留权，尽管他的老婆孩子都拥有澳大利亚和丹麦的双重国籍。他和我说，他们因为没有本地担保人，租不到房子，银行里也贷不了款，尽管暂时住在朋友家，但随时都有带着孩子们流落街头的危险。我在私信里给他留言说，在我离婚的这段时间里，是他给我精神上的支持，陪我度过了最难的两年，所以如果有需要，我随时可以借钱给他买房子。凯文在之后很久才回复我的信息，说他会尽力避免这种情况发生，但是在最不理想的情况下有可能会接受我的帮助。两个月后，他告诉我，他们已经买到自己的房子，定居在哥本哈根郊区的小镇里。

“我们穿着羽绒服在吃冰激凌，”凯文说，“夏天得有个夏天的样子！”

◇◇◇

伦敦的夏天也是美好而短暂的。十五年前留学的时候，我对于阳光灿烂的日子特别珍惜，然而天气最好的六月，却是我们期末考试的时候。我记得自己总是看着书，就不自觉地转过脸，眼巴巴地望向窗外的蓝天。那个夏天，我因为坐在桌前读书的时间太长而腰肌劳损，有床不能睡，只能平躺在地上。于是我买了一个睡袋铺在地上，由于依然要复习考试，就把所有的材料和参考书，像供佛一样摆满睡袋四周，都在我伸手可及的地方。也许人类最大的自相矛盾，就在于一个日益智慧的灵魂，必须要居住于一个日渐衰老的肉身中吧。

我常常有这样的感伤：在伦敦的两年，是作为一个学生最奢侈的时光，不需要顾及事业发展、人际关系，也没有什么社会地位、经济压力的焦虑，所有的关注点都在读书和思考上，让思绪尽情地沉浸于知识的海洋中，腰椎间盘却提醒你赶紧“上岸”。那时候每天从图书馆借书、读书，逛二手市场，浏览学术网站，仿佛在做头脑体操一样，逻辑和概念随时可以因为一篇学术文章、一部文学作品而反转，在每一次的“思维车轮翻”中体会幼童般单纯的喜悦……身体却在抗议，荷尔蒙紊乱、噩梦连连、腰肌劳损。

从英国毕业回国之后，我沉浸于自我厌恶的泥沼中，头脑想要尽情地痛苦，彻底地否定，不知疲惫地寻找自我价值。同时，皮肤发炎生病，终日刺痛瘙痒，仿佛肉体的躯壳时刻在刷存在感，生怕大脑忘记了它的存在。我慕名去拜访北京一位很有名的心理医生，期待他可以引导我转变情绪，改变思想。实际上，他一见面就只问我一句：“你感觉怎么样？”我便滔滔不绝地将内心的痛苦倾泻而出。

他微微一笑说：“不，我问你身体的感觉怎么样？你看我打开了窗户。”

我呆住。然后感觉到风从窗口吹进来，拂过我的脸，托起肩上披散的头发。

他说：“我们很多时候，都被自己的头脑困住，甚至忘记了自己身体的存在，你还记得上一次注意到自己的手腕和脚腕是什么时候吗？”

从那次以后，我就开始戴手串和脚链，甚至有时候会在身上戴铃铛，提醒自己，躯体还在，心灵也还没成仙。

来到伦敦的第四天，我满怀好奇，带孩子们一早赶到巴比坎表演艺术中心，参观名为"AI：More than Human（人工智能：比人类更多）"的展览。在一个表演艺术中心看科技展，本身就是很吸引人的事。艺术家、科学家、音乐人和研究学者聚集在一起，试图向普通大众展示人工智能在人类历史中的种种呈现方式，从日常生活到艺术理想，从严肃庞杂的图灵计算机，到诙谐幽默的机械手臂调酒师，我不得不再次感叹英国人的思想站在世界的前端。

人工智能并没有我们的困扰。现在的语境中，似乎还可以用"它们"来形容人工智能——它们不需要担心机械的折旧影响数据计算模式的精确程度，只需要更新显示器或承接体，再次下载信息，便可以像我们现在更换iPhone一样，将"生命"无缝连接。它们的个体之间，沟通、教育和合作也完全不是问题，只需要一次软件升级，所有个体的知识储备就完全可以共享同步，继续配合完美的协作。这究竟是不是值得害怕的事呢？

我也总在想，其实自从石器时代人类学会制造和使用工具以来，我们就难以自称为"纯有机体"了。人类作为"生物"的定义也很模糊。从刀枪剑戟，到眼镜、助听器、义肢和心脏起搏器，无不是在借由外物的力量，突破肉体局限，甚至到手机和电脑，也是为了协助大脑完成储存、计算的功能，扩充已经临近脊椎承受极限的脑容量。只是近百年来，我们制造的速度远远超过自然进化、基因突变淘汰的速度，让我们忽略了作为一个生命种类的"智人"，其实从来没有放弃过对于人工智能的开发和应用。甚至现今世界上，也早已不乏人工耳蜗、在手臂或耳廓植入芯片的操作。等到有一天——现在也已经有不少实例，当世界上大部分人都在肉体内与机械联结，我们还能自称为“人”吗？面对“智人”的末日，我自己并不害怕。对于未来潜在危机的恐惧，更多的是因为我的孩子们。

然而对于芸豆和乐豆来说，巴比坎艺术中心的酷炫，归根到底，是直观的刺激、有趣和好玩。在艺术中心的大玻璃门外，立着两面巨大的屏幕，只要站在屏幕前，就可以控制屏幕中图像的变化。可想而知，我们还没有走进展厅，姐妹俩已经在屏幕前跟“自己”玩得不亦乐乎。好玩的是，你投影在屏幕上的身形并不固定，会随机变化，种类多端：可能是由细线连接的荧光球，可能是交织在一起的金属圆柱，也可能变成流动的橡皮泥，甚至变成被丝网重重包裹的塑料三角碎片……它们随着你的舞动变化形状、方向，颜色和质感形态却自由变化，并无规律可循。我看着孩子们与屏幕中“无拘无束”的“自己”共舞，意识到展览者甚至在参与展览之前，就带我们亲身体验了一把“意图”与“载体”的关系——正是我前一天宿醉后，头晕眼花中思考的问题——不知道人类思维的巧合，到底有多少是自发的灵感，抑或只是外部环境促成的偶然？

终于走入展厅的时候，我出乎意料地发现，展览居然从东方观点和古典人文开始，成功地拓展了观众对于人工智能的既有印象，把它从“有点吓人的智慧机器人”变成“人类主动创造的科技成果并且与之互动”的概念。整个展览的信息之丰富，超乎想象：从中国的《易经》，到日本的《哆啦A梦》；从圆盘子一样的扫地机器人，到会自己玩球的机器狗。从创世纪的故事开始，上帝和女娲在东西方的世界里各自用泥巴创造人，如今，我们用金属和树脂材料塑造“机器人”。展览野心勃勃，将我们的视野拉伸至宇宙，才发现人类的行为呈现出奇迹般的一致性。也许在人工智能的眼睛里，我们就是创造者、上帝和女娲？

展览还包括一个宏大的暗室，空间中央的投影仪将自然影像图案投射到房间的四壁上。这些影像随着参观者的行动而流动，感觉自己时而穿过瀑布，时而步入落英缤纷的树林，最神奇的是，这些景象也有味道。参观者作为象征意义上的“人类”，不仅在科技创造出的“自然”中搅动，同时也在自己的感官中重新构建着“自然”。其中有一种小花，是20世纪初已经灭绝的夏威夷植物，有圆形的叶片和粉色的花瓣，飘散在空中，随着你走过而凋落，散发出淡淡的清香。这样的体验很神奇，因为事先已被告知，这是已经在人类移民过程中灭绝的植物，所以是这种“被参观者重新构建出来”的味道，混合着人工智能创造出来的泥土、流水、风雨影像，在与参观者互动。这样的植物，在殖民入侵之前，已经和当地原住民、原住生物共生过几万年，它们不属于任何一个种族，或任何一个旁的生命体，而仅仅只是整个生态系统中的一部分。正如同我们“人类”也只是其中的一部分一样。正如同科技也将成为周遭世界的一部分一样。

看完展览，我对人工智能的恐惧有所消除。现代社会中，我们接受太多西方哲学和社会学概念，为人独尊的观念也根深蒂固，但是回归传统东方哲学，对于科技和人工智能的态度就能更宽容。首先，我们承认自然之“道”，人类并不能控制一切，从而才有“无为”的精神和对于外界更为尊敬的态度；其次，不管是自然环境、社会环境或者科技环境，它们存在于传统东方哲学的话语体系中，都是以达到“和谐共处”为目标，追求相映成辉的效果，而非西方认知中的“竞争关系”，导致“人工智能最终取代人”的恐惧。而自启蒙运动以来，西方个人主义精神在中世纪的宗教压制下爆发，是建立在“每个人都一样棒”的虚构概念基础上。工业革命后出现的资本主义世界秩序，以“人人平等”和“个体的主观意志”为基础。尽管这是很近期才出现的概念，但在“只要付出努力就能获得成功”的方向中，“人类并不能控制一切”激发着每个人成为“失败者”的恐惧。也许是时候，再次望向古老的东方哲学，展现对于整个生态系统的尊重了。

◇◇◇

思绪又回到疫情中的墨尔本家中，我写到这里，不由得停下手，拿起手机翻找社交网站上冰冰的主页。脸书上的照片里，她儿子长大了很多，又弹钢琴，又踢足球，是个阳光灿烂的混血帅小伙。从自我介绍的信息里看，她还在那家美国金融公司上班，想必是工作生活都逐渐稳定，全家也搬到墨尔本郊区一栋满院枫叶的大别墅里。最后，我发现她加入了当地的教会，并且时常参加周日礼拜活动。

你说，她在祷告的时候，会哭点什么呢？

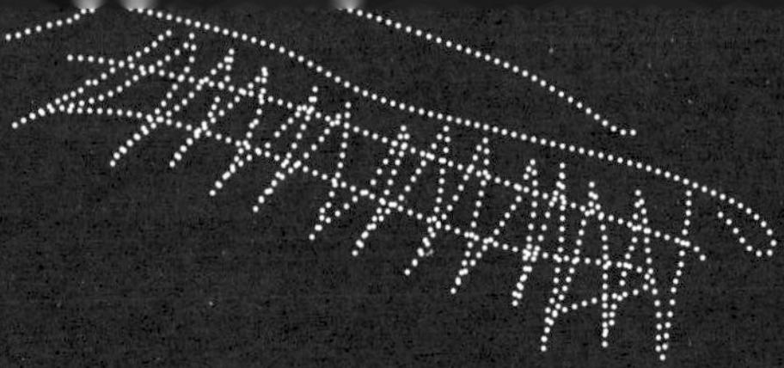

Day

05

欢快的荒唐背后必有思考

我在伦敦最后的日子，是恍惚的。因为抑郁症日渐严重，我几乎是连续数天的失眠，好像是被关在黑暗牢房里的犯人陆焉识*，已经丢掉感知时间流逝的能力。那段时光又是美好的，因为被关在黑暗的牢房里，不需要感知时间的流逝，从而可以像初生的小动物一样，剖离开人性，靠本能维系生命。这也许是我这一生到目前为止，最接近“自我”的时光。

那年九月份，终于完成毕业论文之后，我带着一身疾病回到北京我妈和继父的家。现在回想起来，坚持把学位读完，是我在无意识中的救命稻草，也是能侥幸活过二十三岁的原因。我妈他们住在顺义的别墅，离北京机场近，离市区远，有三层楼。一层是铺着大理石地板的客厅和餐厅，二层是两间卧室和一间书房，三层是阁楼和储藏室。我妈和继父的主卧总是上锁，所以我对里面的布局几乎没有印象——那间卧室里也许有一个挂着丝绒窗帘的大阳台，也许没有，我记不清。主卧旁边是我的小卧室，房门开在楼梯下面，所以我进出房门的时候总是习惯侧一下头，楼梯的底部和房门就同时扭曲，躲开彼此，放我通行。楼梯旁的书房，可能存放着我妈做生意的重要文件，里面矗立着严肃的红木家

* 严歌苓小说《陆犯焉识》的主人公。

具和神情紧张的书柜。书柜的玻璃门也上锁，大概里面并没有喜欢我的书。所以，刚回国的日子里，我除了吃饭和上厕所，都不会走出自己的房间。

我的房间里有一面朝东的窗户，还有白色的窗帘、白色双人床和白色的转角书桌。早晨，我总是从梦里醒来，然后像赶稿的专栏作家一样，趁遗忘之前把梦中的情节记录下来。用来系窗帘的，是从宜家买回来的红绒布艺带子，绒布带的两端，是两只手的形状，所以白天我就会用这四只红色的“手”，把窗帘环抱在一起，放阳光进屋里来。大部分时间，我就在那张胶合板的白书桌上读书、写作、画画。那时候，我的文字是红色的，插画却都是黑色的，有一股子狠劲。那是我写的第一部小说，叫《一日千年》，讲的是大学二年级下田野，去河南南阳做考古发掘的故事。同时，我也痴迷于《山海经》，对于里面的神话传说爱到无法割舍，所以就免不了在自己的故事中穿插一些黄帝、蚩尤、红山文化女祭司的故事。整个小说的结构松散，像是一个刚出土的陶罐。经过几千年的地层挤压，碎成一片片，需要读者烤着火吃着地瓜，把它按照3D拼图那样自己组装成一个故事。最后，当你终于看到陶罐的全貌，惊讶于它鲜艳的色彩和精致的口沿之时，我就又让它狠狠地衰败，将漆皮在氧气中一片片地腐蚀、碳化，让这个沉寂千年的故事，在现代读者的手里活活风化成灰烬。

我写作的过程非常愉快，脑子里只有场景和颜色，故事里的人物各自设定好性格，便可以自作主张地推进情节的发展，并不由任何人所控。我所需要做的，不过是把头脑中的场景描绘出来，让这些人物自由地爱恨纠缠个够。

开始的几周，闷在屋子里的我，和继父并没有什么交流。我甚至都没有注意过他什么时候在家，什么时候出门，到现在也不确定他那时候到底上不上班。后来，他开始主动和我说话，先是问我想要做什么工作，然后就说“年轻人应该去上班，体验一下朝九晚五的生活”，再后来他说可以介绍我去《国家地理》杂志社工作。然后我就知道，自己在他们家的“免费租约”已经到期。

在后来翻阅《一日千年》的时候，发现那天晚上正写到红山文化女祭司被放逐到新疆沙漠上的情节：

> 待月光洒下蚕丝般的光辉，炙热的白昼散去，我用尽所有力气在一望无际的黄沙中找到一个舒服的姿势躺下。全身心的倦意袭来……
>
> 此时此刻，所有理由、条件、优势劣势、得益受损，都已经化作了遥远北方的冷空气，刺骨，却恍若隔世。在经历了无数磨难之后，我终于可以像轩辕一样做出一个成熟理智的决定，却把自己推向感情的绝境。
>
> 夜幕降临。星空阖幕，宛如遥远的沙海，在地面的尽头和身下的沙海连接成一片，宽阔缜密琐碎晶莹深邃，无处可逃。这茫茫荒野，就这么承担了几千几万年，从遥远的古代向不可捕捉的来世伸展。云压在地面上，可它们都不感到紧张。
>
> 在这样的天空下仰视，看着看着，就像要掉进无限的黑色流沙中一样，身体化作飞舞的长发，飘了起来。在宏大的时间背景下，声音算什么，形体算什么，我可以把

它握在手上，也可以把它融进沙海，记忆又算什么。在这样的夜色中，颜色都淡去。我在这无穷尽的空间中躺下，让心也沉进沙中。就算相思成灾，也没有河可以望岸。时过境迁，人将非。闭上眼睛，看见你们。就让我带着你们一起，被时光埋葬吧。总有一天，我死去，腿边孩子的玩耍，指尖文字的触感，发稍泛黄的香气，耳侧的温暖呓语，都会化作世间的弄尘，落定成这扣阖的黑白沙海。

波澜逐日，年华归去，天神也好妖魔也罢，总有老去的一天，他们的后半生过得如何？能死得平静惆怅么？静静地听，风携着沙土将掩埋这无主的躯壳，心跳慢慢减速，是一种如何优雅的姿态。吞云吐纳，几世间的变化无常，后人可知曾经跌宕澎湃的故事如何在他们身上生长么？在他们倒塌的屋脊下，埋藏着世纪前的情感的种子，都是剧毒的。要不怎么让人刚一浅尝便丢了魂魄，迷失了方向。直到孤独伴随着剧场的喧嚣，沉重的眼睑隔离了透晰舞台的灯光，没有什么不能化解。但在七情六欲飘远之前，身后宽实的肩膀将在何时长成？黑袍包裹的躯体是怎样的，黑暗中的肉身又是怎样的，卑微弯曲干枯憔悴冰凉。

此时此刻，不能说，积压的热情耗尽，不能说，滋长的爱意耗尽，不能说，磨炼的技巧耗尽，不能说，灌输的理想耗尽。不能说的太多，涌动在胸中太危险。罪恶的肉身，原始的悲鸣，眼神交流中我们曾经感到了什么？又被生活偷走了什么？心脏还在跳动的时候，头脑窒息，头脑还清醒的时候，身体已经远行。逃开旧时纠缠，却又遇到了新的不安。梦中不断追逐的究竟是谁？或者说，是什么？不能慌张，至少不曾丢掉方向。在还没有撇清瓜葛追求感觉的勇气之前，让我们实际、理智、坚强。

哪里不能寻欢。余温尚存的沙海中，安静地吐纳。云压在地面上，它们彼此都没有感觉到紧张。有些东西，时间也想深深地隐藏……

那年10月的一天，我收到一封英国的来信。大信封里面有伦敦大学的硕士学位证书和伦敦政经的成绩单。我看到自己的毕业论文居然得了优等。附上的还有同年12月份伦敦毕业典礼的邀请函。

那天的天气特别好，我站在二楼的楼梯口发呆，仿佛要为下楼梯做准备似的。可以看到拐角处，阳光从瘦长的窗户穿过，洒在楼梯上。那是由三角形木板拼接出的转角楼梯，所以平时我们上下楼的时候，都会放慢脚步，小心翼翼地，踩在台阶比较宽的一端。我就这样注视着自己的脚掌踩过一片、两片、三片布满阳光的木质台阶，稍微放松一点，再走四级规整的长方形台阶，最后平稳地踩在一楼的大理石地面上。

一楼的地板下面有重金铺设的水暖管道，所以看上去冰凉高贵的大理石，接触到脚掌的时候却能透露出温暖。我没有为此停留，而是径直走向餐厅的一角。在红木屏风前，我看见我妈和继父正在喝茶。

我和他们说，我决定不回英国去参加毕业典礼，因为从技术上讲，我的学业已经完成，再让他们为我花几千块钱的机票去参加一个仪式，太自私。我能听见自己说："不值得。"

我妈欣慰地点头，认为和我继父在美国的女儿比起来，我真是聪明又懂事。继父也附和说，青豆就是善解人意的好孩子。

但是他们并不知道，我在北大毕业的时候，也没有去参加本科生的毕业典礼。所以2004年底，我拿到两个大学学位的时候，连一个庆祝仪式都没有参加过。我的脸是骄傲的，心却空出一个冰窖。

后来的十来年里，我都在有意无意地填补这个缺憾。甚至在杰克离家出走之后的三年里，半工半读地完成墨尔本大学的教育学硕士学位，也没有别的原因，只是想要拿到一本印有自己名字的毕业纪念册，然后穿上学术袍上台和校长握个手而已。

◇◇◇

和伦敦的大部分经历一样，没有得到的东西，是我永远的灵感源泉。随后的生命里，"人类学"这三个字总能在我心里扯起涟漪，我也无时无刻不想回到伦敦政治经济学院，买一件当时舍不得买的校服，在主楼门前拍一张"正经照片"。所以，第五天的返校之行，是我们此次伦敦之旅的重头戏。尽管我再也没有办法穿上那件紫色的学术袍。

北半球第五天的清晨，依然来得特别早。我们穿戴整齐去楼下做红星咖啡厅的第一批顾客，我喝咖啡，孩子们吃燕麦粥，三个人都暖暖和和，跟咖啡厅门口的小狗玩了一会，再去我的母校。好像一件过于重要的礼物，紧张到迟迟不敢打开包装似的。

出租车司机带我们从伦敦塔出发一路往西。河边的建筑物都既高大宏伟，又精致得不可思议，我就想起来喜欢伦敦的另外一个理由。它的气质在很多地方和老北京异曲同工，既有作为皇室所在地的严谨，又有沉淀后的奢华，那些并不是著名景点的建筑依然被大理石神像守护，更不要说金融城里的英格兰银行，建筑正面高耸着罗马柱和青铜雕像。据说英格兰银行的院子里种着一棵中国桑树，为纪念北宋地方官张咏发明的第一张纸币是用桑树叶做的。在中国没有什么人知道的金融典故，居然出现在罗马神庙般的英国中央银行建筑门前，这种从历史中萌芽的时髦感，让整个城市都好性感。

到达伦敦政经的时候已经是十点多。我看见楼门前挂的红色“LSE”方铁牌，差点掉下泪来。不过这种情绪并不持久，因为校区比我记忆中杂乱，很多地方都在施工，据说是在盖新的校舍，显然是这些年从国际学生那里挣了不少钱。我曾经上课的教学楼已经拆除，我曾经最喜欢的顶层学生食堂也随风灰飞烟灭，会做腊肠酱油炒饭的大肚子希腊厨师，仿佛也在一个颠锅的动作中化成泡沫。

取而代之的是一片红砖房。红砖大堂有两道局促的玻璃门，并不开阔，站在门前抬头望，是高跨三层楼的粗糙木框拼接三角形的玻璃窗，它再次将古典和现代无缝连接。这是以新加坡著名人口学家苏瑞福教授命名的学生服务中心。苏瑞福教授是伦敦政经1963年的博士毕业生，在毕业五十年后，捐款两百万英镑协助修建了这座学生服务中心。据说建筑内部的两道螺旋楼梯，因为灰色的金属漆被亲昵地冠名为“大象宝宝”和“胖子象”。我就又想起十五年前，我们下课后会去的学生活动中心，有书店、复印机和地下酒吧。每天四点下课的时候，全班同学和教授一起从教室出门，穿过灰白的石板街道，走向对面的地下酒吧，仿佛是走过一个空间虫洞，在虫洞的另一端，我们不需要严肃，可以偷吃教授的薯片，欢笑聊天，和他一起喝个酩酊大醉。

学生服务中心的对面是一座小小的红色教堂，小到像一间储藏室，然而小红教堂的门口，却是一个巨大的、“倒置的”地球仪。这个地球仪的北极接触地面，上面所画的世界地图也是上下颠倒的。我和孩子们兴奋地寻找澳大利亚的位置，竟然在四米高的地球仪上半部，颠倒过来的澳大利亚不再是英文里常说的“down under”，反而变成“up above”，国家的形状也倒置，变成一颗桃心。后来我才知道，这个装置叫作《世界颠倒》，是一首英国民谣的名字，也是校友的捐赠。我再次自惭形秽。

◇◇◇

和所有留学生一样，我当初记住大学同学英文名字的窍门，就是在脸书上加他们做好友。很早以前，我就发现同学中有很多了不起的人物：在讨论课上喜欢用“不对”做口头禅开始发言的阿尔巴尼亚同学，家里和阿尔巴尼亚总理是世交，学成回国以后便被派往纽约的联合国总部做国家代表；曾经约会过那时候正当红的流行歌手詹姆斯·布朗特的女生，回美国之后发起关注新生母亲慈善机构；班上最受欢迎的澳大利亚女生，在印度尼西亚做田野调查研究，博士毕业后在澳大利亚国立大学任教，成为澳大利亚联邦政府的国际关系顾问……2017年的一天，我不经意地翻脸书的时候被“恭喜恭喜”的帖子刷屏，追根溯源，发现我在伦敦政经的同班同学奥兰多居然得了奥斯卡奖。他毕业后去阿富汗，拍摄的纪录片《白头盔》，获得那一年奥斯卡最佳纪录短片奖。而我那一年，终于半工半读拿到墨尔本大学的教育学硕士学位。

后来的两年里，他制作并导演了另一部纪录片，是一部拍摄自己全家人在英格兰北部高原徒步的片子。我看到他在介绍文里写，2005年的时候，他的哥哥艾维兰因为抑郁症自杀，全家人都无法面对。

“我用了十三年的时间，才有勇气再说出我哥哥的名字。这次的徒步，是我们全家人的治愈之行。在这之前，我几乎忘记了我和艾维兰那些美好的时光，”奥兰多说，“因为那些美好都被他生命最后几年的痛苦所掩埋。这才是我最后悔的事情。”

我转发并回复他这段话：“2005年，也是我被抑郁症折磨，生命里最黑暗的时光。那时候的我是多么沉浸于自己孤独的世界，连身边人的经历都毫无察觉。我们每个人都为自己痛苦，然而值得庆幸的是，至少对于别人来说，你没有那么重要。”

奥兰多后来回复我说，如果有机会到伦敦，一定请我看电影。我说好。但是真正来到这里的时候，我并没有联系他，也没有去看电影。

这趟英国之旅结束，我回墨尔本之后听说，他监制的另一部纪录片《女孩的战地滑板课》，又获得了2020年的奥斯卡最佳纪录短片奖。我为曾经和这么牛逼的人做同学而骄傲，但是也明白，恐怕我这辈子都不会再和他的生命有什么交集。

◇◇◇

我走到学生服务部的前台，不好意思地承认：“我十五年前确实在这里学习过，但是……你能告诉我图书馆怎么走吗？”这个看上去只有二十岁的前台女孩哈哈笑起来，指着门外说：“出门左转。欢迎回来！”我被她的笑容感染，也笑起来。

我们还没走到图书馆，却先看见校服和纪念品店。我毫不犹豫地拉孩子们走进去——也难怪芸豆回到墨尔本之后，和别人说起我们的英国之行，都只记得博物馆的各种礼品店，主要是为娘的态度转变得实在太快。看见纪念品店，喜悦之情就溢于言表。

作为留学生的我，没有收入，学业太难应付不过来，也没有精力去打工，所以那时候面对纪念品店都是“以后有钱一定回来买”的心情。我记得在伦敦读书的第一个假期，学校组织同学们去俄罗斯旅行，每个人需支付一千英镑的旅费。我当时班上最好的朋友们都报名，我也和我妈申请汇点钱。当时她拒绝我的理由就是：“去俄罗斯的机会多的是，不在这一回。”只是后来，我越走越远，再也没有机会和心情去俄罗斯。

这一次，我终于有机会用自己的钱来校服店买东西，不光给自己买T恤衫，也给孩子们各买一件，还买了帽衫、水杯和学校吉祥物，穿粉色毛衣的水獭玩偶——两个孩子！一人一只！我甚至咨询纪念品店可不可以定制毕业戒指，就算要几百英镑也在所不惜！

这时候接到舒小红的电话，她也到了学校，计划和我们会合之后去附近吃午饭。我再次害羞地说：“我找到了校服店，但是还没有看到图书馆呢……”

于是我们在图书馆门口见面，和我们上学那年校友捐赠的企鹅地标合影。这只一米高的铝制企鹅，已经在图书馆门口站立十几年了，但是依旧色彩鲜艳，栩栩如生，憨憨厚厚。我才意识到，匆忙逃离英国的时候居然连和它的合影都没有留下一张。今天这张合影，是我们母女三人和它抱在一起，画面里几乎看不出那是一只企鹅还是别的东西。

走进图书馆，作为“校友”的舒小红和我，只能隔着落地玻璃张望曾经拿过建筑设计奖的白色旋转楼梯和下沉式的自习室。这里有我在课间快速查阅资料的痕迹，也有我和贾斯丁擦身而过的书架，还有不能输入中文的公用电脑。好在图书馆门口的长椅和凉棚还在，那里是我和同寝室小伙伴清晨吃早点的地方。

在复习考试期间，图书馆人满为患，我和室友就早早来到学校，买一杯咖啡和一份火腿鸡蛋三明治，坐在这个凉棚下吃完，再进图书馆自习。我们俩都很享受每天短暂却安逸的早餐时光，三明治通常用的是新鲜的面包，配上还有一丝冷藏气息的火腿、新鲜碾碎的鸡蛋，偶尔是香醋调味的吞拿鱼和玉米粒。意识也在每一口咖啡入喉之时清醒一点，直到最后一口咖啡成就今日份的学习动力。但是有一天正在吃三明治的时候，看到班上学习成绩最好的德国同学，抱着十几本书走出来，显然是复习一宿都没睡觉的样子。我才明白，把自己标榜成“勤劳的学霸”多么可笑。没过几天，图书馆里就拥挤到二十四小时都找不到空位了。

我和舒小红拉着两个孩子离开图书馆，顺着Houghton Street往南走，便来到学院最古老的建筑——“老楼”。是的，它就叫老楼，是伦敦政经的门脸和前台，大理石台阶通往的学术大厅里展示着历届校友中的诺贝尔奖获得者头像。我们五个人在老楼门口合影的时候并没有注意，之后回到酒店看照片的时候，我才发现，大门口上方的拱形石雕，刻的是一群穿着罗马长老长袍在超市抢购的人，几个人推着购物车、挎着购物篮，有两个甚至爬上货架翻找东西。

这样一个诙谐幽默的壁雕，镶嵌在庄严的学术殿堂正门口，和灰白色的建筑墙面几乎融为一体，真是既富有政治经济的内涵，又生动写实，完全迎合雕塑顶上校徽和校训的风格。

浮雕大理石上刻着拉丁文校训："Rerum cognoscere causas"，翻译过来大概是"欢快的荒唐背后必有思考"的意思。

我很庆幸自己曾经生活在这个校训下。

曾经作为留学生，我虽然不太会做饭，但也没有什么底气总下馆子，所以对学校附近的餐厅并不熟悉，只是隐约记得曾经去过附近一家很有气氛的意大利餐厅。年轻的时候，味蕾还敏感，认为"好吃"的门槛很低，在那个意大利餐厅吃的梅子酱甜点比萨饼就是人间天堂。一个人在宿舍的时候，连吃不完的鸡蛋菠菜方便面都舍不得丢，等晚饭的时候却已经糊成一坨。

今天我们要吃的餐厅是学校附近的一间日式餐厅，因为我们已经是工作十几年，有一定经济实力的职业女性。我给孩子们点乌冬面和照烧鸡，给自己点炭烤猪肉配清酒，舒小红吃照烧牛肋条。她这几年的饮食"规则"越来越复杂，我也尊重她按照自己的方式进食，所以我们感觉更像是坐在对方旁边吃饭，而不是聚餐。最开始是不吃因为她而死的动物，比如现杀的鱼，后来是不吃完整的生命，比如一盘虾，再后来是不吃要杀很多个体才能凑够一盘的，比如爆炒鸡胗。到现在发展到一个比较全面的，但也最能理解的规则，就是和小麦一起进行的生酮饮食（再加上之前的规则）。为了抑制癌细胞的增长，小麦在医生的建议下戒糖。舒小红不忍心和小麦分餐，就和他一起戒糖、戒淀粉、戒麦麸。

“我在伦敦这几个月，简直做了一辈子的饭。”舒小红说。

我附和着点点头。

◇◇◇

不要说做饭了，当年我俩连床铺都懒得收拾，大学寝室里就属我和舒小红的床铺最乱。我是间歇性爆发，偶尔热血冲脑门才搞一次大扫除，平时就白天把衣服杂物堆在床上，晚上再把衣服和杂物堆到课桌椅上。舒小红更夸张，几乎从不自己动手收拾，偶尔把男朋友带回来整理内务。每次下课回来，发现她的桌子和床铺变整洁，就说明她男人来过。我心里佩服的是，她可以把自己脏乱的一面展现给男友看——那得是多么自信的人才能做得到的事情。

舒小红还有很多改变我感情观的主张。比如，给男友准备礼物的时候，不必给他“惊喜”，而是提前让他知道自己的心意，让对方一边期待，一边感激。再比如，在感情危机面前不必太在意自尊。后来我才理解。性爱本身，不就是把自己最害羞的地方展示给对方，并且被对方热情地接待吗？连私密处的胎记都熟悉的两个人，还有什么必要紧紧抓住面子呢？只可惜，年轻时候的我内心缺爱，以至于无法在爱的人面前不虚伪。

寝室里，最先挂起床帐的就是舒小红上铺的李健阳。她是一个神经紧张的人，忍不得我们俩的乱，要在自己整洁的小空间和我们的纷繁世界之间划清界限。

我常常觉得一个人的名字，就是给这个人最简短的诅咒。刚开学的时候，李健阳是一个胖胖、短发、躲在眼镜后面的女生，之后的四年里，她都在努力减肥，共用的卫生间里，常能听到她饭后呕吐的声音。不管怎样曲折，总之到毕业的时候，她已经成为一个凹凸有致的女人，不但有小蛮腰，还有让人羡慕的D罩杯大胸。大一的时候，健阳妈妈常常从山西寄吃的来，健阳也并不在意在寝室里说家乡话，于是，她就洋溢着喜悦地一边开箱一边招呼我们说："嗷呀，这橙子卡西，恁们也拿点上哇儿嘛！"

可惜挂上床帘之后，我们就很少见她收到家乡的冰糖橙，家乡话也见少。大二的时候，她转去法律系。和舒小红去新开设的新闻系不同，北大法律系招生很严格，不是那么容易转过去的。但是健阳做得到。现在回想起来，她就是我后来在公关公司常见到的、为事业拼搏、主动社交又鸡血满满的职业女性的雏形。

到大四的时候，有很多大公司到学校来办招聘会，其中也有很多知名律师事务所。李健阳顺利拿到君和事务所的面试机会，在宿舍里选衣服。当她换好套裙从上铺爬梯子下来的时候，西服外套里没有穿衬衫。虽然系上所有的纽扣，西服的翻领依然形成低胸大V领的效果，然后健阳"对镜贴花黄"，整理好妆容说："只要面试官是男人，就没问题。"留我们盘腿坐在床上，望着她出门的背影啧啧称赞。

坚持到最后也没有挂床帘的是我上铺的山西姑娘，她是长治市的高考状元，据说临来北京前，家里摆了两个星期的流水席给她送行。开学第一天，我们整届大一新生都在毫不知情的状况下被安排摸底考试，然后按照英语水平被分到四个班。我高考英语成绩是北京宣武区第一名，但在众多各省市地区状元中，只考到中下游水平的三班。而长治姑娘王嘉楠，被分在四班，是我们班女生中最后一名。

这姑娘明显要强，结果出来之后很久都沉默寡言，每天晚上在水房背英语。我偶尔路过水房，发现她独特的学习方法，像被施过魔法一样，双手抽搐，口中喃喃自语，虽然知道是在背英语，但也听不懂她到底在说什么内容。不知道是不是因为这件事，在我们大三、大四考雅思托福申请出国的时候，王嘉楠都没有参与。我们去参加社团活动的时候，她也都在寝室里上网、追剧、看书，一晚上可以嗑掉一整袋洽洽瓜子，瓜子壳在书桌上堆成一座小山。奇怪的是，大学四年，都没有师兄师弟追她。后来我想，相比居家型的小嘉楠，“初出茅庐”的大学男生，也许更喜欢舒小红这样的霸道女友，或者我这样思路离奇又高傲自大的女生。因为个子矮和沉默寡言，王嘉楠是我们附近几个寝室的团宠对象，大家喜欢和她聊天的时候逗她傻笑，和她一起去食堂打饭的路上，总是有想要保护她的冲动。我总在暗想，像嘉楠这样的女生，多适合驮在自行车后座上娶回家啊。大学最后的时光里，有的人忙着找公司实习，有的人忙着申请出国，也有的人忙着谈恋爱毕业结婚，而嘉楠只是按部就班地完成学业，毕业回家找工作。我对她在校园里最后的印象，是在毕业季集市上。所有大四的毕业生，因为要在毕业前清空宿舍，就会搞一个二手市集，我和旁边寝室的女孩在同一个摊位，卖的是英语辅导书和衣物。而嘉楠从宿舍书柜和自己床上，搬出来好多小说，然后蹲在摊位后面，小小地团成一个球。

大学寝室十一点熄灯断电，我透过床帐的缝隙看见嘉楠在公共水房洗漱完毕，从门外拎着应急灯走进来。然后还能感觉到她攀着梯子爬上床时，整个上下铺微微地摇晃。再然后，她手里应急灯的灯光，就从床板和墙壁的缝隙中照下来，我知道她会在上铺继续看一会书再睡觉。

有很多次，我和她都失眠。因为李健阳睡觉很轻，我们不敢说话，但是她能感觉到我在下铺的辗转反侧，我也能看到她的应急灯光。有时候，她看着书就睡过去，我就继续盯着那灯光渐渐暗下去，窗外的晨光渐渐亮起来。

毕业之后，我和对门寝室的鲁小熙一起去英国留学，忙着各自的学习和恋爱，难得会想起来要打听嘉楠的消息。听说她最终选择去普华永道的深圳办公室工作。等我十年后再次见到她的时候，她已经嫁给一个日本银行家，移居到新加坡，跟老公子住在湾景大道，俯视滨海湾，对望金沙酒店。只是不知道，若多年后再次失眠的话，她是不是也会怀念大学寝室里摇摇晃晃的上下铺。因为我现在很想念她的应急灯光。

◇◇◇

“我们寝室里，嘉楠应该是最会做饭的吧！”我被回忆牵引着，和舒小红说起大学往事。

“也许吧，她那时候总是说起山西的各种面食。”舒小红笑起来，“但是，我现在也有很多值得炫耀的成品哦。”

舒小红拿出手机，给我看她这些天在伦敦做的菜。居然都像模像样的！

然后她就给我讲解起来，说这些是海藻做成的面条，那些是菜花碎烤成的比萨饼，还有可可粉和奶酪做成的饭后“甜点”，全都是非常健康的食材，但是被舒小红一双巧手布置得像咖啡厅里的菜品一样讲究。

“原来不吃淀粉的生酮饮食，也可以被你做得这么诱人！”我的由衷之言。

在我的鼓舞下，舒小红继续给我介绍起各种非淀粉材质的“主食”，并且打开相关网页告诉我在哪里购买，以及烹饪方法：“这些仿淀粉的‘面食’，大部分是熟的，但是都有股消毒水的味道，所以要多冲几遍水，然后煮开，把塑料味去掉。”

我抬头看着她，完全不能想象这样一个公关公司的女副总、大学寝室里的小公主，竟然也有终日操劳在菜场和灶台的时候。

“在戒淀粉时间长了之后，只要是吃到那个形状的食物，不论什么口感，都会很开心啦！”舒小红看见我惊讶的目光，赶紧给自己解个围。

我也赶紧回应说：“哈哈，就算只是为了减肥也很好啊，况且我其实也很喜欢吃魔芋丝，热量低又顶饱呢。”然后把脸转向芸豆和乐豆，催她们赶紧把碗里的乌冬面嗦啰完。

舒小红手里的电话突然震动，她查看信息之后说小麦的状况不太好，必须马上赶回家，并且预期要取消明天和我们一起去自然博物馆的计划。我让她赶紧走，并且承诺过几天肯定去拜访他们。舒小红和小麦现在借住在朋友家的一居室小公寓，在伦敦西区的格林威治镇，我们从酒店门口的码头坐船过去也不麻烦。

舒小红走后，芸豆和乐豆把她点的牛排也分食掉。我们三个肉食动物吃饱喝足，浑身都是劲，决定在附近走一走再回酒店。

我们从餐厅出门向南往河边走，绕过英国广播电视台BBC的办公大楼，便来到伦敦大学另外一所著名的学院，临河而居的国王学院。我对国王学院并不了解，但是它面朝泰晤士河的正方广场式结构让我觉得很亲切，仿佛一座巨大的四合院，坐北朝南。

我所熟悉的国王学院，是它坐落在滑铁卢桥边的“河岸校区”。因为整座学院面对泰晤士河，拥有伦敦大学各个学院中最美好的风景。这里是国王学院的人文校区，包括法学院、社会学与公共政策专业、剧场、艺术馆，和一座拜占庭式哥特风格的大礼拜堂。我当年几乎是把它当花园来喜爱，每次走过都心旷神怡，站在罗马柱支撑的回廊上看，泰晤士河也变得像海洋一般，迎面徐徐吹来暖风，仿佛给心上也敷了一层金箔。只不过我心里也明白：花园是用来透口气的地方，真正的精神家园依然埋在电视台背后母校的人类学里。

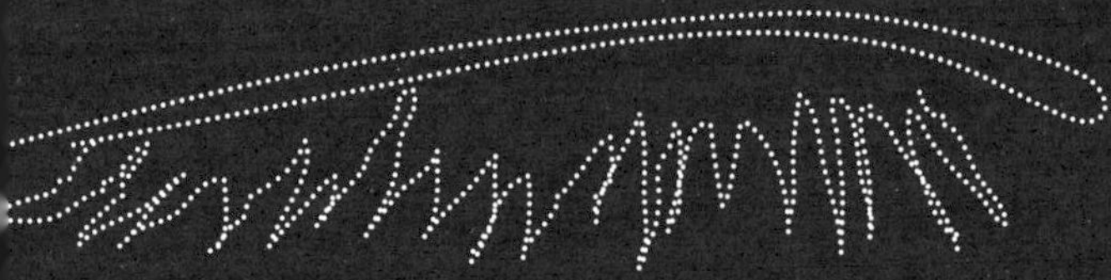

Day

06

顺流而上 VS 跟未来叫板

我对国王学院的好感，源自上大学的时候崇拜的一位中文系师姐。如果说考上北大以后让我明白天外有天，进了戏剧社，我才明白才貌双全的美女也可以不招人讨厌。这个师姐曾经被戏剧社的男生形容为“红玫瑰一样的姑娘”，有一种表面上平易近人但是骨子里带刺的美，但是平常我们都亲切地叫她“小姨娘”。

“小姨娘”确实有一种独特的吸引力，说话的时候慵懒的脖子，夹着烟、随着语音起伏挥舞的手指，圆润细腻的脸颊和虚掩着脸庞的直发背后迷离的眼神，都给人一种随时可以自由落地坠倒在地面上死去的姿态。这样有自我毁灭气质的文艺女青年，在北大校园里特别有魅力。

“小姨娘”比我高一届，所以也比我提前一年到达伦敦。她本科学的中文，研究生则在国王学院读戏剧表演。也许因为爸妈是外交官，她比起我们这些“社会边缘”的留学生，更容易接触到学校以外的社会关系。于是在我抵达伦敦一个月的时候，“小姨娘”就说要带我参加她朋友家里的“周末沙龙”。收到邀请的时候，听说要第一次接触伦敦“本地人”，我感觉头脑发懵，甚至到现在也没有闹明白，她当时约我在哪个地铁站见面，也不知道她带我去的朋友家在哪里，后来又带我去哪一家餐厅吃的晚饭。

这晕头转向、踩在云彩上的感觉，还有另外一个人形容过。

◇◇◇

我第一次见到“三无青年”的时候，刚从英国回到北京。作为校友，回到戏剧社参加表演训练。活动时间一定是冬天的晚上，因为我记得到达艺园六楼上的排练教室的时候，窗外已经漆黑一片，但是教室里六排白炽灯管，把每个人的脸都照得一清二楚。一进门，就看到正对面有一个小眼睛男生，笑的时候嘴角扬起张开，看起来很卡通，有点像米老鼠。他穿一件简单的白色短袖衫和黄绿色的裤子，本应该是不起眼的装扮，却被青春的热气蒸腾出光辉来。我也被这扑面而来的笑容感染，心情有点飘。

后来听到他自我介绍，理直气壮地说自己是没房、没车、没存款的“三无青年”。我笑着接受。在那时候看来，作为即将毕业的大四学生，人生的无限可能性马上就要展开，给自己起名字叫“三无青年”，简直是一种对未来的叫板。

那天晚上的活动想必是愉快的，因为记忆里下一个画面，是我拉着他走进租住的公寓里。

陌生人的接吻必须是激烈和忘我的，才能免掉尴尬，因为这样就可以省去“爱”，直奔“做“的主题。我在黑暗中不舍得闭眼，仔细地观察他有棱角的肩膀，骨节都是突出的，是少年特有的精瘦模样。他的手臂纤细却有肌肉，胸腹平坦细腻，窄胯翘臀，双腿粗壮有力，应该是常年参加田径训练的结果。少年的手掌并不与他秀气的脸配套，宽大厚实，手指也是粗的，指甲修剪得干净得体。到事后，我们并排平躺在床上，我摸到他屁股上的肌肉依然紧绷着，才发现他就算放松下来，屁股依然是翘的。真气人。

他刚转过脸来想要说什么，就开始流鼻血，把枕头都染红。我们就在手纸和鼻血的滑稽与慌乱中，彻夜畅谈。原来他是数学系的学生，正在犹豫毕业以后是直接工作还是读研。也听到他一帮朋友的消息，有的人组乐队在酒吧里演出，骨子里摇滚得让人羡慕，也有的人去大公司实习，奋力成长为“德行青年”。我发现他的脖子后面有一颗痣。之后每次拥抱亲吻的时候，我都忍不住往那里看，偷偷用指尖抚摸它。后来，他告诉我，排练后那天晚上是他的第一次，但是由于表现得太出色，我一直将信将疑。再后来，便是他多年后在微信上加我好友，激动地跟我说困扰他十年的谜题终于解开：由于工作关系，他几天前路过朝阳门外的一个小区，猛然觉悟，原来那就是当初被我骗去的公寓。我这才相信，那天晚上确实是他蒙头转向、踩在云彩上的第一次。

◇◇◇

我到伦敦的那次周末文化沙龙，大约是在伦敦的西区。因为我隐约记得走出地铁口的时候，看到“小姨娘”挎着一只短带小皮包站在类似海德公园的皇家园林门口。打过招呼之后，她从小包里拿出一只更加小巧精致的KENZO香水递给我作为“见面礼”。一方面惊讶于她的细心，另一方面也感叹小香水真是蜻蜓点水又恰到好处的礼物，不由得佩服，这种将人与人之间的距离完美印证在物品上的尺度，恐怕也只有“小姨娘”能够拿捏得这么准确。

我们离开地铁口没走多久，就来到一处白房子前，是电视里见到的唐宁街十号总理府邸那种高雅的建筑。开门的是一个说中文的女人，她引我们进门，换鞋，落座。已经抵达的几个人围坐在长方形的白色餐桌前，桌子上摆放着夸张的艺术花瓶和简单的曲奇点心。大家轮流做自我介绍。男主人应该是英国电视台某位知名主持人，我没有见过。也许是因为当时的英文不够好，对他随后发表的见解没有留下太大的印象，反而是对坐在我旁边的亚裔女生印象深刻。她穿着紫色的紧身裙，贴着假睫毛，眼线从眼尾拉出去，落笔又高又远，眉毛也修剪得轻薄高佻，眉骨和眼皮之间刷着银色的高光，衬得皮肤更加黝黑。我当时被她的妆容吓一跳，但是到澳大利亚很多年以后，才意识到，浓妆加假睫毛其实是海外出生的亚裔女孩中很流行的配备。厚重的黑色长发、黑褐色的浓密睫毛，再配上狭窄高挑的眼角，让人不禁浮想联翩，正是西方人眼里东方美人的模样。

那时，交谈的过程中，我发现她流露出的优越感，就像我如今刚降落在希思罗机场时观察中国大爷大妈旅行团的眼神一样，不经意，但明确。

谈论在海外用中文写作的话题时，她耸耸肩膀说："我都用英文写作，因为想法在头脑中反应出来的已经都是英文了。最近刚好完成一部小说，正在联系出版。"

实际上，作为一个刚到国外的留学生，能够在这么多优秀人才身边已经感觉很荣幸，所以我那时并没有像在座的众多年轻人那样，有要积极主动建立社会关系的意识，只是在别人问我问题的时候才开口，做最简短的轻声回答。现在看来也许显得有点孤僻和抗拒，并不讨喜。甚至连"你在哪里上学"这种问题，男主人都要经过"小姨娘"解释才能听清楚我的回答。

然后我就默默记下来，英国人在念伦敦政经的校名LSE时，会把S和E连读成C的音，所以我一字一音的回答他听不懂，要“小姨娘”翻译成“L-来-C”才反应过来。

就这样，几个小时英语交谈下来，我还是感觉精疲力竭，当晚回到宿舍的时候已经再也不想多说一句话。就算是在厨房看见隔壁英俊又热情的爱尔兰小哥，也没有打招呼就回房间去了。

那段时间，“小姨娘”实际上在给女主人做私人助理，工作内容之一就是帮忙组织每周六的周末文化沙龙。十几年后回头看，对于刚来到海外的年轻女孩来说，给文化名人做助理，真是很有上进心的做法。不但能够高效地积攒社会资源，还能直接参与到优秀的项目中，在实践中一边锻炼项目管理能力，一边完成漂亮的工作简历。

之后的几个月里，我每周末都会去“小姨娘”的老板家旁听周末沙龙，甚至还有机会协助当地小剧团的演出。西方专业剧团行政安排上严谨细致，就连演员在换场之间穿脱服装的顺序都有专人安排好，这种“精致到秒”的舞台管理让我大开眼界。这期间，正巧有北大考古系的几位教授到伦敦来开会，听说由系里最受老先生们喜爱的博士生怀柔师姐陪同。怀柔师姐比我大六届，我入学的时候她是新石器时代考古方向的研究生，我大二去做田野发掘的时候，她已经被保送读博士成为文博学院院长的弟子，眼看着就是要走青年教授、系主任接班人的路子。我当时没有想明白，她这样一个风云人物，是怎么知道我的存在的，但她还是跟我取得了联系，所以当天晚上，我就受宠若惊地来到她们在大学学院附近的酒店。

与她在酒店房间面对面坐着，她给自己倒了一杯绿瓶子的意大利气泡水。这是我第一次凑近看她，发现怀柔师姐皮肤很白，手臂和大腿的皮肤都细腻，并不像是长期下田野的样子，举手投足也充满自信，和我局促不安的样子形成鲜明的对比。

我们陷进红色的沙发里，她问我来伦敦之后都去过哪里玩。我回答说学业很困难，并没有出去玩。她又说，这里有一个非常漂亮的花园，叫Kew Garden（邱园），是伦敦最大的皇家植物园，她每次来都要去那里，所以我也应该去看看。一边说，一边还打开电脑，给我看她在花丛中的照片。我当时对于伦敦的地理并不熟悉，听她侃侃而谈，心中充满羡慕。也把邱园当成心目中必须造访的神圣地。可惜在英国留学的日子越过越紧张，以至于在春暖花开之时抑郁症爆发，便再没有心情远足踏青，与这个传说中的皇家植物园失之交臂。

◇◇◇

于是，邱园就顺理成章地成为我此次伦敦怀旧之行的“圆梦目的地”之一。出乎意料的是，直到昨天中午和舒小红午餐，和她讨论起来，才发现这个花园离伦敦市区非常远，虽然是一座美丽的皇家园林，但并不是一个留学生坐公共汽车可以随便去的地方。师姐那时候想必比我更清楚，这种“建议”对我并不实际。

“她那时已经是留校任教的‘大人’了。”舒小红听完那晚我和师姐的会面经历，愤愤不平道，“怎么可以欺负一个刚出国留学的师妹呢？如果她真的想帮助你，那天晚上为什么不引荐你给来开会的教授们，反而要做成秘密约会的样子呢？”

我从来没有以舒小红这样的角度想过那一晚的经历，不由得停下筷子，回想怀柔师姐那时的种种言行举止，之后才醒悟：她当时只不过是要展示自己对于英国社会文化有更深入的理解，表达自己优越于我而已。然而，我对于她到底产生过怎样的“威胁”，完全无从知晓。原来敌视一个人和热爱一个人一样，与对面那个真实的肉身，并没有什么关系。

◇◇◇

那之后的周末沙龙里，我又见到了怀柔师姐，和她一起出席的还有一位剑桥大学的考古系教授。这位教授可以说是我们领域里摇滚明星一样的人物，那天却全程坐在观众席里听她发言。后来，我听说怀柔师姐和中国老公离婚，嫁给了这个剑桥教授。我终于明白，她当时说“虽然陪教授们来伦敦开会，也不必整夜都住在酒店里，只需要早上回来带他们去吃早饭就好”是什么意思，也终于明白，她当晚送我走出酒店，自己也钻进出租车“扬长而去”的原因。因为那一晚，剑桥教授也在伦敦。而他在伦敦的房子，肯定在邱园附近。

很多事情，必须要拉开一定距离才能看清。我将之后的事情串联起来，竟然逐渐拼凑出故事的另外一面。只不过那一刻的清醒之后，深藏十年对于邱园的执念，竟变成让人倍感耻辱的怨念。邱园最终没有成行，母女三人直接转向自然历史博物馆。

◇◇◇

21世纪最初几年，在北大的生活确实是奢侈的经历，我们无忧无虑地生活在“象牙塔”“理想国”“精神家园”“未名湖的海洋”里。在湖畔晨读；和朋友们躺在石舫上迎接狮子座流星雨，然后和湖对面的同学隔空唱歌；在静园草坪上弹吉他、谈恋爱；

在东门外的酒吧里读书写作听讲座；甚至是在“非典”期间，也可以去学五食堂无限量免费领取板蓝根；在图书馆的档案室里没日没夜地看老电影。那时候，已经毕业离校的师兄师姐就警告我们不要被“象牙塔”的假象所迷惑，高墙外的现实社会并没有这么简单。只是，那些分辨和解决“不简单”问题的技巧和知识，让我们这些被老师、被理想、被书籍重重保护起来的“青年知识分子”，要怎么样、在哪里，才能学得到呢？

从“出社会”到现在十几年，我也不觉得自己有足够的能力，可以像“小姨娘”一样在纷繁的人际关系中把握好分寸。所以总是懦弱逃避，总想着干脆躲到大自然中去闭门造车。我不能理解的是，当一个社会对于“个人努力”的崇拜早已超过对于“天生等级”认可的时候，“人人平等”和“每个人都可以成功”究竟是勤奋的动力，还是不幸者的诅咒？如果没有伟大的成就，究竟是这个人的主观选择，还是人生本来就充满荒唐事？我的脑子里充满疑问，所以学习“在心中构建一个可以疗伤的桃花源”，学习“安抚自己”，学习“自己拍拍自己的肩膀”，成为每日必修的功课。于是，人们需要月亮，而月亮不需要人。做一个身心健康的人，需要不断地告诉自己，比人与人的关系更大的世界里，还有那么多“非人”的体制在不断地发展演化，需要不断地警告自己不可以傲慢地以为这个宇宙只和“人”有关，需要仰望月亮、星辰、云朵、川河……就像我站在青海三江源自然保护区的地质博物馆里，同行的地质专家指着沙盘上的横断山脉对我说：“你看，就是地壳这个偶然的褶皱，孕育了世界所有的文明。”

对于像我这样的“没有天赋的人际关系笨蛋”来说，房间的墙壁上总是需要挂一幅世界地图。不喜欢看行政区划的世界地图，而沉醉于黄绿蓝紫的地形图。尤其是在朝阳门外工作的时候，我租住在灯红酒绿的工体南门居民楼里。下班以后也总是拖着一身疲惫坐在客厅的小茶几前，一边喝速食燕麦粥，一边望着地图上青藏高原的紫色褶皱，回想起昆仑山腰上瓦蓝色的湖泊，青海湖边清晨蒸腾的雾气，还有在云南泸沽湖畔，向赶着猪下山的老乡问路，他顺手一指，说："溶洞？喏，就在云那地方。"我顺着他的手指向湖对面的半山望过去，就觉得什么烦恼都不值一提。

所以你们，和我一样生活在21世纪的读者啊，越想追赶现代社会的脚步，越需要自然历史博物馆这种避难所啊。

十五年前我和舒小红一起去过自然历史博物馆。当时有一个关于钻石的特展，让我们很向往，步入黑暗的展厅，琳琅满目的钻石闪烁得人们眼花缭乱。我却惊讶地发现，真正巨大的钻石隔着亚克力展柜看起来，也和玻璃没有什么区别。原来观赏没有故事的钻石，就像是听到不认识的明星八卦一样无聊。优秀的科学家必定是富有人文精神的学者，优秀的哲学家也必然总要采取思辨和理性的思考方式，一个文艺妈妈养出来的孩子，必须热爱自然科学，但是有故事的科学。

我第一次听到考古系教授在课堂上给我们讲解土地颜色变化的时候，觉得要用肉眼分辨土地的色差，简直是天方夜谭。直到被发配到河南农村田野发掘，铁锨除去农田的地表土，暴露出遗址特有的丰富色彩，才明白土地颜色千差万别。那中间饱含信息，是时间另一端生命繁忙走过的痕迹。

考古发掘接触到的历史，与书本上的不同，大部分是没有被记录下来的人，就像你我一样，生火做饭、刷锅洗碗、平凡过完一生。“考古学在五四运动之后被介绍进入中国，因为考古证据揭示的是人民的历史。”老教授在考古学导论课上，对大一新生说，“这才是历史的真相。”

据说我们大二学习期间参与发掘的遗址，曾经被评为全国考古十大发现。那里是一片新石器时代的聚落遗址，最先是我们系教授在田野勘探的时候，站在河边撒尿，看到眼前土台横断面上的地层，轻轻拂去浮土就看到几块已经化石化的人体骨骼，于是决定在湍河边阶地开始大规模发掘。第一年就出土几百座互相叠压的坟墓，之后发现墓地附近一排排的民居和陶窑遗迹。这里被评为考古十大发现，是因为在新石器时代的房屋基址上，竟然发现木质推拉门的门槽轨道。回忆到这里时，我仿佛看见芸豆长成大姑娘，从屋外拉开门，走进来。我们蹲坐在房间中央的火塘旁边聊天，手里捧着椭圆形的红陶碗，在冬天里喝一碗湍河蛤蜊煮的汤。那是我当天下午一只一只亲手剥出来的蛤蜊肉，蚌壳还堆弃在角落里。一口咬下去，柔韧蛤肉破裂，浸出汁水顺着牙齿流进咽喉，流到心里，还带着湍河的清香。芸豆和我讲述今天在丛林里散步的见闻：一只黑白分明的大鸟，飞着飞着就自己撞到树上。我看着她的眼睛里映照出火光，脸颊红扑扑的，心想，确实没有任何办法，可以保障她永远不受伤啊。

有遗址的村子都穷，因为蕴藏文物的土地不肥沃，种不出什么粮食。考古队驻扎的八里岗村也是一样。我们师生二十几个人，住在村长亲戚家的房子里，五个女生睡大通铺，我在最靠门的位置，旁边的姑娘叫夏洛特。夏洛特旁边睡的是班长，外号“饭吃完”，然后是小个子吉祥物工嘉楠，最靠里的是后来去德国读博士的常青。冬天的时候下雪，我们从老乡那里借来军大衣盖在被子上睡觉，第二天早上醒来发现耳朵上长了冻疮。所以当天晚上不光要在被子上加盖军大衣，还要把从北京带来的羽绒服也盖在脸上睡觉，我大概就是那时候开始习惯夜夜做噩梦的。

如今，我们已经太习惯西方话语体系中的“公平竞争”和“优胜劣汰”，甚至以为“人人平等”是文明社会的标志。只是，在奖励优秀的同时，我们也忽略掉了这个游戏规则，对于那些遭受意外和无法改变不幸命运的人，十分残忍。我刚认识杰克的时候，他总爱说自己将来要成功。后来教书的时候，也总听学生说人生的“成功”。我不明白，在他们心里什么叫“成功”？我也总怀疑，现在“越来越多人遭受心理疾病的折磨”是事实，还是深陷其中的我的主观臆断。

戴上历史的眼镜之后，就能发现，我们所谓的“公平”“正义”，不过是工业革命之后才开始称霸世界的概念。在那之前，从来没有一个社会是认为“每个人都有机会成功”的，也从来没有过把平凡人称为“loser（失败者）”的，因为从考古人的角度来看，我们大部分人都终生“平凡”。我不知道，曾几何时，不凡成为普世的追求，也不知道，在进入“现代”以前的人们，面对生活中的“不幸”是不是更安心。

那时候的日子可以过得慢一些，细致一些，勤奋不是最推崇的品格，“成功”不是生命的最高成就。当你可以把“与大多数人一样生活”作为理想态的时候，出身、地位、财富都成为生命的外缘，也许生活就能更靠近真实……每次造访遗址，我都好奇时间另一端的他们，在接受“人生来不平等”的同时，是不是实际上比我们更幸福。

◇◇◇

我们来到博物馆时，并没有看到曾经震撼过我的梁龙骨架，取而代之的是一只飘浮在空中的蓝鲸骨架。伦敦自然历史博物馆的迎宾恐龙“迪皮”，是一只长脖子的梁龙。它已经在迎宾大厅里一百多年。人们从博物馆大门外的弧形斜坡弓着背，走进石铸的城堡大堂，抬头就能看到迪皮小巧的黑褐色头颅，高高挂在空中，衔接着脆弱纤细但是绵长十几米的脖颈骨，仿佛是成心要和巨大的身躯保持一种若即若离的关系一样。它的四肢坚定地站在那里。不知道多少辈少年仰着头走过它身侧，登上石阶去探索沉默不语的地球往事。2017年，迪皮还是输给代表现代世界问题的蓝鲸骨架。尽管馆长希望能够用真实的蓝鲸骨架代替复制品的梁龙迪皮，提醒参观者人类对自然界毁灭性的影响，但是……飞越重洋穿越几千公里，我是来看恐龙的啊！

我带着孩子们走过蓝鲸巨大的下颌骨进入殿堂，脚步滑过熟悉的青石板地砖，面向大厅底部熟悉的黄褐色阶梯，心中怅然若失。就像许多年之后路过朝外公寓的“三无青年”。他为自己对于这个小区铁门的熟悉程度而惊讶，顺着青蓝色的公寓楼抬头看，那个曾经令人神魂颠倒的阳台上，种着新鲜的花；那个曾经在黑暗中发光的眼睛已经永远地移居到南半球的远端，成为两个孩子的母亲。他一边失望，一边又为偶尔想起当初而感到一点澎湃。

我们结束参观之后，乐豆在礼品店选了一只恐龙形状的红色棒棒糖，芸豆选了一条印着蓝色恐龙骨架图案、柔软的、薄薄的白色围巾。我没有看到朝思暮想的恐龙骨架，却也没有感觉到任何遗憾。就像我们在田野发掘时，手铲下变幻的土色，随时可以化成一碗滚动的蛤蜊汤；就像裂开的岩石截面，揭露出层层叠叠的地质气候信息，讲述地球亿万年的创伤；就像流着泪收下钻石，然后我就跟着杰克去云南游游逛逛，因为日子漫长。

◇◇◇

如果你在读，我想告诉你，我也一样。原来面对美好已成回忆的时候，心中涌起的感情也并不全是悲伤。

如果你在读，我还想告诉你，后来再遇到有同样干净笑容的少年，我还是会偷看他们的脖子后面发根下，有没有你那样的一颗痣。

Day 06

要把儿子培养成女权主义者的萨莉

维多利亚与阿尔伯特艺术馆，就在自然历史博物馆的对面，是朋友圈里文艺青年在伦敦必去的打卡之地，也绝对是可以和自然博物馆安排在同一天参观的景点。

这间艺术馆简称为V&A，有着独一无二的背景故事。它的前身是一间工业生产博物馆，也是英国工业革命五十年、工业繁荣、生产力大增的产物。可以说，它的展品所代表的是我们“现代生活”所有方面的发源地。用当下教育界比较时髦的话来说，它从一出生，就是跨学科的STEAM博物馆（STEAM=Science, Technology, Engineering, Art and Mathematics），向公众提供贯通数学、工艺、自然科学、艺术史甚至剧场表演艺术等各个领域的知识，将人类创造力的巅峰之作全部收拢旗下。我每次走近它的时候，都有一种应接不暇的感觉。也许正是“现代文明”的特点，在极其簇拥的空间中繁冗复杂、应接不暇，每一个参观者都有一种时间不够用的感觉。也和我们在“现代文明”中的生活体验一样。

我们母女三人小心地绕开坐满野餐家庭的草坪，穿过黑色的铁栅栏门，走进艺术馆乳白色的殿前广场的时候，正是中午。艺术馆的门口有一件装置艺术品，是一个旋转的封闭玻璃筒，中间种着纤细的青草，随着转动，小草凝结出的露水在玻璃筒光滑的墙壁上流下来。绕过玻璃筒，我们直奔提供自助午餐的馆内咖啡厅。

午餐是摆在长餐桌上的，参观者排着队自己选取想要的三明治和冷饮，如果是热餐和甜点，则需要服务人员帮忙从保温罩后面取出来。孩子们每个人都选择了千年不变的火腿奶酪三明治童午餐盒，妈妈则是在热餐柜台点了一份煎盲曹鱼，我们又在甜点柜台徘徊很久，最终选择了可以一边吃一边玩的司康饼配果酱和打发的淡奶油。

提供午餐的大厅，四面墙壁都贴着繁冗复杂的花草图案，画面精致，线条坚定，有点像中国工笔画，又有点日本浮世绘的风格。就连窄长的玻璃窗也是彩色玻璃，装饰着花草图案。整个用餐区域的感觉和整个博物馆的气氛一样——拥挤，好像要把全世界的好东西都集中展示给你看；热闹，除了世界各地慕名前来的游客，还有不少本地参观者，餐厅中央甚至还有乐队现场演出。

人太多，可以看得到演出的桌子全部坐满。我们向侧殿走，在墨绿色和金色果树做装潢主题的房间，找到一张角落里的小桌。孩子们迫不及待地打开午餐盒的包装，像挖宝一样把里面的东西一件件拿出来炫耀、对比、评论。除了三明治以外，她们的盒子里还有一盒小西红柿、一盒葡萄、一包薯片和一瓶苹果汁。我的锅煎鱼排很新鲜，鱼皮焦脆，鱼肉还含有饱满的汁水，配有焗烤的茄子、土豆和西葫芦块，还有一坨酸菜丝。和东北酸菜不同，西餐里的酸菜是卷心菜浸泡发酵的，今天吃得是加热过的腌紫甘蓝丝，比沈阳烧烤里的烤酸菜更脆一些。那天是伦敦难得一见的三十摄氏度高温天，我放俩豆坐好之后又奔出去拿了一瓶冰可乐。回来的时候，两个孩子还乖乖坐在原地吃东西。这两个闺女真惹人疼，只要是出门在外，都乖巧得像天使一样。

维多利亚与阿尔伯特艺术馆是一间侧重于设计和艺术应用的博物馆，由维多利亚女王在1899年奠基建成，拥有纵跨五千年人类文明的两百多万件世界顶级展品，从罗马建筑上的大理石壁雕，到纺织品、首饰、家具和当代艺术装饰作品。我最想看的，自然是拉斐尔的《雅典学院》壁画和米开朗基罗的大卫雕像。上学的时候，这两样宝贝被借到欧洲别处展览，都没能看到，所以这次是一定要“圆梦”的。

我曾经尝试过很多次向别人解释为什么一定要参观博物馆，原因是那种“看到实物和从画册书本中看到照片不同”的感觉，但都不成功。也许就像是在考古学理论课上听老师解释土色变化，和亲身来到遗址工地上，拿手铲刮一遍地皮看到的土色变化那样的不同，以肌肤触及、肉眼亲见的方式遇见一部作品，就会产生一种肌肉记忆，不由大脑主宰的、更真实的、情绪充沛的感受。因为你面对的不再是无机印刷品，而是曾经握住美工刀的手指，连指纹里都附着了大理石粉末的手指啊。它调动着虎口的方向，将脑中的形象从大理石料中清理出来，大卫的肌肉和皮肤逐渐成型，牵引着雕刻者米开朗基罗的目光，在五百年后，也牵引着我们的目光游走。

更有意思的是展品本身的野史小故事。据说维多利亚女王刚刚收购大卫的时候，被他的裸体震撼到，感到很害羞，便要求工匠打造一片无花果树叶挡住大卫的生殖器。后来就真的有这么一片可摘可戴的树叶，展出在大卫雕像的基座背面，据说在20世纪初期，只要是皇室成员参观博物馆的时候，大卫就穿上树叶。我和两个女孩看着这片石头树叶，为皇室的装腔作势而一起笑起来。

距离大卫不远的墙壁上挂着拉斐尔的《雅典学院》。V&A就是这么毫不经意地把两件旷世珍品放在那里给你看，和其他更多旷世珍品拥挤在一起，连个亚克力罩子都没有。这样傲慢的做法，让人眼睛都看不过来，被太多珍品同时吸引，不由得对于日不落帝国的虏获和收藏能力心悦诚服。就像二十几岁的时光，所有最美好的事情仿佛都集中在那么几年发生了，让置身其中的人应接不暇，只够被充沛的感情冲击得东摇西晃，虽然并没有时间好好体验和仔细保管，但也从此创造出值得一生品味的记忆。所以对于十岁、三十岁、四十岁、六十岁的我来说，二十岁活过就死掉的那个我，最有骄傲的资本。

孩子们各自在礼品店选购玩具，芸豆买了一只长了腿、顶着果核圆肚子的牛油果玩偶，乐豆选了两个长了腿的寿司卷玩偶，我买了一大堆各种展览的衍生纪念品帆布袋，准备回到澳大利亚以后送给朋友和同事们。

◇◇◇

在我工作的学校里，有一个叫萨莉的英语老师。她在很多方面和我很像，但是她可以把我们共通的这些方面发挥到极致。比如我偶尔会在谈话的过程中，为了迎合别人而言不由衷，但是她可以在和所有人谈话的时候毫不吝惜地抛弃自己的观点，将谈话转入对方喜欢的方向。比如我会为了表达善意，在旅游的时候给同事们带一点小礼品回来，但是她可以在非节假日为同事和学生烤蛋糕、烤饼干，就为了逗对方开心；比如我会在心情低落的时候算塔罗牌、看星盘，以求心理安慰，但是她可以在家里并排摆着五尊弥勒佛，每天早上离开家的时候，都拍拍他们的光头，说是这样就能吸收乐观的能量；比如我在工作之余偶尔会有写作和参加戏剧表演的想法，但是她会在假期去参加表演课程，并且作为群众演员去电视剧组试镜，甚至在先锋酒吧做面对公众的脱口秀表演；比如我有时候会在网上看文章和视频给自己打鸡血，但是她可以通过社交媒体上的广告去认识“人生导师”，并且和对方保持每周一次的汇报交流课程……我常常看着萨莉，仿佛看到一个把我的生活过到极致的放大镜，不知道是该和她讲讲中庸之道，还是该羡慕她充沛的能量。

刚认识的时候，和萨莉谈话特别舒服，在她面前可以展示自己最古怪的秉性，因为她总是会特别积极地应和说：“哦，不要担心亲爱的，我也总是这样想！”熟悉起来以后，才明白她是那种善良到近乎虚伪的人，在任何时刻都可以为了迎合旁人，而完全忽视自己的需求。相反，在需要向别人提出一点点请求的时候，她都会反复确认：“我想要先离开一会，你会不会为此讨厌我？”“实在对不起我得走了。你说的话题太有趣，我连厕所都舍不得去，但是我要上课了！”“抱歉我今天中午和苏珊出去吃饭了，以后一定带你去今天的那家餐厅！”

礼数之多，心思之细腻，简直是懂事得让人心疼的一个人。

有一次我说起需要去看一位墨尔本有名的精神分析咨询师，她立刻回应说自己去做过催眠。我一点也不惊讶她坦白自己去做过催眠，同时也愿意和她分享一些我喜欢研究玄学的“怪癖”，因为萨莉有本事让任何“不合群”的行为变得理所当然。

随后，她简单地解释说，其实澳大利亚的催眠师大部分是帮助人们戒毒或戒烟的，所以自己去做催眠的时候，心理医生也觉得奇怪。我就问她，那你为什么要去催眠？她支支吾吾地说，是在下决心要嫁给现在的丈夫詹姆斯之前。我就明白了。她那时候心里肯定有另一个放不下的人。但也可以想象她会真的为了迎合追求者詹姆斯，不舍得让对方伤心而答应嫁给他。我没有问她催眠的答案，因为显而易见，她已经答应了詹姆斯的求婚，但是我好奇她在催眠的时候到底看到了什么？

去年圣诞节的时候，我在酒吧订了一个包间开派对。邀请的朋友大部分都是在墨尔本生活的华人，所以在邀请萨莉的时候我有一些犹豫，不知道她作为在场为数不多的白人会不会觉得不自在。她说："当然不会！"于是，我就热情洋溢地邀请她一定要来喝一杯。实际上，我也不确定她是真心不介意派对上大部分人都说中文，还是在谈话的当下想哄我开心。

圣诞节派对的日子，是一个四十摄氏度的高温天。墨尔本有着号称"一天四季"的气候，一年中大部分时候白天黑夜温差很大，就算中午热成要穿短袖的夏天，晚上也会降温到有些寒意，必须披上大衣。但是每当夏天，尤其是澳大利亚网球公开赛举行的那两个月，总会有安插在日历间隙中的几个四十摄氏度高温天。不巧的是，去年的高温天来得早，12月20号，我聚会的日子，就是本季度第一个高温预警。我让酒吧的工作人员提前开启空调，准备好冰镇鸡尾酒，但是依然挡不住热浪的袭击。就在这种状况下，我看见萨莉和她老公詹姆斯从楼梯口走进来，她脸上红扑扑的。

进门第一句就是和我道歉："实在对不起亲爱的，我们来晚了！"

我也像每个派对的女主人一样慷慨地叫她不要客气，来了就好。

萨莉进一步解释说："我在路边看到一个中暑的老人，我们就停下来帮她急救。"

我们所有在校老师都需要经过急救培训，所以平日里偶尔也会遇到这样的事。

"你简直是个英雄啊！"我赞美她说，"这么热的天还从车里走出来帮助陌生人！"

"我们替她急救，然后等救护车来把她送到医院，"萨莉依然抱歉地解释，"所以就来晚了，而且我们两个看上去都很狼狈！然而你们每个人在这里都打扮得好漂亮啊！"

随后我们俩交换礼物，她从巴黎给我带回来一枚金叶子胸针，我也给她一枚木质小刺猬胸针，拆开礼物之后，为我们俩之间的默契对视大笑。

两个月之后新学期开学，我再次在校园里看到萨莉。她走在我前面的台阶上，明明已经走出去几步，像是有心电感应一样突然回头看，发现我，就热情地打招呼。我也快跑几步赶上她。

等我走近的时候，她低声凑在我耳边说："告诉你一个秘密！我怀孕了！"

我又惊又喜，抬起头反复地盯着她的眼睛确认里面是不是喜悦。

"是个儿子！"她按耐不住激动，继续说。

我突然想起那天的派对，说："我的天，你已经知道性别，所以怀孕三个月了吗？"

"是啊！所以那天在你的派对上，我都只敢喝果汁！加上赴约的路上帮助了那个老妇人，所以实在体力不支，没多久就回家了。"她像是有心电感应一样，呼应着我的想法。

"恭喜你！！"我一时语塞，然后没头没脑地蹦出一句话，"有你这么善良的妈妈，你儿子将来一定是这世界上最好的男人。"

萨莉听完笑起来："谢谢！我要把他培养成一个女权主义者！詹姆斯不同意，但是我才不管他！"

写到这里，我才意识到此刻萨莉已经怀孕快七个月了，尽管她是那种骨瘦如柴的女人，但此刻的肚子也应该凸显出来了吧？不知道做妈妈的萨莉是不是还会为了迎合别人而随意揉捏自己。不管怎样，她的儿子都会耳濡目染地成长为一个美好的人吧——至少在外人看来。

◇◇◇

幸好孩子们才不管大人们的斤斤计较，可以仅仅因为在大热天里，玩了水、吃了冰激凌，就感觉二十四小时的长途飞行特别值得，需要在剩下的旅途中天天回到博物馆来。可惜幸运只有一天：我们来参观博物馆的这天是伦敦难得一见的艳阳天，最高温居然有三十三摄氏度。更难得的是，我们从展厅走出来到V&A中央广场的时候，正值中午最热的时候，俩豆头也不回就直勾勾地冲进了喷水池里。

我一个人坐在广场旁边的阴影里，看着她们欢快的背影，妄图告诉孩子们不要玩水，但在她们的快乐面前，我算老几呢？

Day

07

真假无知

毫无意外地，隔天早上起来，姐妹俩就嚷嚷着要再去昨天那个“可以玩水的博物馆”。可惜伦敦已经改变昨日热情，回归到常规性冷淡风格，以至于早上一打开阳台门就感觉到小凉风嗖嗖入袖。我和姐妹俩都马上打消了玩水的念头，换上在伦敦政经买的纪念帽衫，我的衣服上写着“伦敦政经妈妈”，她们的衣服上面写着“未来的伦敦政经毕业生”。

吃过早餐之后，我和乐豆坐在阳台上喝茶，姐姐在屋里画画。我们各自捧着茶杯，我看泰晤士河对面的碎片大厦，妹妹看我。我总觉得这座碎片大厦和伦敦的性格不合，高耸的玻璃墙拔地而起，直插入云霄然后碎成尖锐的棱角，但是好像每座城市都要有那么一个高楼大厦，是专门给游客登高远望的。妹妹是小甜心的性格，只要是和妈妈黏在一起就很开心，也并不理会阳台上冷飕飕。我低头看她光着脚，催她进屋去穿上袜子，乐豆就乖乖跑进屋去。我想，前几天因为去超市已经往酒店东边走过几回，今天就往西南，去碎片附近逛逛吧！

很多年前，我刚来伦敦的第二天，还不知道怎么买公交卡，也羞于和当地人打交道，于是就想照着地图，步行去学校，毕竟凭借之前的旅行经验，无论国内城市还是欧洲小镇，规模都没有北京大。

小学毕业的时候，妈妈曾带我去江南旅游，每天的行程就是暴走。在和我爸离婚五年后，妈妈第一次回家看我。因为想要和我重建母女感情，她提出要带我去她无锡老家和江浙沪小镇玩一圈。作为一个远离父母野生成长的孩子，我没有想到这次旅行是带着如此强烈的教育目的：首先，我们每到一个城市，我妈就会给我一张地图，让我自己摸索着在镇上走一走，回到房间之后再写一篇日记，描述一下今天的见闻。早上出门前，我妈会嘱咐我："随时观察周围环境，利用路牌、商店餐馆的名牌分辨自己的位置。"现在回想起来，这个认路的技能，为我将来独自闯荡三十年奠定了坚实的基础。其次，估计是20世纪90年代初的社会治安挺不错的，放一个十二岁的女孩自己在陌生的城市闲逛也平安无事。最后，她每天晚上让我写游记，也就是把白天的肌肉经历落实到文字上，不但巩固记忆，还锻炼语言表达能力，真是非常高效的教育手段。

印象深刻的画面有很多：在无锡老街闲逛，看见书本上的小桥流水人家；路过咸亨酒店的时候，马上想起自己小学课本上的孔乙己和茴香豆；还有在普陀山古镇闲逛的时候，看到小土坡下的农家，在藤蔓树荫下吃清蒸鱼；在宁波街头小店里，一碗十个猪肉黑芝麻汤圆；南京火车站旁边，用旧毛巾一卷而就的粢饭团和烧饼夹油条。我到现在还记得，为了完成妈妈布置的作业凑字数，我在日记的开头抄写免费宣传单上的内容："普陀山位于浙江省杭州湾外的舟山群岛，是我国四大佛教名山之一……"没想到小学毕业的这次旅行里，被我记一辈子的内容竟然是这样一句话。

另外一个收获，就是认识到江南小镇的小巧精致。我拿着地图寻觅，往往可以步行走遍大部分市中心区。这也就让我在初到伦敦的时候，产生了一种可以“步行上下学”的误解。加上从小在北京长大的孩子，对于一条拦路河的威慑力没有敬畏之心，殊不知看上去就在河对面的地点，可能要走很远才绕得过去。实际上，想从位于南岸的学生宿舍走到北岸的伦敦政经，要绕行穿洞过桥，以我二十一岁的脚力，也得走上四五十分钟。第一次走路上下学，傍晚回到宿舍的时候，皇城根孩子已经傲气全无，在日记里愤愤地写道：“原来地图上看着很大的伦敦，真的很大啊！”

◇◇◇

所以我看着泰晤士河对面的碎片大厦，不确定孩子们的体力够不够走去再走回来。灵机一动，我在网上搜到一间当地教堂改造的中餐厅，就订了位，因为那里有芸豆最爱的北京烤鸭和乐豆最喜欢的广东早茶虾饺，可以作为走去之后的体力补给站，吃饱喝足再溜达着回酒店。我们母女仨为了这顿午饭，换好运动鞋，欢呼着出发。

离开酒店往西走是上坡，便道挺窄，对行人并不太友好。所幸伦敦塔十点才开放参观，我们出门的时候才八点，车辆还不多。对于兴奋跑跳的姐妹俩，我也没有太紧张——毕竟在杰克离开家的第一个复活节假期，我就已经孤身一个人，推着二十公斤重的双座婴儿车，带四岁的芸豆和两岁的乐豆游历过日本。从东京狭窄且繁忙的街道，回到墨尔本明亮宽敞的新区以后，我就想，有了这次的经历，以后再也没有什么是我们母女仨做不了的事情。我成了一名骄傲的单亲妈妈。

◇◇◇

我们那次日本之行，是乐豆做完耳膜手术后的三个月。她天生耳咽管不健全，出生的时候就没有通过医院的听力筛查，需要每三个月去墨尔本大学的听力门诊检查发育情况。起初医生的建议，都是说孩子还太小，也许再等等看，发育健全之后可以自己痊愈，直到她九个月大的时候，我出门三天，回家的时候发现乐豆的耳朵往外流脓血。妹妹本来在哭，看见我回来，立刻止住哭声，眼泪汪汪地向我伸出手要抱。我把她搂在怀里才发现她两只小手无意识地不停抓耳朵。看见脓血之后我抱着孩子就往外跑，医生说孩子的耳膜穿孔，耳道里已经发炎化脓，听力几乎丧失。我抱着乐豆流眼泪，完全可以想象我不在家的时候，爸爸是如何无视她的哭声继续坐在电脑前。到不耐烦的时候，杰克会把妹妹放在一条腿上颠，一直颠到孩子放弃抵抗地睡着。

这样的事情发生过很多次，不仅发生在先天不足的乐豆身上，也发生在聪明的姐姐芸豆身上。有一次邻居邀请我们全家去家里吃烧烤。我害怕在大人们的烧烤宴席中没有孩子可以吃的东西，就给芸豆带了一包旺仔雪饼作为零食。果然，当大人们酒过三巡的时候，我看芸豆对于桌子上的沙拉和羊肉串都不感兴趣，就拿出雪饼给她。又累又饿的孩子那时候只有两岁，正是自我逻辑逐渐形成、脾气逐渐增加的时候。她看到心爱的雪饼还没有开封就已经碎成两半，嚎啕大哭。她想要雪饼变回原来的完整模样，但还没有理解“时间不可逆”的道理。杰克被她的哭声激怒，一把抢过芸豆手里的雪饼，当着所有人的面，用手把它锤个粉碎。

我看见爸爸的一拳锤下去，芸豆瞬间就止住了哭声。那个瞬间，两岁小女孩的心也被击个粉碎。

从那以后，姐姐遇到事情都不再像个孩子一样叫喊，只是安静地流眼泪。有几次，芸豆都无助地对我说："妈妈，我不知道为什么，一哭起来就停不下来。"

后来又有一次，邻居和我说，在我早上去上班以后，听到孩子们的哭声和杰克的尖叫声，关心地问我家里是不是"一切还好"。我和他们夫妻解释说，因为杰克不上班，我早上起床以后都会帮姐妹俩穿戴整齐，吃好早饭，我离开家的时候，姐妹俩总是乖乖地坐在电视前，等爸爸起床送她们去托儿所。我不能想象杰克有什么理由尖叫，更不能想象，两个不到三岁的孩子能不能理解，面前这个凶恶发怒的人为什么会日日夜夜和我们生活在一起。

邻居又说："有什么需要帮助的话，可以把孩子送到我家来。"

我只能道谢，并且承诺会和杰克好好沟通，但心里知道，以他对待孩子的态度，我们的婚姻不会有未来。

我不知道接下来要讲的故事，算不算我们离婚的原因。我最初答应做他的女朋友，是因为他有一个悲惨的童年，但是后来决心离婚，大概也是因为他的这些童年经历。

刚认识杰克的时候，他还是个雄心勃勃的少年。在给我讲述自己的赌徒妈妈的时候，是以一种"自己能够出淤泥而不染"的骄傲心态来表达的。他和我说，他的妈妈大华沉迷于赌场，甚至会给他一只手电筒和一本书，然后把他锁在掀背式汽车的后备厢里带进赌场。在锁车离开的时候，大华还会叮嘱儿子，不要发出声音，因为如果被别人发现，就见不到妈妈了。杰克说妈妈离开得太久，他在后备厢感觉喘不过气来，甚至把车后座都踢弯，好让空气流进来。

起初，为了能满足杰克的妈妈在别墅里画油画的梦想，杰克的爸爸在香港和新加坡工作，以便支持家庭开销。那时候，他每年都会回到墨尔本与杰克母子团聚，虽然聚少离多，倒也是海外移民家庭的常见生存模式。但是随着大华的赌瘾越来越大，杰克的爸爸连短暂的相聚也无法忍受，便不再回来看他们。直到有一次大华将杰克和他的妹妹锁在家里，独自消失在赌场中五天。也是他们的邻居发现了五天没有出门上学、独自在家的兄妹俩，报了警，才把大华从赌场里找出来。那时候，澳大利亚政府要把杰克兄妹俩送去孤儿院，才把杰克的爸爸吓得赶回家，总算是把两个孩子留在了亲生父母的身边。

我在听这些故事的时候，眼睛里也含着泪，心里泛滥着爱。杰克郑重其事地拉着我的双手，对我说："我可以接受你做任何事，唯独赌博不行。如果你去赌场，我们就分手。"

那时候他显得特别正直。

我被他受伤又倔强的表情打动，就像电影《少年的你》*里

* 2019年中国青春校园暴力犯罪电影，改编自玖月晞小说《少年的你，如此美丽》，由曾国祥指导，周冬雨、易烊千玺主演。

面，小北在监狱里隔着玻璃窗看到陈念的时候那种委屈和倔强一样，让人想要扑上去给他全世界的爱和照顾。

只可惜，我高估了自己的力量，也高估了自己在杰克心中的位置。就像我一辈子要赢得妈妈的关注一样，杰克的父母也因为童年期的缺席，而成为他生活中永恒的主题。所以在杰克的朋友介绍比特币给他的时候，杰克终于看到了“不让妈妈失望”的“机会”。因为那时候的比特币已经从默默无闻的宅男游戏，发展到价格介于八十到一百一十澳币之间的“未来货币”，实实在在地让一部分人率先富裕起来。作为刚被公司解雇的杰克，实在太需要这样一个暴富的机会来证明自己的能力，不但可以作为“一家之主”“收入支柱”，在老婆面前抬得起头来，也终于可以供妈妈过上“中央美院油画系毕业生”应得的富裕生活。

傍晚，两个孩子都睡觉以后，杰克和我坐在沙发上商量，可不可以用我们的房子抵押贷款，投资到比特币中。我那时候因为生老二放弃矿业公司高薪职位，正在墨尔本大学读教育硕士，就是想着将来可以在学校工作，不但解决两个孩子的上学问题（并且享用员工学费折扣），还可以和她们同步开学、放假，省去假期托儿费用。在我看来，对于父母双双失业，又增加新丁的家庭来说，任何开销都是压垮我们家庭财务的稻草。所以我的第一反应便是强烈反对。经过激烈的讨论和争执之后，杰克嘴上放弃了要投资比特币发掘的想法，但是要求从房子贷款的对冲存款里拿出一千澳币来，买几个比特币试试看。

实际上，头几个月的初体验还是不错的，自从我们以一百一十四澳币的价格买下十个币之后，比特币的价格就一路上扬，一度突破千元大关。杰克也像打了鸡血一样兴奋，逢人便谈比特币，甚至到“非币不谈”的程度。不论开头的话题是什么，杰克都可以将对话成功引向比特币，也不论你多么努力地想分散注意力到其他话题，他都可以在三句之内重新转回到比特币的轨道上。他对于投资虚拟货币的热情，也许可以感染街头路人，但是对我这样一个文艺女青年来说，我们夫妻之间除了钱和孩子，已经完全没有共同语言。这种互相厌烦和鄙视的关系和我心目中的婚姻生活相差甚远。

所以在得知妹妹的耳朵在他的忽视之下造成不可逆转的损害之后，我的心就再无点燃的可能。他的离家出走，究竟是预谋已久，还是兴之所至，对我来说都已经不重要。而这次离婚的经历，唯一能伤害我的，就只有想到“这世界上只有我一个人爱俩豆”这一点。所以在离婚之后，我对孩子们的爱几乎是宠溺地倾注。偶尔恢复理智，我也会反思自己是不是将太多的爱灌溉给了她们，但也同样清晰地明白，那段时间如果没有孩子们，我会多么迷茫和绝望，所以就心怀感激地更爱她们。

就像米兰·昆德拉说的，负担让生命变得沉重，更靠近大地。因为有两个幼童的依赖，生命变得真实，那段日子是奢侈的。我们母女仨的生活因为磨难而变得真实，并且绽放出顽强的生命力。有一次，芸豆看到我在厨房一边洗碗一边偷偷掉眼泪。她没有问原因，而是抱住我仰着头说：“妈妈，你应该去和朋友们玩。我和朋友们在一起的时候就很开心。”

小孩子的生命体验，是一生中最奢侈的宝藏，永远都有回顾的价值。她们不需要知道事情的原因，仅仅凭借本性对周遭的刺激做出反应。就像芸豆不需要知道爸爸妈妈为什么不在一起，依然可以热爱在每天早上醒来的那一刻；就像乐豆会半夜偷偷从床上爬起来，看窗外太阳有没有升起来，因为清晨有开心的事情等着她——清晨就可以抱着被子溜进妈妈的卧室，嘻嘻哈哈地给她一个拥抱。

于是，我决定带孩子们充分享受“家里没有男人”的好处，组织一场绝对少女心的旅行——而日本在我心目中是最适合的目的地，因为理想中的日本应该是专业、贴心、高效服务的社会。当时我计划就在东京住十天，别的城市哪也不去，不给自己和孩子们增加奔波的负担。我订了昂贵的Hello Kitty房间，是在新宿火车站附近的皇宫酒店里的特色套房。这样，我们整个旅程中都不需要离开酒店太远，避免推着沉重的婴儿车走楼梯、坐地铁、上下计程车的麻烦。回想我们这趟足吃、足喝、足玩、足乐的行程，谈不上什么勇气和潇洒，只不过是为了在人生漆黑的深渊里，带着闺女们爬得更有尊严一点。

◇◇◇

到达东京机场之后，我才发现之前对日本“完美服务业”的印象有所偏差。我们的行李没有赶上航班，所以要第二天才能到达东京，也就是说，从孩子的尿布、奶粉到换洗衣服都需要马上在当地购买。好在日航的服务人员用蹩脚的英文和我解释，航空公司愿意承担我一部分损失，不仅保证会把行李箱免费送到酒店，还塞给我一个装了现金的信封，里面有两万日元。所以我就明白两件事：首先，日本的服务口碑在于，就算出现错误也能让你感觉被照顾；其次，我也发现日本人的英语真的很烂，就连机场负责接待外宾的小姑娘，英文都很差，几乎说不成完整的句子。

2014年的春天，大学同学夏洛特在东京大学念第二个硕士学位，她当时的老公在早稻田大学读博士。所以在到达酒店以后，我就推着两个孩子去新宿火车站的商场里和她会合吃午饭，顺便购买行李到达之前的生活必需品。

那时候，舒小红的老公小麦虽然已经确诊，但经过第一次手术，病情比较平稳，还不需要二十四小时看护。所以她也和我们的另外一个大学同学叶子，分别从北京和上海飞往东京，在第二天与我和夏洛特会合。所以对于我来说，这是一趟离婚后的治愈之旅，有姐妹们从四面八方聚拢在一起，不需要去什么旅游景点，就已经给我极大的力量。我们团聚之后的第一件事，就是在房间里叽叽喳喳地拍照，每个人都对这间充满粉色公主泡沫的房间表现出羡慕和感叹。照片里的舒小红依然是我们当中最好看的，她那时候是黑色的长直发，在一路飞行之后显得有点蓬松，藕荷色的针织外套宽松随意，领口微微露出柔软的白色打底衫；夏洛特是干练的齐肩波波头，穿着白色衬衫和A字裙，仔细看，裙子上有密集但是浅浅的蓝灰色方格，整个人已经是精致的日本上班族模样；叶子穿白绿撞色的运动衫和黑色牛仔裤，高梳的马尾辫子，还是大学的模样。似乎毕业后回上海工作、结婚、生子这些循规蹈矩的人生步骤都没有发生过一样，但是我注意到她文了眉毛和眼线。我们在一起的时候，并没有人提到什么烦心事，只是愉快地闲扯，就像大四毕业时仓皇撤离寝室的场景也从没有发生过。然后，就有人看看表，率先开始缓慢地收拾衣服、补妆，再熙熙攘攘地去酒店地下一层的烧烤餐厅吃饭。

米酒上来的时候，是装在一个土黄色大瓷罐里的。我用大木勺给每个人都盛上满满的一碗。烧烤的菜品十分丰富，除了必须要尝试的本地牛肉，还有新鲜的虾、扇贝、小鲍鱼，以及腌制过的猪颈肉。孩子们一人一台iPad架在碗盘旁边，已经开始喝苹果汁。夏洛特负责烤肉，叶子挥动着剪刀把烤好的肉剪成小块分发给大家，舒小红和我像在寝室里一样，在旁边一边提供无限量的赞美，一边等着被投喂。

不光是亲友团的跨洋支持，我的日本交换学生们也来酒店拜访。一群可爱的日本女孩子，曾经在我任教的墨尔本高中游学过一个学期，我负责教她们英文。这中间有很多都是计划高中毕业去国外留学的日本女生，不知道那时候在澳大利亚留学的经历，是不是起到了激励作用。我把两个孩子留给大学同学们，便带着学生们到酒店顶楼的咖啡厅聊天，也谈起日本社会上对女性的高要求。我好奇地问她们，为什么酒店对面的办公楼里都是穿黑色西装的男人，女性是不是真的结婚生孩子以后就不再出来工作？有几个女生点头，但是我也分不出来她们是处于礼貌迎合我，还是真的认同。也有几个女生说自己妈妈还在工作，自己将来也会选择工作。事后，有一个姑娘给我写信，说女生的命运在日本也没有那么差，很多人会选择家庭和事业兼顾，她自己也准备去澳大利亚上大学，然后再回国工作。我看着她的邮件懊悔不已，意识到自己说话的时候，没有顾及到年轻女孩们对于未来无限可能的期待，甚至带出来一点以偏概全、种族成见的嫌疑。我和这些日本女孩子交往的过程中，总想起在伦敦政经认识的三个日本女生，她们都是非常国际化的女孩。其中一个是离婚以后来到伦敦读书的事业型女性，一个是大学毕业以后打工攒钱来进修的勤奋女孩，还有一个是父母都移民美国但是选择和父母背道而驰来到伦敦的叛逆青年。不知道为什么，对于“逃离故乡”的亚洲女生，我怀有一种“偏见”，总觉得她们光鲜的外表下，有一颗因为伤痕累累而分外坚强的心，总想要发掘她们脆弱的阴暗面。当然，这也许只是我对自己经历的折射。

不只是闺蜜和学生，我还约到十年未见的伦敦政经的同学健二郎。他当时对于我来说，算是一个毕业后工作多年又返回校园的“大人同学”，在校园里见面也只是礼貌地打招呼，并没有深交。但是这次我来到东京，也许是因为机会太难得，也许是因为都好奇彼此的变化，我们还是愉快地制订了见面的计划。更巧的是，约会头一天，我在墨尔本的两个朋友也抵达东京，他们夫妻俩答应我在酒店里帮忙看孩子，让我可以毫无顾忌地去和老同学见面。这种“一方有娃，八方支援”的日子实在太美好，以致于再也难以复制。

我穿着红色的连衣裙走向酒店大堂，健二郎欣喜地脱口而出：“嘿，青豆，你看上去很棒！”

我突然就觉得，不管他看上去怎样，我这十年过得挺值的。

健二郎是电影里典型的日本大叔模样，还没有谢顶，但是把所有头发都向后梳，在脑后挽一个小辫子，露出光亮的额头。络腮胡子从腮帮开始逐渐密集，直聚拢到下巴，仿佛试图用色彩的变化挡住尖下巴带来的秀气。弯弯的眉毛搭配弯弯的眼睛，带着一团和气，脸颊上的皮肤却被两边的眼角纹拉得有点紧张。推算下来应该四十五六岁的年纪，但健二郎脸上的皮肤光滑紧致，苹果肌也鼓鼓的，为日本男生的保养鼓掌！他肩膀宽阔，斜挎一只黑色的皮革大书包，黄绿色的英伦风格塑身大衣下面，深灰色的衬衫紧绷在身上，领口露出一条银色金属细链，衬衫的袖口稍微卷起，露出结实的小臂。他左手腕戴着一只我不认识的机械表，右腕上是黑色卡地亚皮革手链。突然发现，他的一双手也是我最喜欢的类型，厚实手掌搭配修长手指和长方形指甲，在读书的时候居然完全没有注意到。

也许就像我现在十八九岁的学生，并不会注意到老师今天发型的变化或手镯的搭配一样，在年轻的时候，眼睛里只有想要在乎的人。记得有一任男友曾经跟我说过，一个人的心智成熟程度，决定了观察的细致程度，所以在大街上，永远是心智比较成熟的那个人先看到对方。而我们约会见面的时候，也永远都是他率先发现人群中那个四处张望的我。不管我怎么仔细找，都没有他找我来得快。

健二郎带我去吃一家天妇罗老字号，据说主厨父子俩已经在这家店里炸了六十五年天妇罗，至今依然一丝不苟地对待每根金针菇和每条凤尾虾。我们在狭窄的店门口排队，然后穿过密集的吧台区域，来到一张二人小桌前。他有礼貌地让我坐在靠墙的沙发座，自己坐在走道那边的木椅子位置。这个桌子实在太小，勉强够把我们两张脸拉开到“不需要对眼就能看清对方”的距离。菜单非常简单，只提供海鲜或蔬菜天妇罗两种套餐。搭配天妇罗的盐碟却特别丰富，除了盐粒粗细有别之外，还有各种加味道的芥末盐、樱花盐、梅子盐……我才发现，正宗的天妇罗，并不仅仅是泡在酱油里吃的。当然他家的酱油也很有特色，据说是用柴鱼高汤加酱油和味啉熬制，再调和单独提供的、现搓出来的、细腻水润的白萝卜泥，让蘸汁有一股淡淡的辛辣清香，可以和深炸面皮的香气保持一种微妙的平衡。

日本人在专业上的细致让我想起当初在八里岗实习的时候，工地上曾经来过几个日本交换生。我蹲在坑边上看他们画图，像在看珠宝师在镶嵌钻石，米开朗基罗在雕塑大卫一样。他们的考古绘图笔触纤细、坚定、规整，甚至连每一笔之间的色调都完全一致，和比例尺及格纸上的尺度都分毫不差。他们的示范，给我的考古绘图开启了一片新的天空。于是田野实习之后的两年，我主动给系里的发掘项目画图，不但挣些外块，还借机到访了几个遗址。

吃完饭之后，我说想买日本著名的小电器，像离子吹风机和美容仪之类的。健二郎就开心地带我穿街过巷走进商场。但是在正式逛街之前，他先带我来到按摩椅的展厅，盛情邀请我和他一人躺到一台按摩椅里，先“试用”一个疗程。我看看周围，展厅里摆放的二三十座按摩椅上，几乎都躺满“试用”的人，每个人脸上都是心安理得的神情。这场景可真把我逗笑了。

健二郎说：“商场附近的上班族都会在午休时间来这里坐一坐，但是由于按摩椅非常昂贵，并不会有什么人真的买回家，所以，除非你主动要求，商场的销售员并不理会来往的人群，所以请抛开顾虑，尽情“试用”吧！”

然后我们俩就大笑着坐进最新款的按摩椅里，小睡一个午觉。我在按摩程序结束的时候醒过来，看见健二郎也正从他的椅子里坐起来看我。二人默契地对笑，再起身前往电器展区。健二郎看见我拿着外国护照买日本电器可以直接在收银的时候省去百分之十的印花税，报以羡慕的啧啧声。

吃饭的时候，我也问他对日本社会的看法，作为社会主流的中年男性，又有着英国高等学府人类学专业的训练，得到的答案必然和年轻的中学女生不同。健二郎在去英国留学之前曾经在拉美流浪过七年，在巴西学桑巴舞的时候认识了他现在的老婆，她也是一个很前卫的日本女性，两人从英国毕业回到东京之后，开办一间充满创意的新能源公司。提到他的创业公司，健二郎得意地说："我的公司和大部分日本公司不同，我们上班很随便，不需要穿西装！我们的会议室不要严肃的桌椅，我在屋顶挂上秋千。我每天都带着我的狗上班，然后它就在秋千下面，听我们荡漾着讨论项目。"

我对于他的描述感觉到很新奇，和我印象中的日本株式会社、年轻的高中学生描述的工作前景、酒店窗对面循规蹈矩的办公楼都不一样。但是我更好奇，这位高知日本女性，在嫁给这样一个先锋派创业者之后，会过上怎样的生活："所以你太太也在公司担任职务吗？"

"哦，没有，她在家带孩子。"健二郎说得挺自然。

"我这次来，感觉东京的街道很不适合我家这种两个座椅的大型儿童车。"我想知道像健二郎夫妻俩这样受过良好教育又国际化的日本父母，会有哪些与日本传统不同的育儿方式，就问，"你上班的时候，太太和孩子平时都去哪里玩呢？"

"她们大部分时间在家，"健二郎终于摇摇头，"日本的公园里是没有英国那种小型社区游乐设施的。人们去公园赏花、野餐，如果真的想要滑滑梯或者玩其他游乐设施，就要去迪士尼乐园了。”

然而我们那次东京之行并没有安排迪士尼乐园。

◇◇◇

还好，这次伦敦之行也不需要刻意安排远郊区的游乐场，市区到处都是“family friendly（儿童体验友好）”的地方。我带着孩子们从真正的伦敦桥上走过清晨的泰晤士河，再顺着旋转阶梯来到久违的南岸。碎片大厦的底座连着伦敦桥火车站，本应该是个很热闹的地方，但清晨的伦敦桥火车站还不算太拥挤。只是，就算人迹寥寥，火车站附近也还弥漫着浓郁的尿骚味，可以想象半夜三更，有多少喝醉的人在这里抬过腿、划过地盘。这个酒气和尿骚的味道，也算是伦敦火车站入口的标志。因为伦敦火车线路四通八达，地表面积又寸土寸金，很多火车站的入口都相当隐蔽，从一个小小的入口走下去，经过台阶、斜坡、电动滚梯，混杂着卖艺歌手的破毡帽，忙碌的黑西装们步入庞大的地下交通网。所以，站在大街上就算一眼望不到火车站的入口，只需要深呼吸，闻着味道就能大概判断火车站的方向。

这也是我为什么尽量避免带孩子们坐火车的原因：在青春期到来之前，我们还是尽量享受光鲜亮丽的地面生活吧！

不光是地表的光鲜亮丽，我们还要乘着碎片大厦的高速电梯直达半空中。电梯四壁和顶部都是巨大的LED，不断地放映着伦敦的风景，我在“一路高升”的时候好奇地想，这些美好的风景画面都提前在电梯里给我们看见了，到观景层的时候还能看什么呢？肉眼看见的，能有这些高价相机拍摄捕捉的都市夜景更美吗？我们，包括全电梯的人，包括所有去城市最高点旅游的观光客，到这里来的目的究竟是什么呢？

实际上，这种质疑完全没有说服力。我自己还不是一边不明就里，一边照本宣科地走到这里了吗？

到达六十九层的观景台，我们走出电梯的时候发现，环绕中部的电梯天井一圈都铺着人工草，营造出一种空中花园的氛围。一簇一簇的人在假草上席地而坐，或聊天，或拍照。窗边的沙发座椅都坐满人，旁边站着密密麻麻俯视伦敦城的游客。我觉得无趣，就带孩子们返回到电梯间，那里有楼梯可以徒步登上七十二层的开放空间。

这里的观景平台和建筑物外墙完全剥离开，也就是说我们可以感受到开放式的塔尖吹来的风。观景台的四周虽然有围栏，但是在七十二层的高空中与保护内室的玻璃幕墙脱离，真的有一种大厦框架要向上撒向天空的视觉冲击。我很惊喜地发现，来到城市的最高点，我们的目光竟然是要往更高的地方望的。

三百米高空的酒吧和意大利吉拉托冰激凌车，我们必须要光顾一下。就像尤瓦尔·赫拉利在《人类简史》里说的，人类的社会行为进化的程度，远远快于基因进化的速度，所以造成很多“人性”与“天性”之间的矛盾。也就是说，虽然我们现在几乎人人都可以衣冠楚楚地穿梭于钢筋水泥间，过早九晚五、一天三餐的生活，但身体的机能构造，其实更适合在丛林中漫步。随便这一天，遇到什么就吃什么，摄入多种多样的植物类食物，而不是被单一的稻米或土豆主宰，导致营养失衡。同样，我们的身体也不是为终日犁地翻土或久坐办公桌前而设计，现代化的生活导致大量的腰肌劳损和颈椎病。还是同样的道理，也可以用来解释为什么大部分女性喜欢吃大量的甜食，甚至在晚饭过后还有另外一个“专门吃甜点的胃”。因为在远古的丛林中，大部分女性承担着采集植物类食物的任务，“意外遇到一棵已经结满成熟无花果树”的机会本来就少，加上要在被其他猩猩、狒狒发现之前吃到嘴里的时间又紧迫，所以造就我们与生俱来的“逮到机会就马上吃个饱”的基因冲动。

这才是大部分女性基因决定的“天性”，不要否认了，姐妹们！这才是我们爱吃又内疚的根源。所以在三百米的高空，我们母女仨就要释放天性，一人一只冰激凌甜筒，不需要分享。甜心妹妹是千年不变的巧克力爱好者，酷女孩芸豆最爱的口味是薄荷配曲奇碎片的冰激凌，妈妈虽然有心尝试新鲜口味，但最终还是选择安全无奇的香草。

一朵云飘离头顶，阳光从碎片上方正洒进来，铺展在翠绿的人工草坪，再反射映照到每个人的身上、脸上。妹妹的百褶裙泛起金光，姐姐的银色无袖裙子也健康得发亮。后来，我们在照片里踩着绿地，枕着蓝天，是五彩缤纷的，而脚下的泰晤士河水，倒是衬得更灰黄。

啃着冰激凌圆筒走下电梯，我们再回到地面上的时候，离预订的吃午饭时间还早。我站在碎片大厦巨大的基座平台四下张望，两个孩子就在空旷的小广场顶风乱跑，然后我就看见旁边国王学院的南岸校区，那是它的医学院。

学院的角落是黑色钢筋和玻璃构建的科学画廊（Science Gallery）。我被巨大落地窗上的广告吸引，写着：“Dark Matter:

95% of the Universe is Missing（暗物质：百分之九十五的宇宙都丢了）”。更重要的是，旁边的小字写着“免费展览：六月六日到八月二十日”。

于是，我决定带孩子们去“丢掉的宇宙里”消磨午饭前的时光。

这又是一个科技和艺术相结合的展览。自从看过巴比坎的人工智能展之后，这种冷酷理性与情绪化的融合就特别让人期待。

展厅入口的设计就很有冲击力，整面墙都被涂成绝对漆黑的宇宙画面，而走近仔细观看，所有的“繁星”都是会动的眼睛，斑斑点点，既遥不可及，又充满整个空间。巨大的蜘蛛网、拼接的剪报图像和镜面玻璃房子里不断回放的影片，让我明白这不是一个“科普性”的展览——大学校园里对于“大人们”的挑衅，总是给人意外的惊喜。

实际上，这次旅行中的大部分时间，是姐妹俩陪我“追忆似水年华”和求知欲。对于我们参观的展览，她们大都还不能理解。所以我在满足了一己之欲后，必须要抓住所有可能的机会，在礼品店里宠溺她们。姐姐在科学馆的礼品店里选了一本图解科学的互动书，妹妹选了一只看上去像医用针管的圆珠笔。妈妈又买了一只帆布袋，厚重结实的军绿色配艳黄的内衬，袋子外面写着“Emotional Baggage（情绪包袱）”，我背着这个“标示”走出科学馆巨大的玻璃门，觉得自己的性情又物化和外露了一些。不过，谁不是背着沉重的情感包袱走完一生呢？

不管怎样，走吧！我们吃烤鸭去！

我预订的餐厅叫作“都爹利会馆”，就在国王学院的另一侧。据说是香港的米其林一星餐厅开的分店，而伦敦的这家店由一所二级文物保护建筑改造而来，外部完全保留着原来圣托马斯教堂的风貌——光是这个背景故事，就足够赚走我一顿饭钱。离开科学画廊，绕过国王学院青灰色的大理石庭院和黑色铁门，看见朴素的“Duddell’s”字牌挂在一间细小的庭院栏杆上。古老的教堂有一丝不苟的红砖墙，像姜饼小屋一样，墙面的每个转角处都有灰色石砖贴面的保护，又像电影里的英国绅士，身穿灯芯绒西装，搭配袖肘的皮革补丁，谦虚有礼地站在街角的车站等雨停。

走进前院，餐厅的黑色招牌放在已经磨损的石板地上，进入教堂的木门也漆成与餐厅名牌和黑色铁窗框呼应的黑色，和我们刚看的暗物质展览遥相呼应。

走入餐厅内部，是翠绿色的吧台，贴着鲜亮的绿色瓷砖，吧台的对面，是绿色丝绒包裹的沙发卡座，搭配白色壁砖和深棕色的木结构内饰。对于一间米其林一星的餐厅来说，内饰使用这种“公共厕所式”的颜色搭配实在让我有点惊讶。好在桌子上摆的是淡绿色的玻璃杯，翡翠一样的凝绿色筷子托和青绿色的餐台，让餐厅本身和用餐环境有所联结，挂在餐桌上的橘色和淡黄色的灯也呼应着旧教堂布道台后的灯光，减少了些突兀的感觉。

坐定翻看菜单，除了传统的粤式虾饺和烤鸭，鸡尾酒单居然叫“风水”，包括“幸运”“财富”“爱”“胜”“健康”和“喜”六种，每一款的调制也都掺有中国元素，比如茉莉花、乌龙茶、人参和米浆，搭配金酒或者朗姆酒，与果汁、海盐手摇而成。我选择了搭配枸杞、桃子和伏特加的“爱”，被呈上桌的时候，自然是附送一个调酒师的媚眼秋波。

在饮料之后，最先上桌的是妹妹最爱的各式虾饺，包括金鱼形状的油鸡枞虾饺、橘色半透明面皮的猪虾烧卖、用黄白渐变色包裹成三角形的大良官燕蟹肉饺、点缀黑鱼籽的虾饺皇和龙虾灌汤包，然后是清蒸东星斑鱼块、瑶柱蛋白炒饭、杂菇炒豆苗，最后，号称“北京之外最好吃的烤鸭”伴随着希腊小哥登场。和在国内一样，小哥站在我们桌边给烤鸭片皮。虽然味道和真正的北京烤鸭相去甚远，切片的手法也相当粗糙，但是两小只依然吃得手舞足蹈，妈妈也喝得轻飘飘。这种将饮食和历史建筑相结合的餐厅，本身就是文艺青年“趋之若鹜”的地点，更增加新鲜感的是餐厅内部不断有艺术展出，据说伦敦分店在2017年开幕的时候，还曾经轰轰烈烈地办过几场艺术活动。如果有一天我有能力投资，恐怕也会选择这种餐厅吧！

我们左边桌上坐着一对年长的印度夫妻，感觉是在庆祝妻子的生日，右边坐一对亚洲留学生模样的青年男女，和我一样拿着手机一边吃一边不停拍照。这种餐厅，大部分菜品都是为手机拍摄而设计，连餐桌上方的光线都恰到好处。我并不了解都爹利会馆在香港的餐厅是什么样的氛围，但是它的伦敦分店总透露些迎合西方猎奇心理的故弄玄虚，有些形式大过于内容的嫌疑。

就像乔布斯在一次采访中，被问到苹果和微软的竞争，他自信地说：“不管是哪个行业，一个品牌的成功，归根到底还是要靠品位。”

◇◇◇

我之前看《人类简史》中还有一段，提到曾经在地球上出现过六个人类种族，但最后只有我们的祖先智人，生存下来并且霸占全球。尽管对于智人到底是怎样称霸世界和其他人种到底是怎样灭绝的，学界有很多不同观点，但是有一点基本达成共识，那就是智人的语言与众不同。虽然很多物种都有语言，比如猴子可以向同伴交流“前方有老鹰”，蚂蚁、蜜蜂可以通过交流实现团队合作觅食，据说海豚和鲸鱼还有更复杂的语言系统，但是智人语言的独特之处在于我们的想象力。我们可以交流现实生活中并不存在的事物并且将这些概念性的事物作为社会活动的基础，比如“信用”，比如“公平公正”，比如“自由”，比如“国家”。

就像马尔克斯从来没有承认自己是魔幻现实主义作家一样，他说我们的现实本来就不同。亚马孙丛林的“小雨”就是磅礴的雷电交加，本身就和在伦敦一朵飞逝而过的云带来的“小雨”不同。我们通过想象力来感知外部世界，通过讲故事来构建世界秩序，这才是我们生活的现实。如果没有认识到智人所特有的想象力在我们社会生活中的作用，就不能理解人类的本质。自从19世纪初，马克思那一代哲学家开启的“世俗主义信仰”之后，不论是社会主义者、资本主义者还是中间派的民主自由主义者，都无可避免地落于类似宗教的教条模式中*。毕竟作为世俗主义同情、真相理论根基的“人权”，也同样是人类想象力编造出来的故事。只不过“同情”“同理心”“基于真相作出判断”这些世俗主义论调，可以为全人类各个族群免受歧视、约束专制政权提

* 借用加拿大哲学家查尔斯·泰勒所著《世俗时代》中的观点。

供理论基础，让大部分人口免于遭受贫穷和暴力所带来的恶果。所以，“人生来自由”“人生来具有发表意见的权利”也许是我们能够想到最好的“故事”。但是如果真的相信我们生来就有言论自由，而审查和管理舆论是反自然的行为，那么，我们也就距离人类的真相越来越远了。

可惜，我们从来都不能低估人类的愚蠢。不论是在工作还是生活中，品位永远难求。

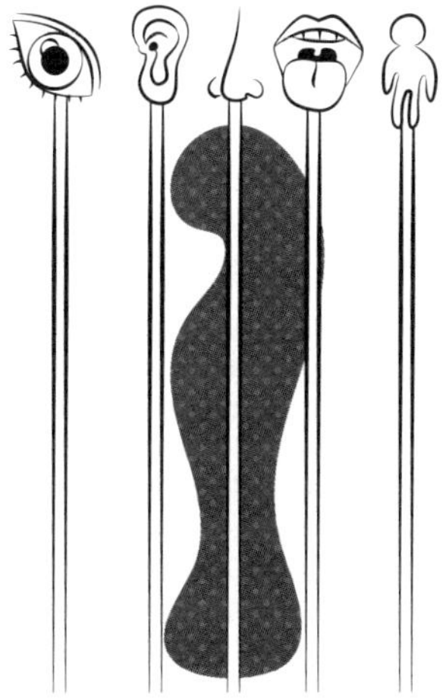

真假无知

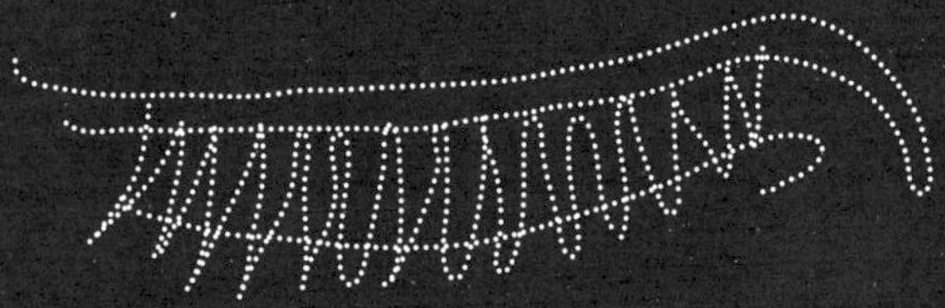

Day

08

倒也不全是忧伤

我在墨尔本大学读的教育硕士，最后的毕业论文是研究脑神经学在教育中的运用。脑神经学的讨论基础，是建立在几个基本原则之上的：首先，大脑中的神经元通过生物脉冲电来交流信息，从fMRI（功能性核磁共振造影）脑电图上来看，大脑发出指令的时候，就像是神经元之间点起烟花；其次，脑部不同区域具备不同的功能，比如后脑勺的枕叶某些区域掌管视觉，比如掌管记忆的海马体区域和掌管嗅觉的顶端连在一起，所以我们常常会有“家乡的味道”的记忆。

刚开始接触神经元的时候，研究小组的每个人都像发现新大陆一样兴奋。我因为是半工半读，所以总是忍不住把在大学新学到的知识带回中学和同事们分享。记得有一次教职工培训，午休的时候，我和同事们讲最近在大学研讨会上的“新发现”。那几天我们在讨论从婴儿期到青少年的脑神经元发展变化，其中有一个关键点是在十五岁左右。在学校的老师都知道，十五岁左右的九年级学生都是每个学校最令人头疼的。在澳大利亚，很多私立学校都把九年级单独开辟出一个园区，和主校区分开，比如维州鼎鼎大名的吉朗文法学院，干脆把九年级全部学生都安排在北部郊区的布拉山区里住校。我现在的学校是把九年级的学生安排在附近的拉楚博大学校园里，号称让他们提前体验大学的学术环境，以便刺激学生对学习的责任心，实际上无非是不想让“喜欢惹是生非”的九年级破坏整个学校的学习气氛。

新生儿到两岁之间，是脑神经元蓬勃发展的阶段。新生儿的神经元之间普遍性的交流比成年人多得多，所以表现出来并不是婴儿们没有注意力，而是他们会注意周围所有的事物。所以那是他们飞速学习的时期，小宝宝就像海绵一样对于周围的刺激和信息照单全收。可惜这种学习能力，到五六岁的时候开始放缓，注意力的广度减少，但是专注力的深度增强，这是神经元和神经元之间的交流通道逐渐被“修剪”的过程，也就是说，某些频繁交流的神经元细胞之间的联系被逐渐固定下来，并且越来越深刻，而另外一些不太常用到的交流关系就逐渐丧失。这个“修剪”过程到十五岁左右达到巅峰，神经元之间的交流模式进一步被固定下来，反映到生物体的层面，这时候的孩子们会逐渐形成自己习惯的思维模式，对某些概念的理解也逐渐定型。然而，管理情绪冲动的前额叶皮层却格外活跃，从人格上表现出来就是青春期的种种状态：热血、冲动、叛逆、情绪充沛……前额叶皮层的控制能力，要到二十岁以后才逐渐成熟起来。也就是为什么二十岁以后，人们才逐渐显现“社交情商”、控制情绪的能力、预期后果并做出理性判断的能力，等等。

没想到，当我兴致勃勃地发表演说之后，校长并不为所动，只是笑笑说：“所以这是你对这些问题的理解。”

我听完有点愣住，本以为已经拿到破解人类青春发展史的金钥匙，瞬间被校长一盆冷水泼醒。也许，我们都太容易被这些所谓的“硬核科学知识”蛊惑，它们那么信誓旦旦和自信满满，轻易让人缴械投降，丧失掉了基本的辩证和批判思考的能力。

果不其然，随着后来学习的深入，我们也发现这些初看非常有道理的研究，在实际操作上存在着太多“扰乱因素”，以致于研究结果的准确性常常被质疑。同时，从细胞层面上得出的特性，往往与生物层面的器官功能特性相距甚远，再上升到心理、社会、经济层面，复杂性和外部干扰逐层增加，以致于整个学年下来，我对脑科学是否真的可以运用到教育学的实际操作中都产生怀疑。更不要说医学史上还频繁出现过“无脑人”通过发展其他神经细胞完成正常生活的案例。学到这里，连脑神经学科中最根本的两条原则都受到挑战。

写研究论文的时候，我犹豫很久，最终发挥出中国哲学中的“拿来主义”和“务实精神”，选择在文章中谈论更实际的话题：如何在学校环境中“利用”脑科学的“硬核科学”特性，将脑电波图作为宣传手段来影响学生和家长的心理，从而达到激发学习热情的作用。

在实践中，我也常常在宣传“学习中文重要性”的时候，用幻灯片里五颜六色的几张脑电波图，对比说明学习中文会对大脑神经元的活动产生怎样的影响。学过中文后，尤其是跟青豆老师学过后，脑电波图中闪亮的部分，显然比没有学过中文的脑电波图多很多——“想要开发大脑的潜力吗？来学中文吧！”

有了脑科学的“幌子”，宣传中文学习的活动总能达到很好的效果。因为整个论述过程总是显得特别“科学严谨”，fMRI功能性核磁共振造影的对比照片就像网上的减肥前后对比图一样有说服力，正好在实践层面上印证我在论文中的预想。这篇论文后来虽然拿到高分，但是我的老师在评语里说："这个分数是为了鼓励你有创意的分析视角，但是你的观点，依然让我们这些脑科学家很伤心。"

也不知道从什么时候起，我对"困境"特别感兴趣，也许是因为太善于在生活中往前奔跑，反而对于停滞的状态有些向往。这次的学习经历，让我重新思考自己对于新知识的狂热崇拜程度，是不是反而困住了创造力。生活中也不乏因为过于沉迷于某种念头，而忽略了它们存在的前因后果，丧失思考能力的情况。我有一个高中同学，是北京一间女子监狱的狱警，对于她单位里面的故事，我总是怎么听也听不够。

◇◇◇

我的同学叫张蕾，是一个高高瘦瘦、文文静静的女孩，学习不好也不差，性格不算冒头的开朗，也不是沉闷的内向，在朋友中间是相处起来最舒服的那种人，尤其她长得很白，脸上还有小雀斑，一副精灵的模样，偏偏带有一股饱满的人间烟火气。我总觉得她心里特别清楚自己的分量，也特别知道自己想要什么样的生活。总之，是那种胡同里生长的北京女孩。所以她告诉我，自己考上公务员要去做狱警的时候，对于她眉眼间流露出的满意神气，我一点也不惊讶，反而替她踏实的生活态度感到高兴。

果然，工作没有多久，她就嫁给同所的男警官，算是同学中最早结婚的。张蕾叫我给她当伴娘。因为是我第一次参加婚礼，所以兴致勃勃地凌晨四点起床、化妆、梳头、装扮起来。那时候的婚礼还很朴实，我没有捉弄新郎，新娘子也没有哭。我们一起坐车到郊区的新郎家里。村里有人放起鞭炮，我拿着新娘的随身小包，看她被男人从绑着花束的婚车里抱进门，跨过火盆，拜见公婆。然后再一家老小返回到车里，去附近的家常菜馆吃饭。整顿饭，我都拎着兑了水的白酒瓶，跟在新郎和新娘后面给各桌客人敬酒，其间伴郎偶尔和我说两句笑话。

再后来，我对于张蕾生活的了解，就仅限于她和老公吵架的时候。时间一年一年过去，我们退居到彼此生活的背后，张蕾的故事就只有按照她和老公吵架的时间节点连接起来，先是为孩子吵架，后来是为她的身材，再后来是为她老公出轨。她就用女子监狱里的故事，诱惑我在对话框里出现，然后便转入抱怨生活的主题，我也就不得不给她安慰，替她排忧解难。

据说她们监狱是“涉外单位”，有专门设计的“人权示范展示路线”。外宾光临视察的时候，她就负责带领代表团，走特定的路线，说特定的话。据说在狱警的办公区域，甚至还摆着活跃气氛的红色沙发和水晶吊灯。总而言之，我还是禁不住诱惑，偶尔和她见面吃饭，听她讲因贩毒而入狱的女囚犯脱光衣服袭击男狱警的故事。

◇◇◇

成年后的几次旅行，我也都有意无意地选择和监狱有关的住宿地点。十五年前在英国留学的时候，去过一次瑞士，住的就是一间监狱改造的酒店。奇妙的是，和我同行的人类学同学，也并不介意和我一起住两天监狱。她叫李娟，在清华大学读完人类学硕士之后，带着奖学金来伦敦政经读博士。系里就只有我们两个中国人，所以很快就因为一起上课、吃饭、看戏，成为形影不离的好朋友。不过她比我年长两岁，又已经是人类学硕士毕业，研究生导师和伦敦的导师也早有合作，在系里出入各种活动、课上课下和教授们讨论问题的时候，都比我自如很多。我一度非常羡慕这种沉浸在学术中的生活。

我们的飞机降落在日内瓦，去日内瓦湖边散步，看高大的喷泉，给湖里撅着屁股吃鱼的天鹅拍照。然后再坐小火车北上，穿过山川和云朵，掠过湖泊和原野上的小木屋，听火车上的报站名声音从法语变成德语的时候，就到达目的地卢塞恩。2004年的卢塞恩，还是一个安静的小镇。我们走出火车站，正面对琉森湖上的卡佩尔廊桥和水塔。它们圆滚滚、温温吞吞的，在这个只有三万人口的小镇上，已经矗立了七百年，安静得连栈桥上红褐色的茅草棚子都显得特别清澈。

我小时候总觉得自己是可以看见空气的，到瑞士的时候，我看见那里的空气像水晶球一样硬且透明。我和李娟沿着火车站前的罗伊斯河走进城里，路过文艺复兴时期的教堂，踏上教堂门口的小广场，好像就是走到商业中心。那里有一家热闹的咖啡馆，木框玻璃门敞开着，红色桌布牵着椅子一直铺展到广场上。我们走进去买了一杯咖啡和各种巧克力，坐在河边吃下午茶。脚边的天鹅陆陆续续往我们这里看，大概它们也没有见过几个黄皮肤的亚洲人。

然后就是去看一眼著名的景点，纪念在法国大革命中牺牲的瑞士雇佣兵的“垂死狮子像”。再顺着小路上山，穿过云层，就来到我们的Barabas Luzern“监狱酒店”。酒店的门口依山洞而修，简陋的前台在核对姓名之后递给我两把钥匙，就放我们自行钻进山洞里。监狱的墙壁是黄色的，地面是灰水泥，房间还保留着厚重的木板门和重重叠叠的黑色大铁锁，不过厚重的木板门上送菜送饭的小窗口已经被钉死，从外面不能打开。我们预订的是双人号子，开门后同样是黄色的墙面和灰水泥地面，对墙上开着四方的小窗，窗外自然是被铁栏杆禁锢住的树影婆娑。牢房里没有椅子，也没有厕所，只有一个小小的洗手池，靠两侧墙是两张黑铁单人床，铺着干净的白色被褥枕头，床头有一截镶嵌入墙壁的小桌子。

◇◇◇

而这次选择的酒店，紧贴伦敦塔一侧，我的心中也暗戳戳涌起一股恨意。白月光也好，象牙塔也好，对理想国的向往或许也是另一种桎梏。如同窗外这华丽的皇家堡垒，也不过是囚禁着皇后的监牢。关于伦敦塔监狱最有名的故事，是关于被世人称为“二号女王”的安妮·博林的。安妮出生在16世纪初的肯特郡，有深棕色的头发和眼睛，十五岁之前都在法国宫廷接受良好的教育，琴棋书画样样精通。在回到英格兰之后，也因为独特的法国时尚气质而拥有众多的追求者，其中就包括英国著名诗人汤玛斯·怀特。可惜，国王对安妮的兴趣也日益增长。

当时的英格兰正处于著名的都铎王朝。国王亨利八世和凯瑟琳女王已经结婚多年，但是只有一个子嗣，玛丽公主。亨利八世求子心切，在教堂的一次弥撒中遇到安妮·博林之后就展开了猛烈的追求。至今，梵蒂冈宗座图书馆里还保存着他写给安妮的十八封情书，信中，亨利八世在安妮的名字缩写旁边画着爱心，甚至提到自己的心只属于安妮一人，并且迫切地希望身体也尽快达到同样的境界。他所做的一切——与凯瑟琳离婚并且迎娶平民女子安妮·博林——在都铎时期的欧洲，是不可饶恕的罪行，甚至遭到罗马教皇的谴责。

可惜，安妮·博林和亨利八世的第一个孩子，也是一个女儿。之后又经历过两次流产，导致亨利八世开始怀疑自己的决定，加上来自罗马教皇和本国教会的双重压力，他再次开始寻觅新的情人。在安妮第二次流产之后，亨利八世把她囚禁在伦敦塔。传说，亨利八世对安妮最后的怜悯，仅仅在于答应她执行死刑的时候把斧子换成剑。安妮在行刑前说："听说今天的刽子手很棒，而且我的脖子也很细小。"

安妮的独生女，正是创造出英国历史上黄金时代的伊丽莎白一世，她在位期间不仅推行新教（英格兰教会），击败西班牙的无敌舰队称霸海上世界，开发美洲殖民地，更孕育出英伦文化的鼎盛，威廉·莎士比亚和弗朗西斯·培根，都是这个时期的人。由于她终身未婚，现在美国的弗吉尼亚州，就是以她"贞洁女王"的称呼命名的。这样一个享誉世界的女王，生母竟然是只做过三年皇后就被丈夫囚禁并处死的平民女孩。在这段男性视角记录下的历史中，没有人知道当时的安妮经历过怎样的心路历程，所有关于她的表述和记录都在她被处死之后，有效地毁灭了。

我带着孩子们走在伦敦塔的城墙上，左手就是城内的草坪，草坪中央有巨大的鸟笼，由橡木板和细铁丝搭建的精致鸟巢里，居然养着七只乌鸦。据说英国人迷信只要伦敦塔里还有乌鸦，英国就不会遭受厄运。从13世纪开始就有乌鸦住在这里，传说这种聪明但是全身漆黑的巨型乌鸦，具有颠覆皇权的力量，结合着"希望、恐惧和梦想"的隐喻，甚至成为大不列颠的历史文化符号之一。

我们所在的南城墙，是伦敦塔最古老的一部分建筑，右手是城外我们去超市会走过的百年石板路，路面下有泰晤士河水被引入到城墙下，形成护城河。据说囚犯也是从城楼下的水路，被送进送出，现在这些水域上方还保存着黑铁栅栏，从水下一直阻拦到空中，一根根栏杆上都顶着锋利的黑铁尖头。我看着这些层层叠叠的“希望、恐惧和梦想”的意象聚集在一起，不由得又被囚犯的故事吸引。不知道那时候的人们是不是也相信人生而自由。十五岁少女安妮·博林刚从法国留学回到伦敦的时候，当她被剑桥诗人托马斯·怀特追求的时候，当她在弥撒仪式中初见亨利八世的时候，是不是也展望未来、张开双臂，热情地准备怀抱生命的无限可能？

◇◇◇

从伦敦政经毕业回国之后，同学李娟给我推荐过一本很好看的小说，叫《爱情笔记》，作者是阿兰·德波顿。他是一位风趣幽默的英国作家，特别擅长从哲学思辨的角度来分析日常生活琐事，我喜欢英国文学中这种既贴近生活又富有思想的深入浅出的写作风格，便一直在视频网站上追踪他的作品和各种讲座。我发现自己和别人不同，也是在听阿兰·德波顿演讲的时候。也许是很早就知道自己没有什么吵架的天赋，也许是生活中就没有什么让人愤怒的事情，也许是骨子里的悲观，在我的情绪里，忧伤总是大过于愤怒。那一刻，我突然意识到自己是一个很难生气的人。

一个人会生气，前提是他/她认为自己是“值得的”，而这个价值没有被认可、预期没有实现的时候，才会有愤怒的情绪。其实在墨尔本大学读教育的时候也会学到，教育学中一个反复出现的词，叫“selfesteem”，中文翻译是自尊，但我总觉得它更偏向于自我评价、自我欣赏的意思。比如，“selfesteem”高的孩子，学习的动力就足，在老师的协助下成长的空间就更大。然而这个自尊心的高低，很大程度上取决于这个人小时候的经历，他是否被人无条件地爱过、在表达自我的时候是否感觉到安全。与被好好爱过的有安全感的孩子相反，“selfesteem”低的人，最明显的表现就是不会生气。

妈妈在我青春期的时候回到了我的生活中，于是，我的高中时代都在做的事情，就是每个周末拿着奶奶开出的“青豆生活开销”去找妈妈要钱。账单上面是奶奶手写的，青豆这个星期的吃穿住行，甚至还有我吃的西瓜几斤几两重，开销几块几毛钱。在别的少年青春叛逆的时候，我已经很清楚地明白自己的“生存成本”。在青春期少年们和父母吵架的时候，我在小心翼翼地左右逢源，既怕奶奶埋怨我没有去要钱，又怕惹火妈妈不给钱。

很多年以后，我终于坐到了和同事萨莉提起过的那个墨尔本著名的精神分析诊所里。我是在网上搜到这个心理医生之后主动求诊的，因为突然得知已经离婚三十多年的爸妈要一起从北京来墨尔本探亲，自知需要提前做点心理建设。在我一个小时滔滔不绝的自我介绍之后，心理医生深表同情地说：“No wonder you wanted to remove yourself from the world.（难怪你最终想要把自己从这个世界上消除掉。）”

她用一句话总结出我的人生。

我呆坐在咨询室舒服的大沙发里，三十几年的人生经历在脑子里回溯，我一遍遍地经历五岁的时候因为害怕爸妈吵架，躲在厨房门背后，被摔打的响声吓晕过去的场景。自那以后很多年，每次听到节奏逐渐增强变快的声音，我眼前都会出现幻觉，周围的事物会逐渐变大，向我压倒过来。之后我常常发现自己躺在地上，呼吸困难、心跳加速，连爬起来的力气都没有。我曾经看过几次医生，但是无论验血或者做心电图都测不出来病因。奶奶也没有别的办法，只好在我犯病的时候跟学校请假说，青豆有心慌的毛病，需要卧床休息。

我和这个毛病为伴，生活到现在，已经逐渐找到和它和平共处的办法。就像冰冰会在犯心脏病的时候把脸扎到冰水里一样，我会在刚开始感觉到心脏疼的时候，就用指尖敲打自己的胸口，好像在达到某种共振的时候，情况就不会发展恶化。

直到当老师之后，参加青少年心理突发疾病的急救培训，在课上接触到PTSD（创伤后遗症）的时候，才恍然大悟，困扰我这么多年的毛病到底是什么。可惜，小时候没有办法理解自己身上到底发生着什么，也在很长时间里没有办法和别人解释我到底为什么突然躺在地上爬也爬不起来。

对于一个孩子来说，她的存在不仅毫无价值，而且是爸爸、妈妈、爷爷、奶奶的负担。“我是所有我爱的人的负担啊，还有什么资格、在任何状况下生气呢？”

还好有这个身体在保护我。我的皮肤会出疹发红，我的肝疼，我的心脏疼，我浑身的肌肉会绞痛，它们拼命地发出讯号让我知道，这个时候该生气，让我知道它们认为我是“值得的”。原来，我的身体比我的头脑更会保护自己。我的“毛病”，实际上是在它经历巨大恐惧的时候，选择“关机”来避免崩溃。原来，我的身体不是坏了，它只不过是在用最本能的方式爱我。

◇◇◇ 刚去伦敦留学的时候，最讨厌去参加当地人的“轰趴（home party）”，站在别人家里，又不好意思猛吃猛喝，举个酒杯站在角落里不知道要和周围人聊点什么。到后来终于找到点感觉，就干脆先把自己没皮没脸地灌醉，然后也就不管什么英文语法，不管听不听得懂对方在说什么，直接进入大哭大笑和跳舞的状态，所有的尴尬都可以推卸责任给酒精。到后期更简单，走进房间就扫视全场，先锁定全场最帅的哥们儿，然后边喝酒边往那边盯着看，直到对方也终于发现我的眼睛，或者随便找个角落低语亲热，或者再跳一会舞，就可以直接提前离场。

可惜留学的时间不够长，等回到北京的时候，每周末出去喝酒跳舞的惯性还在。所以在当时留守国内的男朋友眼里，我在英国的两年里，俨然就变成了个酒鬼。起初他并不适应我的变化，但随着我抑郁症的加重，也就随便我怎么开心怎么来，甚至还开始享受我喝醉之后短暂的快乐时光。那时候在北京中西医结合看病，除了去安定医院，也会去宽街中医院的杏林苑问诊。老中医推推眼镜跟我说：“你还没报效祖国呢，怎么能自暴自弃？”

那个在北京等我留学回国的男朋友，是北大考古系的师兄。大一刚入学的时候就听说，新生师妹们在大学里要“防狼防盗防师兄”。最后，恐怕是师兄没防得住我。

他叫姚顺雨，是系里备受教授欣赏的“德行青年”。姚顺雨不但学术思路清晰，研究生选择发展前景光明的西域考古方向，更是师从我们系里最酷的教授林梅村。这个教授本身就是大鹰钩鼻子，细长的丹凤眼，长得一副西域模样，还是全国唯一做犍陀罗语研究的博士生导师。他也是善于利用资源的学者，和北京电视台合作《寻找楼兰国》，和中央电视台合作《1405——郑和下西洋》等好多专题片，后来还在纽约大都会博物馆策划过《忽必烈的世界——元代中国艺术》文物大展。所以，他给我们上《东西交通考古学》的时候，披着长发、穿马靴皮裤走进教室，完全就是才貌双全的摇滚明星，我们是在心里尖叫着听课的。

姚顺雨长得白白净净浓眉大眼，本科的时候参加新石器时代遗址的发掘，研究生的时候参与罗布泊楼兰田野工作，也是一个才貌双全的学术潜力股，在学校自然有不少白衣飘飘的女孩追。现在想来，大学时代真单纯，女孩子们在他管理的网上论坛潜水，约他在未名湖边聊天，送他淡淡檀木味道的香水，好像也没有听说哪个成为他的女朋友。也许正是因为那时候大部分女孩子都还很单纯，让我这样一个内心孤僻黑暗的人，在和师兄一起下田野的时候有机可乘。我大三那年，和姚顺雨师兄一起，作为剑桥大学考古系玛莎教授的翻译，陪她走访山西和陕西的几个遗址。玛莎是做马的病理学研究的，白天我们陪她在各个秦汉墓葬中寻找马骨骼（也有机会看到秦始皇陵很多没有开放的墓葬坑），晚上吃完饭回到酒店，老太太要休息，我和师兄就无所事事，天天凑在一起喝酒聊天看电影。于是，这趟旅行结束回到北京之后，我们就成为在系里人人皆知的情侣，常在校园里牵着手散步、聊天、高调秀恩爱。我那时候以为自己很聪明，以为自己可以就这样把毕业后的生活安排妥当，也并没有注意到自己年少轻狂的举动会伤害到谁。

后来我计划出国留学，他继续留校读研究生，两年后我们一起毕业，仿佛是很完美的计划，没成想被抑郁症打破。为了自救，我投身于NGO扶贫工作，机构办事处在朝阳门，于是我便顺理成章地在北京最热闹的工体南门租房住。我在新的工作中学习策划杂志内容、写企划书、联系作者、编辑文章，学做东北乱炖、上海炒年糕，学习管理自己的工资、掌控生活开销，学会不论多晚回家都要卸妆把脸洗干净再睡觉，学会每个周末在中药店抓药、代煎、放在冰箱里每天喝一袋子……在极度贫困的山区项目和超前奢华的工体南门餐厅夜店的撕扯下，我的心也沉浸于尘世，和姚顺雨渐行渐远了。

最先，我只是周五晚上会去参加鼓打贝斯（Drum and bass）相关的电子舞曲活动。鼓打贝斯是英国20世纪90年代出现的一种碎拍风格，我们都很喜欢它的快节奏，更喜欢它作为伦敦地下音乐风格的“文化定位”。相对其他更早期的电子乐一分钟一百三十左右的BPM，鼓打贝斯的碎拍可以达到一分钟一百六十到一百八十拍。那时候的我们精力多么的充沛，仿佛发泄也发泄不完，要靠着高频碎拍的节奏带动着往前冲，而嘻哈乐一分钟九十到一百二十拍的节奏，简直是不堪忍受的无聊。

工体南门的这栋公寓楼，曾经是中粮集团的老宿舍楼，卧室和客厅都非常宽敞，有朝南的大窗户，从早到晚都有阳光充满整个房间。从我的窗户望下去，就可以看到楼脚下一间叫FACE的泰餐厅。这间几乎全天无休的餐厅，白天是安静的咖啡馆，傍晚是餐厅，夜晚是酒吧，是我那段时间最喜欢去的地方。我白天带着书本和电脑坐在他家的实木罗汉床上，面对着院子里的小竹林读书写字；吃饭的时候，和朋友一起走上二楼，点一份红咖喱鸭肉和黄咖喱海鲜，配黄油米饭；夜幕降临，我们再走下楼梯，围聚在台球桌前喝鸡尾酒，听乐队演出；临近午夜，再晃去工体东门、三里屯、五道口的酒吧里。

和FACE做邻居的日子是奢侈的，我甚至在塞满阳光的大露台上还养过一只兔子，它是一只棕色的公兔子，每天像狗一样活泼得直叫，只可惜毛茸茸的背后总是留下一颗颗黑屎球，排泄起来没个时间规律，收也收不完。从这个家步行到朝阳门外的办公室只需要二十分钟，我每天早上用新鲜的水果和酸奶打一杯健康早餐奶，拿在手里边走边喝，耳机里播放着郭德纲的相声。他说完一段相声的时间，刚好够我从家门口走到办公室门口，笑容还保留在脸上，直接抬手和同事们打招呼，就又与新一轮的笑意连接上。

如果说北京是中国政治文化的中心，那工体南门就是北京的“国际交流站”，几乎所有在北京教英文的外国人都聚集在那里。我就是在那里认识英国人麦克的。2005年，在北京地下酒吧里听鼓打贝斯的人还不多，我和同样从英国留学回来的大学同学夏洛特一起玩，结交的朋友也大都是英国人。后来，舒小红和媛媛也毕业回国，队伍逐渐壮大，周末的夜游更成为生活的一部分。那时候认识的朋友里，只有零星几个美国人，大部分都是英国人。他们很多都是来中国进修中文的留学生，顺便在英文机构打工做“外教”，以至于我后来在澳大利亚教书的时候，常常会想到这些人。不是因为我们都在教英文，也不是因为我们都是“外国人”生活在别的国家，而是我在教澳大利亚孩子中文的时候，尤其是在告诉他们“想要真正提高中文水平，必须要去中国看看或者干脆短期生活”的时候，总会看到他们有可能变成我在北京见过的那些“小外教”，然后心里就变得五味杂陈。

英国人麦克，也是“外教”之一。他金发碧眼瘦瘦高高，走进酒吧的第一眼就能被发现。某个周六的晚上，我们几个女孩和往常一样走到吧台前喝酒，然后吃东西聊天，等到喜欢的音乐渐入佳境，兴致高涨起来之后下舞池跳舞。然后我就看到麦克在舞池的另外一端和我对视，不一会便晃到我身边。靠近之后，我发现这个人真的非常高，需要仰着头才能看清脸。这对于像我这样一米七二的高个子女生来说，是少有的经历，所以他凑近并且俯下身说话的时候，我的心已经飞了。

在后来交往的几个月里，我发现他其实和我们其他的英国朋友不同，没有那种介于“调皮”和“自我毁灭”之间的不屑一顾，而是一个异常认真的人。他会跟我讲自己不敢相信去英语培训机构应聘的时候，对方仅仅看到他是英国白人就给他工作；他还会坦白说自己逐渐喜欢上教学，并且会花时间备课、总结语法知识和学生作业中常见的错误。那个时候我甚至觉得他就应该在中国继续住下去，也许真的能成为一个优秀的英语老师。

和麦克交往的那阵子，我正在看高行健的《灵山》。这是高行健2000年获得诺贝尔文学奖的作品，并没有什么激动人心的情节，讲的是一个患肺癌的作家，坐火车漫游中国西南寻找能治疗癌症的“灵山”的故事。那时候的我也看不太懂书中的深意，只是羡慕作者可以花二十五年的时间沿长江流浪。羡慕他有时间可以浪费，可以观察大熊猫、探访原始森林、去黎族村寨……然后再用七年时间将这趟“独行”写成一本只望向自己的四十万字的内心表白。

书中有一句话让我印象深刻：“我同女人的关系早已丧失了这种自然而然的情爱，剩下的只有欲望。哪怕追求一时的快乐，我也怕担当责任。”我读到这句话的时候，隐约能感到共鸣，但还不是那种在文明与冲动之间剥离的痛苦，而更多的是直接的、对于亲密关系的抗拒。其实，那时候我还不懂的是，男人们骨子里的潇洒和可以选择潇洒而不为世人谴责的“特权”，才更值得羡慕。因为作为一个懂事的女儿、有竞争力的女朋友、未来的妻子和母亲，我永远都不会有追随内心去流浪的自由。

二十四岁的我和麦克，偶尔也会谈起自己不算太长的人生故事，不过大部分时候都是他说，我听着。麦克告诉我，他的爸爸妈妈从来没有结过婚，他的爸爸甚至和三个女人生过七个孩子，都没有和其中任何一个人结过婚。他的妈妈和爸爸一起生活过五年，生下他和弟弟，然后爸爸就继续踏上旅途，寻找下一个“孩他妈”。我听完并没有表示同情，因为那天正巧读到一篇文章，说英国人的性伴侣和婚姻观念，麦克的故事正好印证了文章里对于英国人自由松散的婚姻关系的评价。我只是觉得有趣，他的故事让我在离开之后，对这个遥远的国家反而有些真实的认识。同时也开始对周围“自由自在的”英国女孩们有些羡慕。

在认识麦克一个多月的时候，我和夏洛特、舒小红和小麦要去泰国玩。因为直觉自己和麦克的关系还没有到一起旅行的程度，所以只是告诉他，我要和朋友们出国玩两个礼拜，并没有邀请他同行。我记得那是一个温暖的下午，他眯着眼睛躺在床上听完我的"通知"，没有发表什么意见。后来他伸手，把我搂到怀里说："玩得开心一点，但是不要完全消失，我会想你的。"

我能感觉到他的小心翼翼，也能感觉到他和我是一样的人。

和大学同学度假的那两个星期，我如约没有从他的手机里消失，他也没有再去夜店玩。所以当我们从泰国和柬埔寨休假完回到北京，麦克就成为我正式的男朋友。交往之后，他才坦白，说自己在英国的时候曾经沉迷于大麻一类的毒品中无法自拔，直到开始学习武术和太极才获得救赎，所以对中国文化特别感兴趣，戒毒之后就跑到中国语言文化大学来学中文。难怪和他相处的时候，感觉这个人有一种"刻意的自律"，显得不那么自然。实际上，二十四岁的我，也并不在乎他有过什么历史。现在回想起来，麦克最大的魅力仍然在于"个子高"和"长得好看"。什么工作、什么性格、什么背景经历，我统统都已经记不清。可见当时交往的恐怕也不是那个麦克，而只是那个好看的人。

◇◇◇

也许，我们永远无法判定一段经历的好坏，甚至经历其中的，被塑造的那些人，也都无法界定善恶好坏。1952年，意大利后现代主义大师卡尔维诺的作品"我们的祖先"三部曲中的第一部《分成两半的子爵》，讲了类似的故事。中世纪的梅达尔多子爵，在奥地利和土耳其的一次战争中被炮弹劈成两半。左边的一半包含着子爵身上所有的善良，性格却显得迂腐虚伪，不太善解人意；右边的一半承载着他全部的恶，性情恶毒狡诈。邪恶的半个子爵回到奥地利老家做尽坏事，给孩子吃毒蘑菇，将忠心女仆赶去麻风病肆虐的村子，当他开始疯狂追求牧羊女帕梅拉的时候，善良的半个子爵奇迹般地出现，拯救了泰拉尔巴的所有人。两个势不两立的子爵分身，偏偏爱上同一个姑娘。在为帕梅拉决斗的时候，双方互相刺破旧伤口差点再次死去。医生将两个分身再次缝合到一起的时候，重获新生的子爵变成明智和完整的人，最终赢得帕梅拉的心。卡尔维诺的笔下，恶的一半没有被处决，善的一半也没有被赞颂，也许，这才是我们真正的现实。

曾经战战兢兢参加面试的毕业生，一转眼便已经坐在长桌的另一端，置身于对方的"未来"里了。这些年在墨尔本的高中教书，我看着自己这些金发碧眼学生，总像女巫看着水晶球一样。在他们充满希望的面庞上，我能看到那些"外国朋友"初到北京时喜悦的脸，他们都曾经迷失在三里屯的夜幕中，又都最终收拾行囊，将所有的迷恋打包珍藏，回到家乡。我想告诉学生们，美妙和刺激等待着他们，又舍不得告诉他们那些美妙和刺激都不是真的。然后那种心情就又出现了：又甜又苦，怅然若失，明知道不可能回头，倒也不全是忧伤。

19世纪的巴西艺术家何塞·阿尔梅达，是巴西首位自然写实主义艺术家，他的生日到现在还被列为国家艺术节。小阿尔梅达十九岁到欧洲游学，二十六岁的时候，在巴西君主佩德罗二世的资助下来到巴黎，进入国立高等美术学院学习，三十三岁回到巴西，举办画展并且被直聘成为巴西高等艺术学院的绘画史教授。然而，小阿尔梅达没有接受大学教授的工作，而是逐渐脱离学院派古典风格，以田园写实手法的画风著称，并最终获得学院金奖章。就在他获得终身成就的金奖章之后的一年，1899年11月13日，他被表兄刺死在圣保罗皮拉西卡巴中央医院的门口，他和表兄老婆的多年私情被批露出来。

虽然小阿尔梅达有很多著名作品，但是给我印象深刻的是在他生命的最后一年，一幅题目叫作“Saudade”的肖像。画面中是一个幽暗卧室的角落，女主人公倚靠在敞开的木窗前读一张卡片。她看上去三十几岁，有拉美女人浓郁的五官，黝黑稠密的头发挽到耳后，露出涨红的耳朵和黑色的水滴状耳环，由于侧着头，头发在脸的一侧松散开来，耳环也顺势轻贴在微微泛红的脸颊上。这女人肩头裹着厚重的黑色围巾，左手捏着卡片，右手弯曲从围巾下露出小臂，根根手指伸进大围巾的褶皱里，将拱起的围巾柔软地覆盖在嘴唇上。女人的眉头微微皱着，眼睛也红肿微睁。因为侧着头，一滴眼泪已经顺着内眼角流到鼻梁上，下身的黑色长裙顺着腿铺散开，轻靠在木窗台下斑驳的红砖墙面边。

这幅画的题目“Saudade”，是一个葡萄牙语词，并没有直接的英文翻译，我也没有找到合适的中文翻译。它描述的是一种复杂又强烈的情绪，当你知道曾经热爱的东西已经不可能再回来的时候，既为逝去而怅然若失，又为曾经热爱过而感到幸福。如果看得懂英文，维基百科对于这个词是这样解释的：Saudade brings a collection of profound melancholy and love that remains after something is gone. A longing for the buried knowledge that the object – a family member, a homeland, a lost lover – will never return（Saudade是一种强烈而复杂的感情，当某些事物逝去之后，那种深刻的忧伤与爱交织在一起的感受。对于某种无法面对的事实——家人、故乡、已逝的爱人再也无可挽回的思念)，当我看到这幅油画，再开始阅读对于这个葡萄牙语单词的解释的时候，终于感受到一种认同，那种你的情绪并不孤独的认同感。画家小阿尔梅达的这幅画带来的震撼力，不光是让全世界得知这样一个葡萄牙语词汇，更是将它完美地演绎出来。画面里的女人用围巾裹紧的肩膀微微耸起，手指将厚重的围巾敷在唇上，仿佛是给自己安慰，压抑中的悲喜交加，一滴眼泪滚落在鼻梁，简直让人痛彻心扉。

这是小阿尔梅达生命最后的创作，所以发生什么事情会让他想要画这样一个怅然若失的女人？又是什么样的热爱让他也感受到这样的情绪？在被表兄刺死的瞬间，他会怎么回顾自己的一生？这样一个被国王看重的“德行青年”，在欧洲许多国家游学，不但见多识广，而且也确实天赋异禀，想必也并不会缺乏崇拜者和追求者，竟然会因为和兄弟老婆的丑闻，四十九岁就暴死在大庭广众之下。初看之下也许让人震惊，但是停下来回想的时候，又不禁感叹，到底有多少人可以真的走出自己的最初呢？亲人、旧友、艺术与现实……

就像我在写作的时候常常被这种情绪击中，然后在感动和感伤的双重现实中，一边前进，一边回顾。英国19世纪的著名剧作家奥斯卡·王尔德，平生只写过一部长篇小说，是出版于1891年的《道林·格雷的画像》，讲的也是这样一个故事。伦敦的贵族少年道林·格雷，他拥有绝世美貌，并且在看到画家霍尔华德给他画的肖像之后被自己的美貌所吸引，向画像许下青春永葆的心愿。美少年在随后的几十年里，果然保持着青春美貌，不出意外地凭借自己一尘不染的纯真外表，获得众多情人和崇拜者。出乎意料的是，因为外表而接近道林·格雷的人都一个个身败名裂，甚至死于非命。同时，可怕的事情也发生在他的画像上，在初恋女友为道林·格雷殉情自杀之后，他发现自己的画像嘴角露出一丝残忍的邪笑。随着他内心的堕落，画像则承担着所有丑陋的罪行，日渐衰老不堪，直到连道林·格雷自己都无法忍受。美少年精神崩溃，持刀刺入画像的胸膛。最终，画像外的道林·格雷死在自己的刀下，而画像内的少年又恢复了天真烂漫的美丽模样。当现实中的狂妄之人死去，艺术才终于又恢复艺术该有的模样。

◇◇◇

就在写作的当下，我们已经身处疫情中超过两年了，甚至有些恍惚，不知道哪个才是正常的、真实的、值得追求的世界。2020年疫情开始，澳大利亚关闭国境之后的一个月，爸爸告诉我，在北京的奶奶突然去世了。作家余华在一次采访的时候说："一个人可以去的地方太多了，但是能回的地方就只有那么一两个。"我能回的地方，永远都是奶奶家。奶奶是我成年之前，唯一的、真正意义上的监护人。直到我上大学，"家"对于我来说，就是奶奶家。直到我大学毕业之后，奶奶还一直给我留着一个房间，存放着我的书和衣服。甚至是小时候的裹被，奶奶也还是每年拆洗又重新缝补结实，直到我2019年最后一次回北京的时候，她坚持让我带到澳大利亚来，成为我女儿最喜欢的小被子。

大概是战争时期留下来的习惯，她要求我早上起床一定要把被子叠成豆腐块，吃完晚饭收拾完餐厅要给整个房子拖地板。奶奶教我怎么干活，比如洗碗的时候从筷子开始、再洗碗，这样池子里就不会支支楞楞的，碗盘就不容易碰碎；比如要先擦桌子再扫地，桌子上的饭菜残渣要用抹布聚拢起来到桌角，再接到手里丢进垃圾桶；比如要从房间最里面的角落，一边往后退一边扫地和墩地……小时候，总是闻着奶奶在厨房煮抹布消毒的味道写作业。睡觉之前，她会教我按照课表把书包收拾好，把第二天的校服挂在椅子背上。奶奶天天帮我擦书桌、收拾屋子，但凡什么东西找不到了，拉着长音问一句“奶奶”，她都能用语言准确地回答我那件东西在哪里。这一点，我现在是完全不如她。每次芸豆或者乐豆问我什么东西在哪里，我要么帮她们找，要么就只能回一句“你自己拿的，我哪知道”。

印象最深刻的，就是每个周末看奶奶宰甲鱼、炖甲鱼汤。因为爷爷早年得过肾癌，被奶奶养成了每顿饭吃一小碗甲鱼汤的习惯，直到临终，坚持了快三十年。所以每到周末，我都能看见厨房水池里有几只活甲鱼。奶奶把它们一只一只拎出来放在案板上，拿着筷子逗它们咬，一旦甲鱼咬上了筷子头，奶奶就娴熟地往后一撤左手，把甲鱼脖子拉长，然后右手一刀剁掉它的头。甲鱼肉和汤，都是留给爷爷的，我和奶奶从来不吃。但是有时候，甲鱼肚子里还有卵。奶奶就会把一串珍贵的“王八蛋”从汤里挑出来给我吃。我到现在还记得那个口感很好玩，像珍珠奶茶里的珍珠一样有弹性。

奶奶从来不吝啬当众夸我。家里来客人的时候，她总是和别人说我爱看书，“书不离手，连上厕所都拿本书进去。”我听着惭愧，其实大部分时候，我都在看漫画和言情小说。其实奶奶也很多情，直到昨天晚上我才反应过来，她是双鱼座。每天晚上八点，她会拉着我陪她一起看琼瑶电视剧。那时候我看不明白多少剧情，只记得奶奶和琼瑶剧里的女主角一样，都好爱哭。后来，奶奶也会拉着我一起看我爸写的电视剧，但是这种时候，她就是一边看一边笑了。

高考完，也是奶奶陪我一起看电视直播大学录取工作。摄像机拍到北大录取办公室的电脑屏幕的时候，有一个是报考考古系的。当时我跨坐在奶奶的床角，伸出手凑在屏幕上比划了一条线，然后我就顺着自己的手指看到了我自己的名字。大概半个月之后，我收到了北京大学和香港中文大学的录取通知书。奶奶问我："你准备去哪个？"我说："都考上北大了，我还去香港干什么！"我觉得她那时候是松了一口气，说："离家近。"

我们住在北京小学宿舍楼，所以邻里都是我的小学老师。我到现在还记得，奶奶和楼上楼下的邻居说起我考上北大时的语音语调。她还会和大家说起，我高考之前（那时候还是七月高考）的酷暑，她每天从农贸市场给我拎半个西瓜回家。我能感受得到她打心眼里的骄傲。

奶奶退休前是首都医科大学的老师。每次去宣武医院看病开药，都会说起又遇到了她的学生，很骄傲的样子。上初中以后，班上的女生先后月经初潮，我也很好奇。可能是某天晚饭后随口问了她一句，奶奶马上让我坐到餐桌前，郑重地拿出纸和笔，给我绘图讲解了子宫和卵巢的构造，以及月经循环的原理。我到现在都记得，那天晚上受宠若惊的心情，不光是奶奶对于我身心需求超出期待值的聆听和反馈，更是她认真的学术态度。后来，在焦急期待下，我终于在十四岁等到自己的第一次月经，并且认为这是一件很值得骄傲的事。她给我准备了很多种卫生巾和传统布制的例假带，并且详细地给我讲解了如何使用，和各种选择的利弊，最后让我自己决定到底用哪种。直到今天，我都很感激她能够从一开始就给我灌输科学理性的生理卫生知识，不论是她坦然又严谨的态度，还是她图文并茂的教学方法，都让我受益终生。等到我女儿步入青春期的时候，希望我也能像她一样，给懵懂少年积极正面的引导，和她们一起愉快地面对身体的生长变化。

我对她，不作为“长辈”，而作为一个“人”来认识，是最近两年的事情。起先是听我爸说（其实他也很少说起奶奶的身世），奶奶的父亲是个驼背的私塾先生，从小教她唐诗宋词，后来是看到奶奶晚年对书法的热爱，我每次回家，她都得意地拿出自己新写的字给我看。那时候的我已经毕业工作，看到奶奶的字，才意识到小时候眼中的“学霸奶奶”，其实字不怎么好看，但是又忍不住总要夸她“有进步”。然后我又回忆起奶奶说，自己跟着爷爷进北京之后，读了夜校，完成了本科学位。又想起每次爷爷的批条和发言稿，都是他洋洋洒洒写完，再由奶奶抄写给别人。

更令我惊奇的是，虽然总听我爸埋怨奶奶，但是奶奶从不吝惜跟所有人表扬我爸。尤其是常常提起我爸的成名作《天镇老女人》。奶奶会说他年纪轻轻就得了全国文学奖，是有天赋的。直到上大学以后，我才有意识地去找这部小说来读，发现我爸在小说里把奶奶塑造成了一个挺冷酷无情的形象，结尾甚至有整段发泄愤怒的直白抒情。在那之后，我每次再听奶奶赞美我爸有写作天赋，都对她充满了敬佩，也更坚信，她就是一个喜爱文字、也喜欢让自己的孩子书写的人。

我在海外生活了十几年，但总对北京有留恋，很大一部分原因是因为奶奶。如今她走了，我的感觉像风筝终于断了线，在北京的眷恋被连根挖走了一样。Saudade，现在，我终于有一个词来形容想念她的时候所体会到的心情。

我一直自怨自艾，把生活的不幸看得太重，但是在这次失去她的悲痛中，居然也因为发现自己“实际上是被无条件地爱过的”而感受到巨大的幸福。终于，生活可以完完全全地向前看。终于，再也没有了可以肆无忌惮地作为“晚辈”“被照顾者”的可能。因为唯一一个爱我本来面貌的人，唯一一个给我安身立命根本的人，走了。奶奶家没有奶奶以后，我能回的地方，就只剩下回忆。

◇◇◇

找寻回忆的单亲妈妈青豆和闺女们从伦敦塔昏暗的城堡里走出来，眼睛因为不能适应阳光而睁不开。恍惚中，顺着伦敦塔的西北围墙走不远就是金融城，我们随性地去平价服装连锁店NEXT买几件外套，没想到在结账的时候，还被听出澳大利亚口音。原来，我曾经引以为荣的“伦敦腔”早已经被生活的浪潮淹没。就这样，从研究西域考古的姚顺雨师兄身边离开，掉入北京的“外国人”堆里，又莫名其妙辗转移民到澳大利亚，从而站上了墨尔本高中的讲台，向下一代年轻外教“小麦克”们的未来走去。

大学的时候特别喜欢朴树，他有一首歌里唱：“我猜有个混账 / 在我心里面躲藏 / 哦能安慰他 / 只有 / 陌生还有放荡。”

Day

09

拿卖猪崽的钱看电影

在出国留学之前，我从来没有意识到“做饭”是这么重要的技能，也难怪我现在遇到的小留学生中有很多人在出国前专门要学做几道菜。2017年的时候，我在墨尔本西区的私立学校带的最后一批高中毕业生里面，就有一个扬州男孩。高考完回国特意去烹饪学校学习做菜，隔年回到墨尔本上大学之前，和同班几个学生一起来我家展示厨艺。

开饭的当天，他下午三点就来我家备料。把鸡肉丁、胡萝卜丁、木耳丁，都细细地切好，再从保鲜袋里取出头一天晚上就煮好的五花肉，细致地切片，再处理鱼，再剁肉做丸子……我看他穿着我的围裙在厨房里忙活，另外两个女生在房间的另一边和我两个女儿一起做手工，还有几个男生围在一起用我家的投影打游戏，突然觉得这才是留学生活中最重要的部分。

我在英国留学的时候，已经是大学本科毕业生，所以多少还有一些做饭的基本常识，可以自己下个面条、包个饺子。到留学生活的后期，还开发出燕麦粥的一百种做法，比如牛奶煮燕麦加蔓越莓的甜粥，或者剩菜剩饭加燕麦和水煮一锅咸粥，再或者燕麦牛奶放隔夜，第二天早上再加坚果和新鲜水果的方便早餐，或者干脆燕麦加蜂蜜和黄油烤成能量棒。就算是在“吃得不好”的英国留学，没有什么值得炫耀的美食，但也不至于亏嘴。

不过，二十岁出头的年轻人总还是愿意把眼睛往远处看，不愿意把自己局限在生活的柴米油盐中，所以那时候对于做饭的态度，也和角色扮演差不多，一方面为解馋，比如自己给自己炖一锅鸡翅膀，另一方面也是为“模仿大人”而沾沾自喜，想象自己将来作为“贤惠女人”的模样……在远离故土的时候，忍不住会想象自己如果有一个家得是什么样子，什么感觉。

那时候常常和正在剑桥读书的夏洛特在寝室里视频聊天，我们都追看一个叫“梅子的写食日记”的博客。“梅子”是一位旅居美国的华人，她和我们一样，是出国之后才开始学习下厨的，不同的是，她是随老公去美国陪读，比我和夏洛特这样的留学生有更多的时间和财务自由——倒也不一定是更有钱，只是可能花自己的钱，所以更有决定权。梅子的博客文字简单平实，文章前半段会讲一讲这天遇到的生活琐事，比如超市打折，或者看电视剧受到启发，后半段是有感而发、就地取材的菜谱。刚开始的时候菜品样式都很简单，也都是用海外能够轻易接触到的食材编制家乡的味道，很适合我们学做。尤其是她的博客也常常提到自己生活的状态，当我们在伦敦或剑桥复制出她家今天晚饭的时候，就觉得我们的生活之间也产生出某种联系。

那是我第一次“接触”海外移民的生活，虽然和自己的留学境况不同，但又有共鸣。2003到2004年，因为博客上的围观者多起来，她就建立起以美食为主的女性论坛，叫“梅子咖啡”，我们从博客文章的读者和评论者，也变成内容制造者和讨论发起人。大家所贴出来的文章和菜品都不算专业，一看就知道都是初学乍道的家常菜，但是仿佛在网上找到一班同学，我们在并不太熟悉的网络世界里一起接触海外的生活，一起发现做菜在生活中的分量，然后一起将它揉捏成想象中美好的模样。直到回北京后，再次被国内外食饕餮的浪潮淹没，几乎忘记自己还有这么一段，和许许多多初到海外的少年一起，隔空学厨艺的经历。

我和夏洛特到底在她的博客上学到什么菜，已经记不清，但是她那种家长里短的语言风格和温暖寻常的食物照片总藏在脑子里，我们各自"笨手笨脚地摸索灶台""好奇地搬弄食材"的情形也还记忆犹新。后来才体会到，自己的"海外主厨"生涯，其实是从学生宿舍的公共厨房里，手指第一次摸到生鸡肉的新鲜触感开始的。只不过那时候是新奇，现在已经是劳碌生活的一部分。

后来在墨尔本结婚生子的日子，与在伦敦的风格大相径庭。也许是澳大利亚文化本身就随意"乡土"，而英国文化本身就显得风花雪月不接地气，也许仅仅是在英国留学和在澳大利亚当妈的两个不同人生阶段无法类比，所以感受也大不相同。总之，那时候去超市买菜，宁可背着沉重的双肩包或者手里拎着巨大的塑料袋赶公交车，也不愿意像现在这样心安理得地拉着个装菜的小滚轮拖车上街。那时候会抱怨买半袋切片面包也吃不完就发霉，羡慕本地人一次可以往购物车里装那么多食物回家热热闹闹地分享，却并不能体会承担家庭经济责任、需要打预算过生活之后那种热闹喧嚣中的寂寥。

因为我开始工作，杰克又拒绝在家当奶爸，芸豆十个月的时候就被送去托儿所，乐豆更是在五个月还不会坐的时候，就开始和姐姐一起每天去"上学"。所以姐妹俩就被托儿所的伙食培养成了意大利面和比萨饼的爱好者。我自己在北京上托儿所的时候，虽然很讨厌每天下午睡觉起来后的清水煮胡萝卜，但好歹午餐的选择丰富，记忆犹新的还有饺子、炸酱面、懒龙和糖三角，这些食品也成为我减肥事业中永恒的阻碍。相比之下，澳大利亚托儿所的伙食实在太单调。大部分时间，如果爸妈不自己提供辅食，中午就是一碗意大利面，搭配水煮西兰花和冷冻蔬菜糊糊，所以偶尔吃一顿口感丰富的比萨饼，堪称过节。我怎么忍心打击她们爱吃意大利面和比萨饼的热情呢？

所以从伦敦塔出来之后，自然就想到要带她们去附近的比萨饼连锁店吃午饭。尤其是在吃过几天妈妈在酒店房间里煮的简易中餐之后，姐妹俩听说要“下馆子吃比萨”，顿时消除疲劳，欢天喜地——这大概就和我初到澳大利亚的时候天天想念“天桥路口的一碗铺满菜码的老北京炸酱面”那个心情一样。

◇◇◇

其实因为两个孩子太小就被送去托儿所，我被周围的朋友和国内的亲戚同学骂过很多次。开始还要争辩几句，诸如“澳大利亚的托儿所里还有六周大的宝宝”“这里的教职员工素质可靠”“在国外对孩子就是要散养”“我们没有老人帮忙都要上班”之类的理由，后来逐渐发现双方都不能改变彼此行为的看法，也就不再理会类似的“批评指教”。

毕竟，旁观者永远都无法真正理解你的处境。我在做扶贫的时候，曾经到山里给老乡们修桥修路捐图书馆，并且引以为傲地将项目照片安排设计到机构海报上。直到后来，有一次去陕西略阳的大山里走访，和村民聊天的时候，才有女孩子和我说，其实她们最需要的是厕所。“男人们尿尿很方便，女人们就不一样了。”村里妇女们七嘴八舌地解释：“尤其下雨的时候，一只手撑伞一只手解裤子、提裤子，真的很难！”

我恍然大悟，嘲笑自己竟然无意中以上帝的姿态出现，不自知地作为“出资者”可以多么高傲和愚蠢。不去接触和聆听，旁人真的无法了解你的生活是怎样的，也无从猜测你真正需要的是什么。刚从伦敦毕业的那几年，继父看不惯我在家当蛀虫，教育我“每个人都要体验早九晚五的生活”必须出去上班，而作为“国家一级编剧”的亲爹则一直劝我专心写作，不必为了办公室琐事耽误文学创作。如今在澳大利亚生活，面对大洋彼岸的父母，我依然无法和他们解释清楚：为什么在国内的时候，我为了全职写作，可以毫不犹豫地辞去《国家地理》杂志的工作，但是移民到澳大利亚之后，我就“不堪寂寞”，一定要有一份日常工作，才能保持理智，继续写作。

◇◇◇

我们在服装店被认出澳大利亚游客的身份之后，嬉笑着过马路，去商务楼底层的这家比萨饼店。这是一家在英国常见的连锁店，名字叫Pizza Express，并不是很高级的餐厅，但至少客流量大所以食材新鲜，刚出炉的比萨总是很好吃的。来这家分店吃午饭的，自然都是附近办公楼的上班族。排队进入餐厅的大多数人西装革履，有几个还挂着胸牌，双手插在西裤口袋里，仰着脸挺着肚子一边走一边聊天。只有我们是母女三人穿着五颜六色的花裙子，提着NEXT服装店的大包小包，和整个金融城“高效干练”的气氛相差甚远。

服务员把我们带到餐厅正中间的卡座，奉上一份成人菜单，又拿来两张儿童菜单和彩色蜡笔。孩子们将菜单像海报一样展开，瞬间铺满桌面。妹妹拿着蜡笔涂颜色、画迷宫，姐姐则是用餐巾纸叠成两顶白色厨师帽子给自己和妹妹戴上。我嘻嘻哈哈地给她们俩拍照。我们这样“不正经”地坐在白领黑西装中间，感觉自己就像是这些“漫天飞舞的商务黑白气球”和“花花绿绿的一地鸡毛”中间的那根塑料绳，时而弯曲放松，时而扭转紧绷。环顾四周小桌上快速简易的工作餐，我洋洋得意地给自己点了一杯鸡尾酒，好凸显“老娘在度假”的优越感。

之后就是在菜单里苦苦寻找最佳选项。对于只能容纳一个比萨饼的胃口来说，必须要选择最解馋又最保险的品种，我最终居然点了一款融合澳大利亚火腿鸡蛋比萨和中式菠菜鸡蛋面的Fiorentina比萨，是铺有菠菜叶、溏心水波蛋、水牛奶酪和黑橄榄的“不伦不类款”。

◇◇◇

小时候不爱菠菜，因为吃完总觉得嘴里苦涩。但是在刚到伦敦的时候，有次用小电饭锅给自己煮方便面，随手放些超市洗好的菠菜叶子，觉得太素又打一个鸡蛋进去，竟然促成那几天之内吃到的最合胃口的一顿午餐。一包方便面没有吃完又舍不得丢，就把剩下的面汤留在电饭锅里。等到下课再回到宿舍的时候，发现方便面已经泡成面糊，吃不得了。我却从那时候开始，深深爱上了菠菜和鸡蛋的组合。

后来工作挣钱，也不再需要靠菠菜鸡蛋方便面来打牙祭，就很久没有再做过这种吃完口舌发涩的蔬菜。2009年生芸豆的时候大出血，为了补铁，我在月子里又是几乎每顿饭都吃姜丝炒菠菜，逐渐适应了菠菜嫩叶的口感，对于吃完之后的苦涩也不再那么抗拒。

在辩证的理智思考中获得的承受力和包容度，大概就是时间带给我们最大的礼物。十五年前在伦敦留学的时候，做个菜都很纠结，一方面喜欢在公共厨房里捣弄食物，一方面又嫌弃自己一个人的胃口太小，不论做什么菜，都要吃好几顿的剩饭，于是，又怀念起原来的“饭来张口”的日子。不管是回奶奶家吃饭，在大学食堂里打饭吃，还是去校门外的小餐厅里“下馆子”……吃饭这件事，从来都不曾像出国以后，在我的生活中占有这么重要的位置。

有一次，我把网名的注脚改成“我想下馆子”，到伦敦机场接我的谢叔叔就又出现了。他开车来接我去城里吃饭，在唐人街最有名的新龙凤餐厅二楼吃广式早茶。后来我才意识到，他那天其实也在带旅游团，只是在团餐的间隙，去宿舍接上我，并且在团餐的餐厅角落给我开了个小灶。不过，对于肚子里没有什么油水的留学生来说，“白吃白喝苦也甜”，更何况还是鼎鼎大名的新龙凤呢？我记得谢叔叔和说粤语的餐厅主管窸窸窣窣地讲话，然后服务生就给我摆上满满一桌子菜：豉油鸡、烧鸭、豉汁凤爪、滑炒牛肉片、捞面……放眼望去，全都是棕褐色的肉。我被这顿饕餮大餐震撼，连感激的话都不记得说，只记得猛吃。谢叔叔依旧热情友好，连吃不完的菜也都给我打包带回去。我美滋滋地盘算着接下来可以在宿舍做好几顿各种口味的咸粥，然后就看他招呼上旅行团的客人们，开着白色面包车离开了。我自己提着沉重的外卖盒坐火车回家，一路上都感觉不孤单，很温暖。

整个留学生涯中，我和谢叔叔的接触，只有这两次，第一次是刚到伦敦的时候那半个西瓜，第二次是新龙凤的打包早茶。平时他忙他的接待工作，我上我的学，几乎没有联系，后来回北京、到澳大利亚，更是断了联系。现在想来，也许我在他的生活中，从来都不重要。但他那两次“投喂”，却是我留学生活的阳光，照耀我走完之后很长一段路。

所以在移民澳大利亚之后几年，我不论看到新移民还是住在寄宿家庭的小留学生，也总想学谢叔叔的样子对他们好。在亚洲超市看到国内的零食，忍不住多买一份带去任教的学校，分给班上的小留学生们吃，有来找我谈心事的，我也都会停下手里的事情，认真地倾听，也不介意分享自己在英国留学的这段经历，生怕错过任何一个可以给他们打鸡血的机会。

后来有一个学生写作文，这样形容我：

“青豆是我来村里*认识的第一个老师，她英文讲得挺溜，有时候上中文课都得说两句英文。她北大历史系毕业**，在英国留过学、考过古、挖过墓、写过书。如今又辗转跑到墨尔本扎根筑巢，这辈子的酷事她能干的都干了，现在干不了的以后也得干吧，我猜。她的办公室里有两样东西最多，同时也是我喜欢的。一是书，二是零食。有时候我也会假装去借书看，顺便讨她的饼干

* 留学生因为怀念中国的热闹，嫌弃澳大利亚的空旷，常常把澳大利亚称为大农村，喜欢把澳大利亚的城市冠以“村名”，墨尔本就是“墨村”，布里斯班就是“布村”，那阿德莱德就是“阿村”了吧？我猜。

** 其实是考古系，北京大学的考古专业曾经隶属历史系，不过现在已经发展成庞大的考古文博学院了。

吃。搞得边上的王老师笑得人仰马翻，别看他笑，我估计他没事的时候也会找青豆老师要两块解解闷。”

“我与她在一起的一年里，看得出她骨子里北京人的那股劲，可能是小时候住得离动物园比较近，天生的活泼、有趣。活得挺开心，接地气，没有表现出对如今疲惫生活的不屑，这点我很佩服。”

“书、零食这两样东西成为我出入她办公室的初衷。但不知什么时候，我无助时也会找她谈心，她懂得多，好多事情想请教她。我们无所不谈，有的时候讲累了还会说俩小段子之类的，青老师总是为我出谋划策，小到读什么书，写作，大到谈恋爱，工作这类话题。由于我不善言谈，每次进去都是听青老师讲，有时候也能从她那里听到一些关于自己的料，能让我回想一下午，甚至伴随着几声傻笑。她总能给我一个方向，不同于‘你要努力学习’‘争取考墨尔本大学’或者‘多找老师问问题’这类空话，大话，屁话。她给我指明的方向往往是一本书，多与别人交流。说真的，她还真就送给我两本书，让我回国前的生活又迎来点点火星。”

“她是盏阁楼上的油灯，为我的枯燥生活带来点小亮光。那灯油宛如她光辉岁月中的种种，岁月消耗着她，油滴滴答答地流在她的足迹之后，当我顺着她的光走过去，只能从与她的交谈中隐约闻到那些故事留下的味道……”

这孩子高考毕业之后，恋爱、写作，好像还攒出一本诗集，真让我这样一个“误入歧途”的文艺女老师感到欣慰。不管是油灯、点点火星、还是鸡血和阳光，总觉得我从谢叔叔那里学的

“投喂”动作，做得没错。毕竟在陌生的社会里，我们每个人都是孤独的。在海外，当生存需求降到很低的时候，旁人给一点阳光，就能灿烂很久。

◇◇◇

其实也不只是在海外，当初考古的田野发掘给我最大的领悟，就是如何和孤独相处。对于第一次下乡的我们来说，初期和末期村民的态度变化是惊人的。从刚开始的热情，到半年后的冷漠，我目睹着他们的转变，常常不能相信自己的眼睛和耳朵。因为北大考古队是有规律地每两年到这个村子里发掘一次，已经持续了十四年。所以早在我们到来之前，村民就开始养鸡养猪，为“谁家的院子可以租房给学生们住”而打得头破血流。我们刚入住的时候，满村的鸡鸭喧闹，早上四点就被树上的鸡叫醒，女生们从寝室里走出来，望着田野里蒸腾的晨雾，嬉闹、打水、洗漱。到快离开的时候，已经可以一觉睡到中午——因为满村的活禽都被考古队吃光了——懒洋洋地趴在寝室木门框上往村口瞧，看同队的男生们有没有人从县城里买零食回来。

因为要招聘民工，进村的头两天里，带队老师不论走到哪里都被村民围堵，据说有一次把负责报名的年轻老师追得走投无路跳了河，从水里爬上来之后，还是被簇拥着回宿舍，在门口等着他换好衣服出来再继续追。

后来老师跟我说，有遗址的村子都穷，因为地下有文化层，所以土壤不肥沃，庄稼也种不出好收成。村里大部分家庭，一年的收入只有一两千块钱，我们考古发掘的时候招募的农民工，一天开三十几块钱的工资，已经是村里两年一遇的高薪职业，所以引得人人争抢。

分配到我探方的农民工小芳，是村里唯一的大学生。第一天开工，她就滔滔不绝地给我讲自己的故事：小芳和老公都是郑州大学化学系的学生，毕业之后没有留在郑州，选择回到家乡的水泥厂工作。双职工的生活一度很不错，在村里置业盖房。后来水泥厂倒闭，两个人双双下岗回家当农民，和左邻右舍变成一样的人。

“但是我们不一样，”小芳说，“我们会花十五块钱去郑州看一场电影。尽管人家说，你们这钱都可以买一只小猪崽了哟！但是我们过的日子不一样。你别看我们都是种地的农民，但是内心是不一样的。”

她说这话的当下，我正蹲在地下灰坑里掏坑壁，小芳站在坑口上边出土，说着话手里的活也没有停，特别积极向上。我觉得我理解她。也许有一天，轮到我自己去农村生活，也会自然地、骄傲地、不顾及别人看法地，过小芳嘴里描述的这种日子：拿买猪崽的钱和老公去看一场电影。毕竟，我们都是受过高等教育的大学生，“和别人不一样”。

十几年后，我才明白要像小芳这样在村民中间过“大学生的日子”，是多么困难的理想。所以她多么需要马上和刚来村里的“知识青年”解释，自己和一般庄稼人不同，以免破坏了第一印象。她在和我论证自己的“不同”，其实更像是说给自己的耳朵听，更是在说服自己。归根结底还是因为现实生活中，“自己”太容易被“别人”说服。

实际上，想要在结婚生子一地鸡毛之后继续过念书时想象的“理想生活”，就像把杰克的妈妈从装裱店的小生意里拖出来，送去巴黎看卢浮宫一样难；就像我拒绝杰克的要求，把买房子的钱投资比特币一样难；也像刚到伦敦机场的时候，急于和酒店司机解释我们是从澳大利亚来的游客，和中国旅行团的大爷大妈“不同”一样迫切；就像如今的我，花钱去伦敦追忆一次往昔青春，还要费劲写一本书来说服自己这趟旅行“钱没白花”一样，非得下大功夫才行。

发掘进行没几天，我就发现小芳在出土的时候偷懒。她和村里其他妇女一样，对考古队员从灰坑铲出来的土，不再像刚开始那样细细地过筛，而只是在发现我们从坑里抬头张望的时候，才勉强用铲子在土堆里翻找几下做做样子。

考古队要求“雇佣工”帮忙，将从地里铲出来的土过筛网，是因为灰坑里的土里往往藏着很多有意义的小文物，或者大型器物的碎片，甚至是具有学术价值的细节小件。在研究远古居民与周围植物关系的时候，还会采取更细致的浮选法，将遗址土壤过筛、过水，通过浮力区分，寻找碳化的植物残存，不过我们当时并没有要求得那么严格。

早知道在度过头几天的“热恋期”之后，村里其他民工会开始嘻嘻哈哈地糊弄考古队的要求，在工地上偷懒，但是发现小芳“同流合污”的时候，我还是有些失望。小芳大概也发现我的态度变化，没几天就换到别人的探方上去，不再和我说话。接下来这段回忆不知道是不是被我的情感扭曲，是否属实难以考证：我有一次在路过她家的时候，还听到她和村里其他女人聚在一起抱怨我们这些大学生自己要偷懒，却对她们看得太严。村里女人们骂起人来特别直接，直接从解剖学入手，完全不在乎内在或思想，只关注从头到脚问候得够不够全面。骂得如此流利，充满节奏感，简直像在唱山歌一样自然。我被她们的表情和言语吓得不敢细看，也不敢细听，发现小芳的脸要转过来看到我之前，撒腿就跑。

那时候的我实在不敢相信，短短几天之内，考古队的大学生们怎么就变成被嫌弃的对象，而当初热情报名上工的景象，恍若隔世。从小最怕别人对我说："你这人怎么这样？"当时只是觉得这句反问实在太有力量，彷佛直戳伤对方最无力反驳的软肋。于是就默默记在心里，希望将来遇到机会抛出来，冷不丁地给对方致命一击。尽管这样的场景从来没有出现过，但我哪怕自己偶尔偷偷想想都觉得爽。长大以后才明白，小芳和村里女人们这种抛离开事实和行为，仅就生理性的攻击，是对敌人整个人"存在状态"的质疑和瓦解。不但无法反驳，而且对于对方存在感的打击力度最高。震惊之余，我也学到，下乡的时候也好，出国以后也好，"照顾好自己"是生存的本分，是理所当然，所以每个人都会想要尽量多地抓住周围资源，尽可能地为自己赢得舒适，这是本能反应，没有什么不能理解的。而调转角度，当我们被对方"占便宜"的时候，又得有意识地训练自己不要对周围人有什么期待，对别人的索取给予理解。在这个基础上，如果还能接收到周围人的善意，就更要心存感激了。只可惜，在河南考古挖掘的时候，我还没有完全明白这个道理，对彼此的存在又有所误解。

◇◇◇

思想的成熟需要磨砺后的反思和顿悟，身体的成长却是不知不觉的。成为母亲的这九年，我也总算是有机会细细地观察人类生命前九年的成长变化。加上我们母女三人经常旅行，我已经可以根据经验，对九岁以下孩子的反应提前做出预判。比如，小孩子的味觉敏感，不喜欢太厚重辛辣的味道，我就给姐妹俩各点一份Pizza Express特有的烤比萨面团搭配沙拉作前菜（其实就是很新鲜的烤馒头涂黄油，介于西餐面包和山东戗面馒头之间），然后姐姐的主菜是芝士玛格丽特比萨，妹妹是儿童份的肉丸意大利面，都是口味单调的主食。

等菜品都上桌以后，我看见整片的比萨并没有被切成六角，才想起来英国人是拿刀叉吃比萨的。我们母女三人就装腔作势地拿起刀叉，像玩过家家游戏一样开心。我一刀切下去，比萨饼中间的溏心蛋黄流出来，赶紧用叉子戳一块薄面皮，围挡液体流动的方向，将蛋黄汁吸附到面皮上，把盘子擦干净，再伸着脖子塞一整块裹满芝士、菠菜和蛋黄液的比萨到嘴里。这个世界上恐怕没有什么事情可以和淀粉带来的幸福感媲美，如果有，那就是比萨吃完之后再来一杯圣代冰激凌。心满意足地从餐厅走出来的时候，上班的西装浪潮已经逐渐退去。我们决定去考文特花园走走。

在伦敦当留学生的时候，常常从考文特花园路过，总觉得自己囊中羞涩。看到拥挤的小杂货店和咖啡馆里坐满的人，好像全伦敦不需要朝九晚五上下班的人都会去那里显摆自己有大把的闲暇时光似的，而且这些大把时光，必须要被高品质地消耗掉。如今时过境迁，母女三人钻进伦敦特色的黑甲壳虫出租车里，下定决心要去考文特花园消费一番。妹妹还是粘住妈妈，挤在车厢后排，姐姐一个人面对我们，得意洋洋地坐在司机背后的折叠座椅上。

考文特花园的英文名字叫Covent Garden，本来是有花园的。公元1200年的时候，西敏寺修道院在这里修建花园和教堂，在16世纪英格兰宗教改革的时候，被亨利八世没收地产权，后来他儿子又将这块地赐予宠臣约翰·罗素，使其成为罗素的私家宅邸。之后的三百年里，这里逐渐形成热闹的蔬果集市，几经转手成为皇家爱乐乐团指挥家比彻姆爵士的房产。所以直到现在，皇家歌剧院都是考文特花园的主角，在考文特花园的咖啡座附近，常年都有音乐学院的学生进行高品质的露天演出，歌声绕梁近百年不断。既是英格兰表演艺术的最高殿堂，又是皇室传奇的发生地，考文特花园人气总是很旺，不仅有专供皇室的厨卫用品小店在这里经营百年，还汇集了众多咖啡馆、酒馆和妓院。上学的时候就听说学校离伦敦著名的SOHO红灯区很近，后来才知道红灯区就在考文特花园附近。据说在18世纪就已经有人出版过《哈利斯的考文特花园小姐名录》（*Harris' List of Covent Garden Ladies*）。

◇◇◇

在伦敦政经上学的时候，往往下午四点下课就直接和教授、同学一起从教学楼走出来，穿过马路来到对面的地下酒吧，一直闲聊到晚饭时间才晃晃悠悠地回家。偶尔也听到男生们讨论自己“路过”红灯区的趣闻。因为英国不允许妓女直接在街上拉客，都是由妓院门口的保安向路人介绍。“那些保安都又高又壮，”其中一个男生说，然后他就学着保安的样子，把两只手交叉在胸口，做出健壮的肌肉男架势，“他会走过来低声对路人说：‘嗨，要见识一下我的姑娘们吗？’”然后几个男同学就应声赞同，说：“确实是这样，保安拉客真的太煞风景！”在高大的黑人保安面前，那些想去“见识”的男人，也会觉得自己相形见绌吧？说着说着，男生们就开始放声大笑，借着酒劲儿，眼睛在在座的女生中间飘来飘去。我看到贾斯丁也在人群中笑着望向我。

传说萧伯纳《茶花女》中的女主角，就是在考文特花园卖花的。这部音乐剧后来被改编成《窈窕淑女》电影，由奥黛丽·赫本出演女主角伊莱莎，也是在这里拍摄的外景。三四年前，我因为翻译过孟京辉的几部话剧作品，名字被放到墨尔本艺术节的网站上，有墨尔本大学艺术学院的教授看到，就想找我一起合作把它改编成双语音乐剧重新搬上舞台。可惜那时候我一边全职工作一边带两个孩子，对承接这么大的项目实在有心无力。

我们下车的地点在考文特花园中心的“苹果集市”入口。就像现在的考文特花园并没有花园一样，苹果集市里面也不卖苹果，都是一些文艺小青年摆摊出售自己的绘画和手工艺品，孩子们显然没有兴趣，我们就直接后转去找玩具店。

这个时候接到舒小红的电话，她居然在市区逛街，听说我们在考文特花园闲逛，决定赶来与我们会合。

三天前我们在伦敦政经学院附近吃饭的时候，舒小红因为小麦的突发状况匆匆离席。那之后，我总是牵挂着他们俩的情况，只是碍于舒小红轻描淡写地回应了几次“没什么大事”，我便不好再追问。

于是，母女三人漫无目的的"自由行"，因为这个突如其来的约会而变得有目的性。后来几家杂货店铺也逛得匆忙，孩子们只是各自挑选几份贴纸和本子，并没有买到什么精彩的玩具或纪念品。我们很快就选定路边的一家巧克力店坐下，一边喝巧克力奶昔，一边等"舒阿姨"。

"买东西的时候才感觉是自己啊！"舒小红风风火火地走进店里，热情地说。她先是把购物袋随便往地上一扔，然后把自己也扔进沙发里，"我现在越来越喜欢一个人逛街了。"

"我也是。"我附和道，顺便看了看窝在旁边沙发里写字、贴贴画的两个孩子，"拖着这两个小人儿逛街，要么就是以买冰激凌为目标，要么就是以买玩具做奖励，几乎没有机会可以痛痛快快地逛我想看的店。"

"唉，瞧瞧我们，二十几岁的时候用喝酒来找自我，很蠢，但是三十几岁的时候用购物来滋养自己，也没有变聪明的感觉！"舒小红虽然感叹，但脸上依然挂着花钱之后的快意。

"你现在照顾病人这么辛苦，就不要想那么多了。再说，给自己买漂亮衣服，让自己开心，就是对自己好啊！你开心了，小麦才能被更好地照顾……"我实在心疼她。

"所以，年纪大了一点以后，我们现在比过去更了解自己了吗？"她身子没有动，只是抬起眼睛问我。

我突然想起一部动画片，问她："你有没有看过迪士尼前两年的《头脑特工队》？"

虽然是动画片，但《头脑特工队》是我近些年来最喜欢的电影之一。我带着孩子们在电影院和在家看过很多次，不仅仅是因为它涉及到我感兴趣的心理学主题，更重要的是我发现迪士尼终于突破自我，勇于推出一部打破自己创造的王子公主“寻找自我”神话的作品。摒弃“要在战场上做自己”的女权花木兰、“要诚恳面对自己内心渴望”的好奇小美人鱼，和“要主宰自己命运”的印第安女首领宝嘉康蒂……《头脑特工队》带我们钻进女主角的头脑里之后发现，并没有什么“真实的自我”，或者“发自内心渴望”可以遵循。这种戳破真相的勇气，实在难能可贵。

现实就是，我们每个人都不过是被情绪左右着的智能系统，通过“经历”和“回忆”铸造起一座座梦想岛屿。就像电影里描述的那样，这些逐渐形成的“岛屿”决定着我们外在表现出来的品性和行为习惯。随着时间的流逝，甚至有些岛屿倒塌被遗忘，又有一些新的岛屿建立，于是我们的行为和性格也随年龄的变化而变化。那么问题就是：年轻的时候总想要了解的“自己”，到底是什么呢？如果我们的品性和行为不断变化，是不是说明“我”也在不断变化？那么，我们又要怎么“真正认识”不断变化的“我”呢？

“看过，我和小麦都好喜欢。”舒小红说。

她和小麦永远过着孩子一样的生活：他们给每个毛绒玩具起名字，就连出去吃饭或者看音乐会，都会带上一两个，郑重其事地摆在旁边的空座位上。在第一次手术之后，病情比较平稳的时期，他俩还带着毛绒玩具们一起去以色列，在死海里游泳的时候，会给玩具兔子也带上充气救生圈一起漂浮。所以我知道他们肯定不会错过皮克斯动画工作室的电影。

她像是要确认一下自己想的和我说的是不是同一部作品，继续描述说："那个片子讲的是小女孩和爸妈一起从明尼苏达搬家到洛杉矶的经历吧？但是利用现代心理学理论，把各种情绪人格化，变成小姑娘头脑中各个情绪小人的冒险故事。"

"对，就是那个！小女孩凯莉的脑子里，住着负责开心的乐乐，负责悲伤的忧忧，还有爱生气的小红人怒怒、紫色的怕怕和绿色的厌厌！"我报出一连串的人物名称之后，觉得这些名字好幼稚，搞得自己报个角色名都像在学婴儿说话一样咿咿呀呀半天。

"嗯，挺深入浅出的。只可惜女主角只有十几岁，还有时间让各种情绪做个冒险之旅。我们的时间就紧迫得多了，必须要马上控制这些情绪小人。更可惜的是，大部分时间里，我们都只有展现出快乐的权力了……"舒小红说，"这快乐不真实。也许就是忧忧成熟了，在操作台上假扮的乐乐呢？"

"哈哈，所以迪士尼这个作品很了不起啊！"我听见自己说出这句话，也有点惊讶，没有想到自己有一天会对迪士尼电影有所赞许："不正回答了我们的问题——进入凯莉脑子里调查看看就知道，哪有什么灵魂和自我。"

"恐怕说明我们还没有'成熟'到不屑于看动画片，"舒小红笑到，"也许到五十岁就有灵魂了？"

我不知道。

这个问题的答案也许要到五十岁才能找到——如果我那时候还记得这个问题的话——现在的我只知道，脑子里互相打闹制衡的五个"特工小人"，就像《黑客帝国》里的人物一样，生活在小姑娘凯莉这个"母体"中。他们都以为自己是最重要的，都以为自己就代表"真正的凯莉"，但实际上，就算乐乐做绝对领袖的时候，依然会把事情搞得一团糟。

“是不是她们几个情绪小人组合在一起，就等于凯莉了呢？”我想着想着，就说了出来。

“必须要找到某种平衡吧！”虽然是我没头没尾地问，舒小红依然认真地答——她显然知道我的思绪刚刚飘到过哪里：“成熟的过程就是认识和控制情绪的过程。忧伤也重要，愤怒也重要，恐惧更是生命安全的天然保障。缺少哪一个都不健康，反人性。”

“所以时不时地放下架子，崩溃一下很重要啊！”我一边说一边观察她，不知道对方是不是接收到了我的橄榄枝。

她说得对，一个人要觉得自己的存在有意义，快乐是必需的，痛苦也是必需的。这样我想起奥尔德斯·赫胥黎的《美丽新世界》。这部一百年前描写“乌托邦”的小说，和乔治·奥威尔的《一九八四》里面描写的世界，虽然是一美一丑两个极端，但讨论的实际上是同一个问题。在《美丽新世界》的结尾，野蛮人和主宰的对话是这样的*：

“我亲爱的年轻的朋友，”穆斯塔法·蒙德（主宰者）说道，“文明绝对不需要高贵或英勇。这些事情是政治低效的表现。在像我们这么一个组织得当的社会，没有人能有机会去做高贵或英勇的事情。只有在极其动荡的时候才有这样的机会。有了战争和忠诚；有了需要抵制的诱惑，

* 原文摘自上海译文出版社2017年陈超翻译的版本，第224页至227页。

值得去争取或捍卫的爱情，高贵和英勇显然才有意义。但如今已经没有战争了。最需要关注的事情是不让你太爱上某个人。如今没有忠诚可言。一个人所接受的培育使得他会不由自主地做出应该做的事情。而你应该做的事情大体上是如此愉快，所有的自然本能都可以自由放纵，没有任何诱惑需要抵制。即使糟糕的事情不幸地发生了，怕什么呢，还有苏摩能够让你度假，逃避事实。苏摩总是能平息你的愤怒，让你与敌人和解，让你能平静地忍受。在以前，你只能努力克制和经过多年的道德训练才能做到这一点。而现在，只需要吞下两三片半克的药品就可以了。现在每个人都是正人君子。一瓶苏摩就能让你掌握一半的命运。不需要眼泪的基督教精神——这就是苏摩。”

“但眼泪是必须的。难道你不记得《奥赛罗》是怎么说的吗？‘要是每一次暴风雨之后，都有这样和煦的阳光，那么尽管让狂风肆意地吹，把死亡都吹醒吧！’有一位印第安老人给我们讲过一个故事，关于玛塔斯基这个女孩。想要娶她的年轻人必须在她的花园里锄一上午的地。这似乎很简单，但里面有可怕的蚊虫，几乎没有年轻人能忍受它们的叮咬。但有一个年轻人忍受下来了——他得到了那个女孩。”

“真是有趣！但在文明的国度里，”主宰者说道，“你不用锄地就能够得到女孩，也不会有蚊虫来叮咬你。好几个世纪前我们就已经消灭了它们。”

野人皱着眉头点了点头，“你已经消灭了它们。是，这就是你们的作风。把一切不愉快的事情消灭掉，而不是学会忍受它。是默然忍受命运暴虐的飞箭流石，还是挺身反抗人世的天涯的苦难，通过斗争把它们扫清……但你们两样都不会去做，既不会去忍受也不会去反抗。你们只是把飞箭和流石一笔勾销了。这太简单了。”

……

“但我喜欢那些麻烦。”

“我们不喜欢。”主宰者道，“我们希望过得很舒适。”

“我不要舒适。我要上帝，我要诗歌，我要真正的危险，我要自由，我要美好，我要罪恶。”

穆斯塔法·蒙德说道：“事实上，你要求的是不幸福的权利。”

“那好吧。”野人轻蔑地说道，“我正是在要求不幸福的权利。”

“还有变老、变丑、变得性无能的权利，患上梅毒和癌症的权利，吃不饱的权利，肮脏的权利，总是生活在对明天的忧虑中的权利，患上伤寒的权利，受各种难以言状的痛苦折磨的权利。”

两人良久地沉默着。

“我愿意接受这一切。”野人最后说道。

穆斯塔法·蒙德耸了耸肩膀，“悉听尊便。”

正因如此，舒小红无法选择放手让小麦走。没有痛苦、英勇、忠诚的权利和义务，也就没有了存在的意义。来到伦敦的第九天，我才终于明白她的意思。

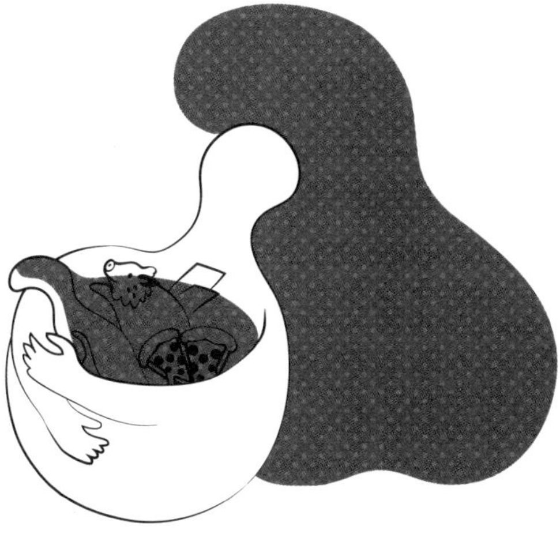

拿卖猪崽的钱看电影

Day 10

用比特币打造了翅膀

乐豆从生下来的时候就白白嫩嫩，非常适合素色的衣服。这一天早上，她穿着深蓝色的棉布碎花小裙和我们走在一起，让人想起江南秀气恬静的小精灵。也让人想起，她自从出生以来，肉体上的磨难，都没有打磨掉她骨子里的甜。谢天谢地。姐姐芸豆穿着淡绿色的大花裙，再加一件蓝绿色的薄外套。姐妹俩蹦蹦跳跳地走在阳光灿烂的泰晤士河边，把各自的毛绒玩具熊塞到衣服里，被自己的“大肚子”逗得哈哈大笑。

我们来到超市门口的早餐店，是非常典型的英式三明治店。一进门就可以看到玻璃橱柜里陈列着新鲜的食材，在不锈钢铁盒里盛着满满的煮鸡蛋、火腿、沙拉、调味吞拿鱼、烤彩椒和烤鸡肉，五颜六色琳琅满目。老板看上去是意大利或者希腊人，有深色的卷发，脸膛饱满，嗓音洪亮，看到我们母女仨走进来，一对大圆眼睛立刻变成弯月，热情地招呼我们再往里走一点，自己找位置“想坐哪里就坐哪里”。在海外生活得习惯成自然，我们也毫不含蓄地回应他，大声地打着招呼往里走，选在阳光最好的一张四人桌坐下。

帮我们拿菜单的服务生是一个老奶奶，薄薄的淡色卷发敷在头皮上，整个人白得好像窗外的阳光可以直穿过她的脸，直洒到她身后的黄白瓷砖上。姐姐点的是传统的英式松饼夹火腿芝士，妹妹是新鲜鸡蛋丁和鸡肉泥三明治，我要吃吞拿鱼配甜玉米粒三明治。额外的番茄酱焗黄豆也不可少，一人一杯鲜榨橙汁也是必须要点的。软糯的面包搭配绵密的肉糜、鲜嫩的生菜叶、玉米和鸡蛋丁搭配酸甜的橙汁，是横贯中西、老少皆爱的完美搭配。

老奶奶耐心地等我点完菜，环顾四座露出客气的笑容，仿佛对这顿"肯定吃不完"的早餐表示理解。然后她不紧不慢地穿过用餐区的桌椅，颤抖着手把单子递给厨房。她老得几乎透明，我其实都不确定她到底能不能看得清楚自己在点菜本子上写的字。

在菜单上，澳大利亚常见的"英式早餐松饼"（English-muffin），原来在英国就叫"早餐松饼"（muffin），突然觉得好笑。因为想起《老友记》里面，钱德勒对罗斯说："'中国菜'在中国就叫'菜'。"那么，我们今天要去泰特现代艺术馆，所以"现代艺术"在现代，是不是也应该就叫"艺术"？

不同的是，英国早餐松饼在英国特别松软，并不像我们在家吃到的那种裹着干面粉的粗犷口感，不知道是不是英国松饼到澳大利亚之后"入乡随俗"了。妹妹喜欢把食物掰成小块吃，然后把面包的横截面当托盘，在上面堆一小勺番茄焗黄豆。这样，一点点鸡肉丁、鸡蛋丁混着小黄瓜丁和番茄黄豆，可以把不同口感的食材一股脑都塞进嘴里，混在一起咀嚼。好像什么都得到了，什么又都不过量，欢喜得恰到好处，不紧不慢。

◇◇◇ 留学的时候，从学生宿舍走到伦敦政经学院的路上，总会路过泰特现代艺术馆。后来和“小姨娘”一起去莎士比亚环球剧院看演出，也路过几次。这座巨大的厂房建筑非常简单。站在泰晤士河岸往南望去，只看见一个倒置的T形，高耸的烟囱像一根擎天柱孤零零地立在河边，带着工业革命时期的粗暴。这种对周围世事的不屑，很对应年少轻狂的品位，但那时候的我，真正有闲情逸致走进馆内参观，只有一次。也许是初出海外，对于西方现当代艺术也没有什么理解，反而是更喜欢从小在书本上就见过的国家艺术馆和肖像馆里的作品，也不是说有多理解古典艺术，只不过觉得那是西方艺术的“正统”，得见着真品并且和它们拍个照片，颇有点后来在社交媒体上“打卡名胜古迹”的意思。

作为“发展中国家”来殖民者老家留学的小青年来说，泰特艺术馆的“黑历史”，也顺理成章地成为“抗拒”和“抵制”的缘由。艺术馆的创建者亨利·泰特，是19世纪英国著名的蔗糖商人，而大不列颠时代的蔗糖贸易，就像器械大生产普及之后的煤矿生意一样。它们的辉煌都是建立在对全世界其他地区的“血腥屠杀”和“殖民奴役”的基座之上，让人很难全心赞赏。

蔗糖在西方上流社会，一直被认为是贵重物品，在14世纪黑死病大流行的时代，甚至还被用来当作药品。尽管欧洲人也尝试在自己的土地上种植甘蔗，但是除了西西里岛和塞浦路斯这样的温暖岛屿外，能出产蔗糖的地方实在太少。15世纪，欧洲迎来大航海时代，葡萄牙人和西班牙人将大西洋东岸的岛屿一个个变成甘蔗园。随着哥伦布发现美洲，在加勒比海群岛和拉丁美洲大规模开辟甘蔗园，正式开启非洲黑人奴隶贸易，这股浪潮长达三百年之久。据说所有被出卖的黑人奴隶中，有百分之六十左右是被贩卖到蔗糖殖民地。从18世纪开始，蔗糖在世界经济中的地位，就像19世纪的钢铁、20世纪的石油一样举足轻重。1756年，英国和法国长达七年之久的蔗糖战争爆发。实际上，参与这次战争的国家几乎包括所有的欧洲强国，战场也覆盖欧洲、美洲、非洲西海岸，以及印度、菲律宾群岛，所以一百年后，英国首相温斯顿·丘吉尔回顾这段历史的时候，把它称作“第零次世界大战”。

战争的结果是，工业革命中的英国战胜了还处于封建君主制社会的法国，让英国获得大量的海外殖民地、雄厚的资金、市场和原材料。作为战败国的法国，迎来了改变欧洲命运的法国大革命，转而采取以甜菜头为原料的炼糖方法。英法蔗糖战争的影响，也包括蔗糖在英国的价格逐渐平民化，甚至取代黄油和牛奶，成为三餐必备食品。近代反映那个时期英国贫民生活状况最家喻户晓的作品之一，恐怕就是1964年出版的《查理和他的巧克力工厂》。主人公查理，是一个十一岁的小男孩，他的家庭正是被机器大生产而剥夺了工作的贫民。在全世界都为威利·旺卡的巧克力工厂金门票疯狂的时候，查理却无法负担一块五十分钱的巧克力。在《查理和他的巧克力工厂》里，所有人都为糖而疯狂，而历史上，蔗糖也确实为“圈地运动”中失去土地的英国赤贫劳动者提供了新的热量来源，以支持他们应对每天超负荷的工厂劳作。从某种意义上来说，工业革命给英国带来规模巨大的蔗糖产业，而蔗糖又为英国工业革命提供更廉价高效的燃料。

中餐里的甜点虽然含蓄很多，但是中国也有对蔗糖疯狂追求的历史。有传闻说，唐太宗李世民之所以不断派人出使西域，甚至协助东南亚达摩伽陀国政变，都是为学习蔗糖制法。传统中式甜食“枣、栗、饴、蜜”中的“饴”，是粮食发酵成的麦芽糖，并不是蔗糖。首先，麦芽糖的甜度远不及蔗糖。从实际操作的角度来看，黏糊糊的麦芽糖在运输和储存的时候也不如蔗糖方便。所有甜味来源中（相比麦芽糖、蜂蜜、椰糖等），蔗糖的性价比最高，使用的时候溶解速度也最快。唐朝已经有印度进贡“石蜜”的记载，“石蜜”就是固体蔗糖块。到明世宗时，台湾已经成为世界上最重要的产糖区之一，并且开发出先进的炼糖技术。当然这样的沃土，也引来了荷兰殖民军队。到1650年，台湾已经成为荷兰东印度公司最重要的蔗糖供应地。1662年，郑成功率军收复台湾，不仅是维护中国主权的战争，也是中荷抢夺蔗糖资源的战争，并且为中方成功夺得日本市场份额。郑氏集团每年有三十一支前往日本进行蔗糖贸易的船队，向日本出口蔗糖赚的钱几乎支撑着明朝南方的半壁江山。同样，这样的丰厚利益也引来明治维新后日本军队的袭击。1895年乙未战争后，台湾和澎湖最终沦陷于日本。

关于经济利益驱动下，殖民者对于产区社会的血腥掳掠，《百年孤独》里也有类似的故事。跨国香蕉公司镇压工人暴动的大屠杀，成为书中让人印象最深刻的一个意象：主人公何塞·阿尔卡迪奥在一辆夜间飞驰的火车上醒来，身边全是装香蕉的货架，货架上整整齐齐地摆满一排排罢工工人的尸体，整辆火车上只有他一个幸存者。阿尔卡迪奥最终从这开往大海的两百节火车上跳下来逃生，但是他知道这三千具尸体会像公司倾倒熟透的香蕉一样，被抛弃到大海中。然而，这个故事真正的惊人之处在于，当阿尔卡迪奥回到家乡马孔多的时候，发现别人对这件事好像完全没有印象。在他们的生活中，从来就没有发生过什么罢工，军队根本就没有开过枪，马孔多过去、现在、未来，都是一个充满幸福快乐的地方。现实生活中，这次大屠杀，在历史上确实有迹可循，当时哥伦比亚圣马尔塔附近发生过联合果品公司工人大屠杀。工人因为苛刻的工作协议组织罢工，维持了数周的时间，给公司造成严重的经济损失。哥伦比亚政府在美国海军陆战队入侵的威胁下最终执行大屠杀，镇压了罢工。根据近期的历史学者研究，1928年12月6日凌晨的火车站大屠杀之后，政府军队在全国各地进行的逮捕和枪杀行动持续了足足三个月。马尔克斯在后来的访谈中曾经说，他十几岁的时候在家乡逢人就问这件事，结果发现在人们的口中，那段日子过得很好，罢工的工人是平平安安地撤走的，根本没有死人，甚至有人称那段日子为哥伦比亚经济的"黄金时代"。马尔克斯在传记作品中，故意把自己的出生日期从1927年改成1928年，也许就像《百年孤独》的结尾，阿尔卡迪奥在遗言中说的那样："你要永远记住那是三千多人，都被扔进了海里。"

所以对于泰特现代艺术馆，我怀抱着复杂的情感，尤其是因为亨利·泰特这个人的一生都与奴隶贸易和虐待相关，甚至是泰特艺术馆自己的网站上也挂着相关声明。也许是在我的脑海中，"经济利益驱使下的暴力殖民"比"文化入侵"更直观，所以对于泰特现代艺术馆的抗拒感也比对于大英博物馆的更浓重。尽管这个艺术馆对于现代艺术的启发和支持力量不容否认，而且整体建筑设计真的很酷，里面展示的也确实是当代经典。

作为左派艺术风格的学生，我们从小被培养起来的欣赏品位也是基于共产主义理想的，对于志在打破社会等级的社会活跃分子有迷之崇拜，好像去参加露天音乐节就必须要穿印有切·格瓦拉头像的短袖衫、背上印着红五角形的绿色军挎包一样。

我对泰特现代艺术馆的改观，就是留学期间参观的一次展览。那是我第一次近距离接触到墨西哥女画家弗里达的作品。最先，是被她浓重的色彩、厚重的一字眉和自画像中唇上的胡须吸引。后来，我了解到她的生平故事，又被她作品中跨越性别、种族、文化的主题冲击："美"也可以是"丑"的；"烦琐的"也可以是"直白的"；"异域的"也可以是"熟悉的"；"梦中的"也可以是"现实的"。

弗里达和马尔克斯一样，更改过自己的出生年份，据说也是改成墨西哥革命爆发的年份，象征着自己和新墨西哥一起诞生。弗里达的一生悲剧不断，先天疾病导致腿部发育畸形，六岁感染小儿麻痹，十八岁以优异的成绩考入国立大学医学院，入学不久，搭乘的巴士与电车相撞，导致她脊柱断成三截，肋骨、锁骨、盆骨、右腿和右脚粉碎性骨折，一根金属扶手直插进她的下腹、穿透阴部。这次车祸让弗里达下半身瘫痪，并且最终在无休止的疼痛和麻醉药物中丧失生殖能力。在之后的采访中，她自嘲地描述这场车祸"让我失去了童贞"。

弗里达的一生经历过三十五次手术，虽然一度恢复了行走能力，但最终还是截肢右腿并且终身遭受疼痛的折磨。她在车祸后弃医从艺。她的作品充满美洲印第安本土文化符号和血腥的意象，所画的实物总是在视觉上写实而情绪上扭曲，而墨西哥鲜亮的色彩和充实的画面，又让人在第一眼就看得到痛苦扑面而来。弗里达画过很多自画像，有很多是支离破碎的自我形象，她用展露的器官、分离的骨骼血管来表达自己在现实中承担的痛苦。弗里达的画虽然充满隐喻和象征，但是她说自己从来不画梦境。一幅幅自画像就是弗里达的”现实”，有活生生的丑，又有望向死亡的美。

弗里达的自画像《框架》，成为卢浮宫收藏的第一位拉丁美洲画家的作品。那是她二十五岁时的作品，浓墨重彩的鲜花框架和自画像中自己头顶的鲜花相呼应，耳边脖颈上没有什么珠宝首饰，是相对清爽含蓄的一副早期自画像作品。弗里达曾经对时尚杂志说，自己感觉越糟糕的时候，就会佩戴越多的珠宝，所以相对后期作品中夸张的耳环和层层叠叠的项链戒指，大概那时候正在底特律生活的弗里达，过得还算轻盈。

我那一次走进泰特艺术馆，并不知道弗里达的作品正在特展。机缘巧合，在抑郁症中麻木的我，看着层层叠叠的血泊中，弗里达的表情永远都是平淡无奇的，就连《迭戈和我》里面，绯闻翻飞的丈夫的面孔刻画在弗里达的眉眼中间，她的眼角流着泪，但表情也是平淡安静的，仿佛自己的脸庞不过是丈夫迭戈激情生活的背景。

弗里达曾经这样描述她和著名壁画家迭戈的相遇：“我的人生有两次重大意外，一次是车祸，一次是遇见你。而你比车祸严重得多。”我看着画面里，她平静的脸和会说话的黑色眼眸，感觉到前所未有的共鸣。真正痛苦的人是冷静的。因为只要还活在人世间，就没有什么痛苦是不可承受的，而所幸，离去、死亡，也将是我的选择。就像弗里达四十七岁终于告别身体上的痛苦之时，留下的遗言一样："但愿离去是幸，但愿永不归来。"

多年后再次访问泰特艺术馆，我已经不需要通过痛苦来感受生活的真实。两个孩子一左一右游走在雕塑和现代装置作品中，和德加《十四岁的舞女》那个穿芭蕾舞裙的小姑娘铜像一样骄傲。伦敦的艺术馆一向高傲，将世界闻名的作品不经意地塞满整个空间，莫奈的《睡莲》对面就挂着马克·罗斯科的代表作《橙、红、黄》。墙壁上的介绍说："马克·罗斯科很欣赏法国印象派画家莫奈，他们都热衷于创造巨大尺寸的作品，以便将自我溶于作品丰富的色彩中……二人的作品相似之处正在于都用色彩填满观众的视野。"就以这样敷衍的理由，将这两幅历史巨作安排在同一个狭小的空间中对视，实在是"土豪"的荒唐行为。

◇◇◇

我们在泰特艺术馆门口拍照和在礼品店里买好玩的纪念品的时间，远远超过逛展览。这个在艺术馆和博物馆的礼品店、书店里挥金如土的习惯，曾经给我的学生们带来过很大的震撼。

刚开始当老师的时候热情高涨，不顾烦琐的申请手续和幕后计划组织工作，决定要带国际留学生们去澳大利亚首都堪培拉玩。我当时说服学校的理由是，像堪培拉这种政府所在地的首都，不太可能是度假目的地，不如由学校组织新来的小留学生们出行，算作了解澳大利亚文化的课程内容的一部分。

不论是在学校上课还是带学生出游，看到学生们困惑的表情都是我的快乐源泉。说什么老师的成就感是学生桃李满天下，都是离生活太遥远的事情，在和学生互动的当下，能够成功地迷惑对方，引起学生的思考，总是我教书的目标。所以当我在堪培拉国家美术馆的礼品店买图册、文创纪念品的时候，也是做给旁边的小留学生们看的。但是没想到买着买着就成习惯了，不论去哪里旅游都喜欢在博物馆里买当地的文化创意产品，比唐人街礼品店里的纪念品更有文化，比百货商场里的名牌店更有故事。

2013年去堪培拉三天两夜，我和另外两个国际部的老师带着学生们坐巴士回到学校，再看着他们一个个被寄宿家庭的家长接走，直到确定所有人都安全回到家之后，我自己开车回家已经是晚上快九点。还没走到门口，我看见自己家的车库门敞开着，大门也虚掩，心里一紧，怕是又被人闯入抢劫。

那时候是11月底，南半球的夏天，所以九点的时候天灰蒙蒙的，但是还没有黑。常常感觉清晨和夜幕低垂的时刻是一天里最魔幻的，在白天和黑夜的交界处，仿佛现实与幻想也可以并行存在，以致于我现在回想起来都有点分不清，那些我记忆中发生的事情到底有多少可信度。而我那天的视角也有局限，那时候作为当事人的我看不到的地方发生的事情，也不可能进入我的记忆中，然而现在回想起来的画面，则是经过后来层层叠叠的线索推理、思考而得来的，是重新整合过的现实。

我停下车跑进屋，发现杰克躺在主卧的大床上睡着，还是小婴儿的乐豆在他旁边正往床边缘爬。我一把把摇摇欲坠的乐豆抱起来，她惊讶地转头，看见是我，露出天使般的笑容，咿咿呀呀地一边大叫一边伸出两只手搂紧我的脖子。我继续往客厅走，看到餐桌上有残留的剩菜，猜想她们应该吃过晚饭——在堪培拉的第一天，我早上送两个孩子去托儿所再去学校和其他师生集合去机场，但是晚上就收到托儿所的电话，说已经七点，杰克还没有去接两个孩子回家。我打电话给杰克的时候，他居然还在办公室，完全忘记要接孩子的事。第二天，我打电话给杰克的妈妈，请她帮忙接孩子回家，但是很快又接到托儿所的电话，说乐豆并不认识奶奶，抱着老师不肯跟她走，并且因为害怕，哭得浑身颤抖。接到老师电话的时候，我正和学生们在去往堪培拉科技馆的大巴上，心情沉重又不能表现出来，只能故作镇定地回答，说因为奶奶平时没有帮忙带过孩子，所以和小朋友不熟悉。第三天，我打电话给邻居上海阿姨，请她去我家帮忙做饭，又请婆婆和小姑子一起去家里帮忙，并且告诉她们我晚上就回来。早上十点左右，阿姨发来信息告诉我她已经到我家，但是两个孩子都还没有吃早饭，于是她给孩子们煮了一包方便面。我告诉阿姨说冰箱里有一只整鸭，请她做上海酱鸭，再炒几个菜，还有我之前在亚洲超市买到冷冻烤麸，也帮我一起做红烧四季烤麸。这些都是我婆婆和小姑子喜欢的菜式，也算是我对她们帮忙带孩子的感谢——此刻，我看到餐桌上的酱鸭已经只剩下鸭头、鸭脖子和一些肋骨，烤麸也所剩无几，青菜并没有吃多少，电饭锅的盖子敞开着，里面还有一些冷掉的剩饭。阿姨下午两点左右给我发过信息，说她看见我们家三个大人，都没有人喂孩子们吃饭，她帮乐豆冲了奶粉吃完已经睡下，姐姐芸豆虽然还没有桌子高，但是可以伸手够着抓几块肉吃。她看见之后就帮忙给芸豆也盛了一碗“菜菜、肉肉和饭饭”，抱她在沙发上吃饱，发信息问我可不可以回家？我说没问题，她就回家了。

也许是听到我的声音，芸豆从沙发上爬起来，和我说她饿，还没有吃晚饭。我问她奶奶和姑姑呢?芸豆说不知道。继续往里屋走,我发现杰克的妈妈和妹妹在客房的床上。婆婆睡着,小姑子在床上刷手机,她看到我进来,愉快地和我打招呼,并且叫醒她妈妈,母女俩懒洋洋地从床上翻滚下来,慢慢悠悠地往客厅走。我右手抱着乐豆,左手拉着芸豆回到餐桌前,感觉身心疲惫,虽然也没有吃晚饭,但是看着一桌的残羹冷炙坐下,没有一点胃口。杰克的妈妈在我斜对面坐下,意图把我对面的座位留给杰克,我看见她们之前吃剩的酱鸭骨头都还堆在桌子上,可以看得出杰克和妹妹分吃鸭腿、杰克妈妈吃的是鸭胸和鸭翅膀,我看了还没吃饭的两个孩子一眼,心就碎掉一片。

杰克并没有直接回到餐桌旁,而是从冰箱里拿出冰豆浆,直接站在厨房里对着塑料瓶口喝。我说:"我好累,你帮我倒杯热水过来好吗?"

他没有说话,从手里的豆浆瓶里倒了一杯冰豆浆,放在我面前,沉着脸在桌子对面坐下。

我把剩饭用微波炉热一热,喂两个孩子吃饱,换尿布、换睡衣,带她们上床睡觉。孩子们睡觉以后,我已经记不清到底是怎么和杰克一家人吵起来的。只记得婆婆站起来让我"住嘴",然后把我单独拉进里屋。我也不知道大人吵架的时候,两个孩子是不是已经睡熟,是不是可以感受到家里的气氛变化,也不知道我和婆婆在里面卧室说话的时候,杰克和他妹妹在做什么。但是那时候天肯定已经黑了,我坐在乐豆的婴儿床边,婆婆坐在大床上,借着床头柜上台灯的亮光,才隐约看清她侧脸的轮廓。

我低声对她诉说自己的委屈,但是也已经记不清她到底是如何回应的。最后她说："我先带杰克回我们家，你今天晚上好好睡一觉。"

听见她发动汽车，知道她带着杰克和小姑子离开的时候，我低头看过一眼手机，那是晚上十一点。我有把手机放在床边充电的习惯，也正是这个习惯在几天前的危机中曾经救过我们一命。那是杰克开始参与比特币的线下交易之后不久，我在睡梦中被一阵门响吵醒，迷糊中以为又是杰克晚归。但是伸手往身边摸过去的时候发现他就躺在我身边，立刻就毛骨悚然。我把杰克推醒，说："门口有人！不是你，是谁啊？"半梦半醒的杰克居然赤手空拳就冲出卧室，从此时的响动判断，歹徒已经撬开门进到主卧外的走廊，我听到杰克的吼叫和肢体冲突的声音，第一反应是抓起床头柜上的手机——但是解锁屏幕需要密码，我哆哆嗦嗦还没有输入完，一个蒙面的歹徒就已经踢开卧室门闯进来，他举着手电筒，灯光直照射到我的脸上，晃得睁不开眼睛，我一个机灵把手机塞进内裤里——还好没有解开手机打起电话报警，不然被对方撞个正着后果不堪设想。

"到厕所里去！"他对我大叫。

我颤抖着下床，也不知道哪里来的勇气，对他说："求你不要把我的孩子们吵醒！我有两个很小的孩子在里面睡觉……"

我被对方赶到厕所里，光着腿赤着脚。我一直保持面对着歹徒，生怕他看到我内裤里的手机屏幕亮起来，也怕他从背后袭击过来强奸我。我身体贴着厕所的墙壁走到最深处，顺势在墙角蹲下，才意识到自己浑身抖得像筛子一样，感觉自己随时可以像风中的枯叶，抖成一地碎片。他们对着杰克的肚子一顿拳打脚踢，直把他打倒在地呻吟着喘不上气。感觉是好一会，杰克才从地上爬起来坐到马桶上。对方用手电筒照着杰克的脸，仿佛是要确认他的脸。

对方问：“你是做什么的？”

杰克依然疼得说话都艰难，回答：“我给别人做网站……”

我知道他不敢提自己做比特币，也知道他今天刚刚在黑市和人交易过两万块现金，还知道比特币很多时候是毒贩子用来交易的工具，我接着他的话又说了一遍：“你们不要把我的孩子们吵醒，我们家的所有现金都在我的钱包里……”

脑子里一万件事在转：我要不要把结婚钻戒直接给他们？要是搬电脑的话能不能把有文件备份的移动硬盘留下？拿现金的话能不能把卡留下？芸豆千万不要醒过来，她要是此刻走出睡房，我真的不知道自己会做出什么样的举动，那局势就真的有可能失控……然而此时的我，还并不知道，另外一个搜房子的歹徒手里是拿着枪的。

这个拿着刀在厕所里看管我们的歹徒，似乎看到进去搜索的同伙没有什么特别的收获，就叫我去拿钱包。走过他们身边的时候，我听见一个对另一个嘀咕：“是不是找错了房子？”我抓起钱包，把里面仅有的两百元现金递给他们，没想到对方居然说：“我们不要你的买菜钱。”就又把我们关进厕所里，并且警告我们五分钟之内不要出来，然后就从前门几乎是大摇大摆地开车走掉。听到他们的车声远去，我和杰克两个人还在不停地发抖，心里知道他们大概是冲着比特币交易的现金而来，所以害怕歹徒随时再开车折返回来。

我在开始试图解锁手机屏幕的时候看过时间，被闯入的时间是凌晨两点。等我从厕所里摸索出来，把家里所有的灯都打开、报警、帮助杰克处理伤口之后再看，是凌晨四点。我往客厅深处的卧室看过去，门关着，孩子们都没有醒来。

在希腊神话传说中，有一个关于伊卡洛斯的故事。伊卡洛斯是著名工匠代达罗斯的儿子。代达罗斯是被世人爱戴的建筑师和艺术家，但生性爱慕虚荣，嫉妒心极强。他因为嫉妒自己徒弟的才华，残酷地杀害了他。最终，代达罗斯被赶出雅典城。流落他乡的老工匠思念家乡，用羽毛和蜜蜡给自己和儿子制造了两对翅膀，试图偷偷飞回雅典。在出发前，父亲告诫儿子伊卡洛斯，回家的路上不要飞得太低，翅膀上的羽毛会沾到海水变得沉重，将你拖进海里淹死，但是也不要飞得太高，否则太阳会融化翅膀上的蜜蜡。年轻气盛的儿子没有听从告诫，展翅的时候飞得太高，果然在靠近太阳的时候，蜜蜡融化，羽毛散落。伊卡洛斯就这样坠海而死。

文艺复兴时期的画家布吕赫尔最著名的一幅画就叫作《伊卡洛斯的坠落风景》。这幅画最有趣的地方在于，青绿色调的画布中央，是穿着桔红色上衣、正在一丝不苟耕作的农民；农民的背后，是赶着羊群的牧羊人，他拄着皮鞭仰头望天，忠实的牧羊犬蹲坐在脚边；在农民和牧羊人的背后，是山崖下的海，可以看到海面上的帆船和更远处繁华的都市。仅仅是在画布右下角的海水里有些波澜，水面上漂浮着散落的羽毛，波光中隐约露出伊卡洛斯垂死挣扎的两条腿。在这幅以“伊卡洛斯的坠落”命名的风景画里，不论是农民、牧羊人，还是正在右下角海边垂钓的渔民，都专注于自己的活计，画风安详宁静，谁也没有注意到伊卡洛斯的惨剧正在发生。

正如从歹徒破门而入到杰克的搏斗，再到警察赶来了解情况勘查现场，整件事都没有在俩豆的记忆中存在过。这让我心里稍许有些安慰。

但是这次经历显然给我和杰克心里都留下阴影。他在床下藏着一把菜刀，给家里前后入口安装防盗门，在房屋四周和走廊客厅都安装摄像头……但是这次经历并没有阻止杰克继续投身于比特币的黑市交易，甚至在比特币价格不断攀升的情况下越投越多。而我，也更坚定地拒绝他把陌生人带回家来交易，拒绝把房子贷款中仅存的八千澳币拿出来给他“投资到公司”。此外，每天进出家门和睡觉前，我都仔细检查前后门是不是锁严，甚至神经质地连窗户都上锁，并且把钥匙扔掉。实际上，这件事只是我们分道扬镳的导火索，我将移民生活的不安全感归结到杰克的比特币生意上，而他将我的反对归结为“不爱”。

有一天晚上，杰克又和我要钱。他催我去和我的父母借钱，在我拒绝之后，他开始指责我“不支持他创业”。那时候的杰克气急败坏地想一夜暴富，已经无心顾及眼下孩子们的学费要从哪里来，乐豆两次耳朵手术的费用要如何承担，家庭日常的水电煤缴费的账单是否逾期。婚姻对我们俩来说都变成一个巨大的泡沫，只需要一根针尖麦芒就会分崩离析。

我说：“孩子们还这么小，你就不在她们身边，长大以后怎么可能还跟你亲？”

杰克说：“我妈妈倒是一直在我身边，但是没钱有什么用？

只要我有钱，孩子们长大以后照样会来和我亲——你和你妈妈不就是这样！”

我躺在床上，听到这句话，半晌无言。我发现他的想法中，有这么多层面的误解和谬论，都不知道要从哪一点开始反驳起，也突然意识到我们两个的人生观有如此之大的鸿沟，也许永远无法逾越。所以2013年11月23日晚上11点，杰克妈妈开车带他离家出走的那一刻，我连走到卧室门口看他一眼的力气都没有。

第二天早上，我也像那次被入室抢劫之后的清晨一样，若无其事地给两个孩子换上漂亮的衣服，再将自己收拾干净。母女三人吃完早饭出门，她们去幼儿园，我和两个孩子分别亲吻拥抱，再独自开车去学校上班。我表现得如此出色，连国际部办公室主任翠西，都是第二年再开学的时候才知道我家里少了一个男人。

“天呐，你完全没有表现出来！我们一点都不知道！”她听完，立刻从椅子里跳起来，送给我一个巨大的拥抱。然后我的眼泪就再也藏不住，捂着脸哭起来。

翠西是一个虔诚的基督徒，在生活中表现出来的是对周围人极大的善意和无穷尽的关爱。大概是我的眼泪刺激到她“替上帝传播爱”的阀门，我们办公室的谈心活动，竟然也在那次偶然的“坦白”之后变成每周工作结束前的固定仪式。于是，在2014年第一学期里，每周五学生离校之后，翠西都会跑来我们办公室里聊天，表演大约一小时“她一直劝、我一直哭”的景象。

哭累的时候，我就又想到《伊卡洛斯的坠落风景》那幅画。对于悲剧中的人物来说，也许“别人并没有那么在意”，才是一件黑暗命运中最幸运的事——幸亏，除了周五下午的那一个小时之外，其他人并不会注意到我的悲哀。这才给了我一个又活过来的机会，才有今天的我和孩子们，在泰特现代艺术馆的礼品店撒野，花四百英镑买书、买文化衫、买帆布口袋、买丝巾和耳环。

◇◇◇ 临行前，我在首饰区还看上一款创意戒指，是树脂压制成型的一体戒，戒面是树脂线扭曲成的英文单词“Me”。这是英语语法中作为宾语的“我”，而不是常常用在句子开端的主语“I”的那个“我”。这款戒指有两个颜色，艳红和宝石蓝。我比较半天不知道要选择哪个，就两个都买下来。我的无名指和小指上，从那之后就一直并排戴着两个“我”。

Day

11

像白痴一样跳舞

我有一个会算命的姐们儿叫杨阳。她是我在北京做扶贫开发工作的时候认识的。杨阳结婚生子之后潜心学习玄学，从日坛公园舞剑打太极、研究八卦和念经念咒，到去普陀山拜师。最近我俩常常互相交流命理知识，她看过我的紫微盘之后，总说我的命盘里所有信息都指示，我这辈子应该远走他乡做教育，虽然思维灵活也适合写作，但是没有做教育赚钱。

因为我自己也研究一点天象和星盘，所以知道自己的星座命盘上，同样也是代表教育和出版的宫位能量场很强。后来我就猜想，不管是东方的紫微盘还是西方的星盘，都是北半球的算命体系，八成看的也是同样的星空。只不过看星星的人各自给星星们起了不同的名字，流年的算法和排盘的结构也不同，但因为星星之间的位置和距离差不多，所以对于同一个人来说，用不同的方法算出来的结果都差不多。

那是不是就说明，冥冥之中确实有什么东西在生命之外影响着我们的境遇和人生轨迹？杨阳说她也有别的朋友，在算完紫微斗数之后，再用南半球的玛雅印记算，互相印证，得出的结果确实差不多。这是不是就说明，不管宗教概念里的“灵魂”，或者科学概念里的“意识”，总之，“人之所以为人的根本”在出生的时候就已经被安排好了呢？

然后我就觉得魔幻：不管你懂不懂命理知识，仿佛人生最终都会活成命盘里的氛围。只不过在古代，也许受到技术手段和等级观念的影响，看到命盘中有灾难的地方难以化解，但是在现代科技和个人主义思想的支撑下，发现自己命理中的“化忌”或是灾星的位置，就能明白那是自己一辈子需要修行的功课，可以更积极地面对。就像明知道一段感情要结束，在真的结束的时候，尽管还是会伤心，但就没那么难以接受了。所以，当你发现自己一辈子纠结的点“就是命盘中的反映”，而且无法改变的时候，到底是释然呢，还是一种无奈？

总之，我在澳大利亚当中文老师的经历确实挺顺利，尽管是百转千折才走到教育行业。在妹妹乐豆只有五个月的时候，我就拿到一份墨尔本大学亚洲基金会的工作邀请，是负责业务拓展方面的行政职位。给出的工作条件中，说这将是一个全职工作，而且需要偶尔出差。我给家附近的托儿所打了一圈电话，都没有找到可以一周托儿五天的地方。自从芸豆半岁以后，杰克也不愿意在家带孩子，所以我只好推掉这份工作邀请。这是我第一次感受到“当一个独立自主的女人”，在生完孩子以后，会变成多么遥远的事情。在没有家人的支持下，我必须要为家庭责任而放弃自己的意愿，没有任何别的办法。

那天下午，我喂饱孩子们，抱着电脑坐在沙发上，一边流着眼泪给基金会负责人写回绝工作邀请的邮件，一边还用脚踩着乐豆坐的婴儿摇椅。我不敢哭出声，怕打扰她们入睡。

在那次之后，我意识到自己已经无法再回到“普通的职场”，要和结婚生子之前的生活状态永别。不仅不可能像生孩子之前那样每天去上班、偶尔加班出差，或者参加任何早七点以前、晚六点以后，以及托儿所开门时间之外的团队活动。甚至在买菜、洗衣服、上厕所的时候，都不再有单独行动的机会。左思右想只能创业，而且必须是自己可以掌握工作时间，方便在家一边看孩子一边办公，不需要大块专注的时间，零碎时间里就能完成的工作。

现在回想起来，在杰克离家出走之前，我竟然也都是一个人在家和两个孩子相处，常常带着她们两个人去家门口超市买个菜，也是需要预计花费四个小时的大事。除了记录在手机相册中的几个全家一起参与的活动之外，几乎找不到杰克在家带孩子的线索，甚至也想不起来他失业之后，到底是以什么理由天天在外面。那时候的我，想必是非常信任他的。

总之，在那次忍痛割爱回绝了墨尔本大学的工作机会之后，我才痛定思痛，看清楚自己不可能回到过去做办公室小白领的处境。那天晚上，在孩子们都睡下之后，我在电脑上给自己办理"创业"所需的各种注册手续。"China Lab（中国实验室）"也就此诞生。最初的规划中，我是希望能够将自己心爱的戏剧表演和中文教育结合起来做双语戏剧，将有同样爱好的年轻人集中起来，自己创作剧本、排练，再到各个学校去演出。可以做学校假期的集训班，也可以作为中小学中文课程的辅助活动，甚至可以作为学校文化活动的表演项目。

后来在朋友的介绍下，确实聚集起几个文艺爱好者，也组织过在国立艺术馆的演出和在墨尔本大学的表演训练活动。经过朋友介绍，有一天下午，我拿着幻灯片到墨尔本著名私立学校的中文老师家里做客。听完我的演讲之后，这位老师对我说：你自己为什么不当老师呢？

要在澳大利亚注册教师资格证，需要经过至少一年的专业培训。所以我在之后的一年里开始重新考试、申请，2013年作为成人学生进入墨尔本大学的教育硕士课程读书，并且在同年，第一个学期实习结束之后很幸运地找到家附近唯一一所私立学校的工作。最初我是作为英语老师被招进学校，在工作一个学期后，学校将我的半年合同升级为永久职位，并且让我第二年在学校创办中文课程。在那之后，我就一边工作养家，一边读书，一边办理离婚手续，一边养育两个孩子，以至于用三年时间才把原本一年的学位念完。等到毕业的时候，我已经开始参与高考工作，相对于同期毕业的同学来说，确实“职业发展”得算很快。

也是因为这一个学位读三年，让我结交到不少墨尔本大学毕业的年轻老师，其中就包括张一帆和她的朋友们。这次我们的英国之行，也碰巧和她们早就订好的英国之行同时，只不过我们住的酒店相距很远，所以就试图在行程路线上寻找交集。几番交涉下来，最终决定两支队伍各自活动，只是会合去剑桥一日游，而且那天早上直接在国王十字火车站集合，游览之后，晚上再回到国王十字火车站解散。

◇◇◇

约定的那天，是我和俩豆来伦敦的第十一天，但张一帆她们来英国才第三天，所以还在调整时差。尤其是她们三家朋友也都带着小孩，三个小男孩，大部分活动时间都和我这样的“文艺女”妈妈带两个小姑娘的行程路线对不上号。当妈以后，和朋友们出行的经验，与结婚生子之前也有很大不同。

和杰克刚分开之后的第一个复活节假期，我们母女三人去日本，也有闺蜜们从五湖四海飞到东京会合，因为照顾到俩豆还小晚上需要早睡，除了在我们酒店顶层酒吧的一次聚会之外，她们去夜游和居酒屋的活动我都不能参加，但是第二天光是听她们讲前一晚的见闻，我都觉得欢天喜地。那次也有两个墨尔本的朋友和我们差不多时间到日本度假。不过他们夫妻两个人还没有生小孩，去日本的目的在于泡温泉和探索小众美食，和我们母女三人的“懒惰慢游”的风格不同，所以也只约到一天短暂的见面。幸好他们提出来可以帮我在酒店里照顾两个孩子，才有我和健二郎的那顿天妇罗午餐之约，甚至还能从容地跟他去百货商场的按摩椅试用区里睡个午觉。

这次张一帆的伦敦之行也差不多，她的闺蜜们携家带口从加拿大和荷兰汇集到伦敦，三家人住在同一间酒店里，行程安排欢快又紧凑，和我“忆青春”风格的旅行虽然相差甚远，但我们彼此都很享受各自的行程安排，也并不太在意“各玩各的”。

在游览景点的选择上，我们也各有千秋。这次伦敦之行，我要去的，都是堆积着十五年执念、蕴含着我很私人情感的地方；而她们第一次来英国，必然是要追逐着哈利·波特的足迹，走一走流行文化地标，热热闹闹地逛一逛街的。好在国王十字火车站满足我们不同需求的所有条件：既是伦敦最繁忙的火车站、各条线路的中转枢纽，又是哈利·波特小说中去魔法学院的火车站，也是我记忆中“魔幻”与“现实”之间的中转站。所以，在约好一起从国王十字火车站坐火车去剑桥之后，我就想，原来私密的、个人的情绪和公众的、流行的文化，可以在物理空间上找到共生方式，和睦相处。

◇◇◇

伦敦的地铁系统庞杂，每条线路都有代表自己故事的名字。但是初来者往往无暇顾及这些背景知识，只按照地图上的颜色分类。计划行程或者购买车票的时候，就用“我要红色线路上的一区往返票”之类简单的言语匆匆带过，各方人员也都能理解，不妨碍沟通。国王十字火车站很特殊，因为它是伦敦最繁忙的两条火车线的转乘车站，是我留学时宿舍附近火车站所属、贯穿伦敦南北的“黑色Northern线”和斜贯伦敦西南—东北、穿过商业中心的“深蓝色Piccadilly线”的唯一交界点。

2005年伦敦地铁遭遇恐怖袭击的时候，我有一个北大、伦敦政经双料师兄就在深蓝色的Piccadilly线的地铁里。

我念大四还没毕业的时候，在北大未名BBS的飞跃重洋讨论版和他聊过。就是他说过，我们当时热火朝天的准备：出国前的英语考试、申请学校、和教授“套辞”、准备材料、办理签证……种种辛苦和煎熬，都只是“飞跃重洋”的前奏，而出国之后的生活，“才是真正痛苦的开始”。现在回想起来，他这种并不给对方希望、不打鸡血的“安慰”，也许才是最有效地应对生活困难的方式。

当下跃跃欲试的毕业生，当然不能理解他这番话的深意，甚至作为“新师妹”，在自己落脚异国他乡的头几个月，也有这些留言板上认识的师兄照顾，并没有体会到什么辛苦。我到伦敦的时候，他已经从伦敦政经的金融系毕业，在投资银行找到工作，成为伦敦金融城里朝九晚五的黑西装之一。在我们“新生”眼里，他已经是一个“大人”。作为“前辈”，师兄请我去天使火车站附近的一家中餐自助吃一顿接风宴。虽然只是十几磅的自助餐，但那家餐厅给我的印象非常深刻，甚至成为我整个留学生涯中解馋解乡愁的首选地。不仅仅和同校的中国同学一起去那里大吃一顿蛋炒饭和烤鸡翅，在夏洛特和她男朋友来伦敦玩的时候，我也会带着他们坐上两个小时的红色双层巴士，以展示自己对伦敦“亲民中餐厅”的了解。

伦敦地铁被恐怖袭击的时间是早高峰，几处地铁站同时被炸弹袭击，但是我一觉醒来已经是中午，平安躲过了袭击。实际上，直到我走出宿舍准备去超市觅食，才发现已经封城，不但公共交通全部取消，宿舍楼门口也贴着告示，叫同学们不要上街走动。我转身回到宿舍楼的公共会客厅看电视新闻，才知道身处恐怖袭击中。在没有微博、推特、脸书的2005年，只有登录上msn，发现已经堆满了家人朋友们发来的未读信息。在给所有远方的亲人报备过平安之后，才顾上和同在伦敦的朋友们互通有无，询问彼此的情况。当问到这个师兄的时候，他和我说自己到现在还是惊魂未定，因为爆炸的时候，他正在被袭击的国王十字火车站。刚从Piccadilly线的火车走下来，还没来得及去往Northern线的月台，就听到背后巨大的爆炸声，吓得他头也不敢回就和所有人一起拼命往外跑。直到跑出火车站、来到地面上的时候，才发现自己脚后跟已经被炸伤，都是血。好在伦敦市政府的应急反应非常高效，他很快就得到救援，而那次引爆炸弹的恐怖分子，也都被自己身上捆绑的炸弹炸死在地铁里，不必担心被追上。

我听他讲自己的遇险经历，感觉平时在国际新闻里才会听说的恐怖事件就发生在身边，好像身处宇宙中心一样。一方面，恐惧感离自己很近，但另一方面，实际发生的地点又离自己很远。一直以来，这个师兄的人生脚步都走在我前面两年：他大四出国的时候，我上大二，正在考托福、雅思；我大四出国的时候，他正在写毕业论文、找工作；我终于飞跃重洋，开启留学生活的时候，他已经初入社会开始工作了……对于他来说的“当下”，仿佛就是我彼时的“将来”。从时间维度上来说，他的经历又带来一种宿命般的恐惧感，让人无处躲藏。就像他在BBS上跟我“预言”的那样，未来不是过去的延续，而是他走在前面的背影，有可能好，但更可能坏。

这种“我还年轻，你们已经老了”和“我已经老了，但总还有别人正年轻”的双重心情，我不知道要用什么样的语言来表达。其实，这种感情在当老师之后越来越强烈，甚至在写作的这些天，也常常会有这种处于阴阳两界“融合地带”的感觉。

好像“物质世界的现实”和“头脑中构建出来的现实”，是在平行线上越走越近的两个人，直到互相渗透、模糊边界……不知道这两个世界会不会真的融为一体，我也无法区分到底哪些是切身体验，哪些又是在想象中的经历，也许我会成为自己一直在寻找的那个作为“宾语的我”——无名指和小指上的两个me戒指，也从此合理。

总而言之，毕业季特有的悲壮青春和初跃重洋的忐忑懵懂，都在某一个时刻镶入到这个师兄的形象中。而他在伦敦地铁遭遇恐怖袭击的经历，和我虽然身在其中又置身事外的恍惚，又都被镶嵌到位于深蓝色的Piccadilly线和黑色的Northern线交叉点的国王十字车站里。然后，我和“张一帆们”，就约在这个真实与幻觉的边缘相会。

◇◇◇

在我们集合的头一天，张一帆的老公就给我们所有人在网上买好第二天去剑桥的往返车票。因为他们住的酒店离国王十字火车站很远，所以不能太早，买的是九点十五分的火车。我和俩豆七点从酒店出发，坐出租车到火车站，不慌不忙地在购票大厅的售票机上，用网络购票码兑换三张纸质的往返车票，再找到一家叫LEON的连锁咖啡店，边吃早餐边等他们出现。

燕麦粥和鸡蛋培根卷吃完、咖啡喝完，还是没有等到张一帆和她的朋友们。我们慢悠悠地往站台走，看到有很多人在排队。眺望队伍的开头，原来是哈利·波特里九又四分之三站台的半个推车。等着拍照的人好多，大家在设置好的隔离线内，站成弯弯曲曲的贪吃蛇，这是我留学时期没有见过的景象。

在小说里，这个通往霍格沃茨魔法学院的站台，只有收到猫头鹰投递的通知书的魔法师学生才能进入。他们每年9月1日推着自己的行李车直冲进墙壁里，从这个神奇的站台坐火车返校。所以说，在小说创造的世界里，我们凡人眼里的一面砖墙背后，有一整个魔幻世界，然而在现实中，十五年前这里还是供路人随便拍照的一处小布景，供匆匆赶车人群会心一笑的“小设计”。在众多推着行李车的行人背后，半个推车已经插入墙壁里，只露出推车的手柄和半截行李箱，不刻意寻找甚至还很容易错过。

如今这里竟然已经成为正儿八经的“打卡景点”：钻进墙壁里的半个推车旁边，有专业的摄影师负责拍照和出售照片，还有两个工作人员负责提供出租的霍格沃茨学院的魔法袍，和哈利·波特的红黄相间的长围巾。“景点”旁边还正经八百地开出一家规模相当的哈利·波特周边礼品店。据说这家店是2012年开始营业的，正在国王十字火车站第九和第十站台之间，是全世界第一家哈利·波特主题商店，每年迎来超过一百二十万的游客。于是，“想象空间”和“现实空间”再次合二为一，并且互相影响，构成一个复合世界，在女作家J.K·罗琳创造出的奇幻月台上。

◇◇◇

2007年，我和朋友在墨尔本第二次被抢劫之后，杰克英雄般地出现的那年，是我刚刚从抑郁症中活过来的时候，心里还有很多破洞，所以他的猛烈追求并没有触动我太多，甚至在第三天回到北京的时候，还有一个美国男朋友从机场接我回家。这个美国人叫艾伦，是我在欧盟驻华代表处工作时候认识的，是一个在北京工作的杂志摄影师。其实和他相识也纯属偶然。

我在欧盟驻华代表处的工作，是因为在伦敦政经学院的北京校友会活动中认识了欧盟发展合作参赞。他叫罗伯特，是伦敦政经20世纪80年代的校友，一个高大的左翼英国政客，高鼻梁、蓝眼睛和依稀保持的下颚线，让我猜想他年轻的时候应该挺帅的。随着了解的深入，我知道他老婆是尼日利亚总理的女儿，在非洲也是非常有名的左翼社会活动家。罗伯特在尼日利亚工作过，不知道是不是那个时候认识他老婆的。他们在北京期间生了两个儿子和一个小女儿，也都是长脸、高鼻子、黑皮肤、蓝眼睛的大美人。由于要长期在中国生活，欧盟委员会给参赞级别的官员支援贫困国家的补贴非常高，所以罗伯特家的三个孩子配了三个保姆，搞得三个黑人小孩说一口北京腔，就连说英文的时候都带中国口音。

也许是因为我在校友会活动中的发言引起他的注意，也许是我的扶贫经历和他的政治理念有所契合，也许只是想和年轻姑娘聊聊天……总之，他在校友会之后常常约我一起吃工作午餐。作为初出职场的年轻人，我那时候也很愿意跟着他去见识使馆区的好餐厅，顺便听他针对我的各种思维困境答疑解惑。

有一次他请我在使馆附近的西餐厅吃煎鸭胸。我们坐在餐厅中间一张阳光灿烂的小桌两端，他问我："为什么从伦敦政经留学回来，会选择在现在的扶贫机构工作？"

我说："就是想毕业以后报效社会，才回国做扶贫。"现在回想起来，就这么把话直白地讲出来，在他眼里肯定特别幼稚。但这是当下的真心话。

当然，我还是保留了部分隐情：因为抑郁症而成天想自杀的迷茫青年，总觉得自己的存在是世界的负担，只有在扶贫开发的工作中才能感觉自己没有给别人添麻烦，只有在秦岭大山沟里寻访、接触到贫困儿童的时候才能感觉到善良和爱，只有在田野中工作的时候，才能找到可以容忍自己存在在这个世界上的，微弱理由。

罗伯特那时正举起叉子，刚要放一块肉进嘴里，听到我的话，马上抬头说："You need a better platform then. You don' t have to be poor to help poor people.（那你需要一个更

好的平台。咱们也不是非要穷着自己才能帮助穷人。）”

也许是他的口腔已经准备好要迎接鸭肉，却临时改变任务突然要发音吐字，所以在念到英文“platform”的时候，口水直喷到我脸上。而我，正急切地揣摩他这话的弦外之音，所以也没好意思伸手擦。就这么任凭脸颊在太阳下亮晶晶地泛着吐沫星子的光，睁大眼睛等他下面的话。

果然，紧接着，他说可以在欧盟驻华代表处的合作发展部门给我一个工作机会，也就是说，他想让我辞去现在非政府扶贫机构的职位，到欧盟大使馆里来给他做秘书。后来我才知道，当时使馆里其实并没有这个职位，他是从自己办公室的预算里拨出一笔钱来私下给我支付工资的。

也正是这个从天而降的“馅饼”，让我有机会接触到很多高规格的中欧合作项目，包括去青海做三江源流域的自然环境保障项目、作为欧盟成员去工信部和商务部协商谈判、汶川地震之后作为欧盟各国代表参加救援重建工作，以及后来的中欧社保项目、气候变化高层对话……在那段短暂的工作经历中，我不但集中锻炼了项目管理能力，拓展了视野，也学习到很多外交手段，见识到欧盟委员会如何在二十七个成员国之间周旋协调。由于发展合作部门所管辖的项目涉及社会生活的方方面面，那段经验更锻炼了我快速学习不同领域知识的能力，为后来做咨询打下了基础。确实，这个“学长参赞”像他承诺的那样，带我走上一个更好的平台，尤其是引入欧盟经验的社保试点在全国展开之后，我真的感觉自己就是在为“让这个社会变得更好”而做贡献。

然而这个工作中最大的收获，实际上是近距离地观察罗伯特的外交本领。我甚至会偷偷记下他的英文句型，背下来再尝试运用到自己的场景中。比如，在提出自己观点之前总会先延续对方的话题给予认可，在矛盾冲突爆发前放慢谈判的节奏；在时间不允许的情况下，他也会在谈判中用一个简短的“True”开头，以便快速回应对方的观点；在不认同对方观点的时候，也不会直接指出对方的错误，而是委婉地“请对方指出自己的理解是否正确”，他会说“Do I understand it correctly that ……”；在遇到利益难以协调的情况下，试图用中性的语言提出可能的解决方案，他会说“It may be helpful to look at ……”

很快，我就意识到，外交官之所以能够在谈判的过程中优雅地将双方的分歧推进至最小范围，并且最终达成合作共识，是因为政治谈判总是建立在对于对方观点和视角完全尊重的基础上优雅地进行。

生活中，罗伯特也是一个善解人意、不介意自嘲的绅士，他总是悉心聆听并且关注对方的言论，从共事的同事、其他使馆的工作人员，到家里照顾孩子的保姆。令人印象很深的是，每当我说自己英文不足以准确表达脑子里的想法的时候，罗伯特都会鼓励我“试试看”，然后说他不介意花时间等我表达清楚，毕竟，他的中文比我的英文差多了。

就在这样“润物细无声”的套路中，周围人就不知不觉地，因为收到（或许是渴望已久的）尊重和理解，从而妥协，甚至放弃一些“曾经坚持、但现在感觉无关紧要”的东西。罗伯特也就总能得到他想要的东西。

有一次他带我去参加一场酒会，出席的嘉宾里还包括他的几个私人朋友和一起做项目的工作人员，其中就有负责市场宣传的艾伦。他那时候给瑞士荣格公司的中文版《TimeOut》杂志工作，负责拍摄介绍北京的娱乐生活。也许因为是朋友的朋友，艾伦承接到我们社保项目的宣传业务，也就应邀出席了这次酒会。但是这个美国哥们儿像我一样，在一群欧洲政客中间显得有点格格不入，于是我们就聊起来。就在我和艾伦正在谈论雍和宫旁边的国子监地区，是“下一个荷花市场”，会成为年轻人新的聚集地的时候，罗伯特有点醉醺醺地走过来。也不知道他是不是在酒精的作用下用力过度，我刚想转头看他，整个人就被拉扯过去跌倒在他怀里。罗伯特顺势低下头，在我耳边轻轻地说：“做我的女朋友吧。”

“但是你已经结婚了啊？”这个提议太突然，我完全没有准备。

“你也可以做我的秘密女朋友啊……”

我现在还记得自己双手撑住他的胸前，努力和他保持距离，试图分辨他到底是被酒精迷惑，还是借酒精壮胆。尴尬地沉默几秒钟之后，罗伯特才微笑着松手，依旧保持着外交官特有的优雅姿态。

不知道是不是潜意识里在反抗刚刚发生的事，或是仅仅为了逃避尴尬的现实，我很快就拉着艾伦离开酒会现场，并且最终变成他的女朋友。

几天后，我从欧盟辞职，在一家美国咨询公司找到公共政策咨询的工作。之后的故事就是之前提到过的：我利用两个工作之间的空闲到澳大利亚旅行，然后遭遇抢劫、遇到杰克，再然后返回北京。

一出机场门口，就看到艾伦穿着黑色长风衣站在路边等我。他看到我走出来，立刻跑过来给我一个满满的拥抱。美国人的表达方式真直接，不像英国人那么耐心地培养、酝酿，直到某天晚上酒过三巡才亮出底牌。

“我自己可以打车回家，其实你在我家等我就好了，干嘛非到机场来呢？”我故意问他。

“我想早点见到你。”艾伦说。

我们坐上出租车的时候，他掏出单反相机，正儿八经地给我拍了一张照片。“我刚下飞机，也没有梳妆打扮，为什么要在这个时候拍我？”“我想记住你所有的样子，”他一边说一边看相机，“和你在一起很舒服。”我也伸过头去看看他相机里的照片小样，对他相机里的自己很满意。其实我心里知道，让他来接我是一个错误。因为事情从来都不是他想的那样，只不过也没有必要戳穿什么。本来，我们就是各自生活在各自现实里的动物，偶尔在物理空间上的交会重合，就是缘分了。

心理学中，关于成人亲密关系有三种人格分类：安全型、焦虑型、回避型。安全型的人格在恋爱中表现得温柔体贴，在相处中不但可以顺利地分享喜悦和失败，也可以在对方需要的时候提供有效的支持；焦虑型的人格在恋爱中则表现得非常粘人，顾名思义是在亲密关系中没有安全感的人，对于对方的情绪波动非常敏感，也容易情绪低落，偶尔做出让自己后悔的行为；回避型的人格则更倾向于在亲密关系中保持独立性和自我价值感，难以对伴侣完全敞开心扉，也对于伴侣的控制欲和情绪波动保有高度的警惕。

安全型、可以自洽的伴侣，显然是现实生活中每个人都向往的类型（且不提影视文化作品中对于浪漫爱情如何塑造，但这又是另一个话题了）。可惜，荒唐的现实则是，焦虑型的人常常被回避型的人格吸引。于是就有现实生活中，那么多在痛苦中陶醉的爱情故事，以及那么多难以逃离的挚爱情长。

那些看似热衷于“挑战不可能”，容易被“得不到”吸引的人，实际上正是只敢从门缝里窥探爱情密室的小可怜。宁愿投身于一段明显不健康的亲密关系中，由自己完全掌控一部悲剧，然后把责任推卸给无法改变的客观原因上，也不敢放任一个可能的完美情节自然发展。承担“人心随时可能改变”的风险，需要更大的、直面自己失误的勇气。因为这个可能的情节一旦没有达到完美的彼岸，失败的结局就只能由当事人来承担，而无法归咎于其他因素。所以说，什么飞蛾扑火，什么为爱得轰轰烈烈而奋不顾身，什么在爱中痛苦而美丽……是爱里的软骨病而已。

◇◇◇

刚从墨尔本回到北京的那天晚上，杰克从九千公里外的南半球发信息问我是不是安全抵达。我躺在工体南门出租房的双人床上，看看身边熟睡的艾伦，把手机屏幕翻过去扣在桌子上，没有想法，也没有回复。

不过在国王十字火车站等张一帆的时候，我可是把手机紧紧攥在手里，生怕错过她的信息。随着时间距离发车时间越来越近，张一帆们依然没有出现。他们能和我们坐同一班火车的希望也逐渐渺茫，但是我心里并没有受伤。

孩子们在哈利·波特礼品店里各自挑选过玩具和纪念品之

后，已经到了不得不下到月台的时间。由于在外面晃得太久，当我们最后一分钟跳上火车的时候，都没有办法找到连在一起的座位。好在姐姐并不介意，自己抱着一本书坐到走廊斜对面的位置上，我和妹妹就面对着两位男士坐下。虽然隔着一张小桌，但是这两个大男人都穿着层层叠叠的西装，抱着厚重的文件箱，尤其看到我和乐豆准备在对面坐下，还有礼貌地往座椅里面挪一挪屁股，好让桌下的四条腿往回缩一缩，给我们腾出更多的空间。我也不由自主地替他们感觉拥挤，抱歉地冲他俩笑笑。

这是我第四次坐这趟往返于伦敦和剑桥的火车。最早和剑桥建立起某种情感上的联系，是上大学的时候和姚顺雨师兄一起接待剑桥考古教授玛莎。在陪同玛莎去山西和陕西一带做田野调查的过程中，我和姚顺雨师兄也逐渐熟悉起来。仿佛我们之间的恋爱故事，是以剑桥和考古作为背景的。

◇◇◇

第一次坐这趟火车，是刚到英国的时候，和英语课程的同学们一起参加学校出游活动。想来那时候的我们，又土又单纯，就和在澳大利亚被我带去堪培拉参观的小留学生们一样，对于什么都充满好奇，又急切地想要知道自己生命的轨迹将要铺向何方。寻思着自己接下来几年会经历哪些里程碑、追寻什么价值和意义，所以连照片中的面孔上都透露出一种淡淡的愚蠢表情。

20世纪初，英国哲学家艾伦·沃兹说过，我们一直以来都错误地把人生比喻成一段旅程，好像我们真的要去哪儿一样。实际上，人生更类似音乐，因为音乐是没有目标和结果的。不然，评判世界上最好指挥家的标准，就成了最快演奏完乐曲的那个，所有的作曲家都只创作终结小节，而我们去音乐厅也只是为了听到交响曲最后几个“咣咣咣”的结束音吗？

他说：“It was a musical thing and you were supposed to sing or dance while the music was being played.（人生是类似音乐的东西，而当音乐响起来的时候，你应该唱歌跳舞。）”

后来，另一个英国哲学家阿兰·德波顿将这个比喻进一步演化，甚至强调“the importance of dancing list an idiot（像白痴一样跳舞的重要性）”。因为阿兰·德波顿是生活在我们这个时代的思想家，他敏锐地察觉到，我们中间大多数人正是因为追求“理性的自我”而导致了难以言喻的孤独感。

是啊，在我们这个学术成就至上的时代里，“科学”已经取代了“宗教”，“理性”取代了“冲动”，“每个人都可以通过努力奋斗获得成功”的口号取代了“上帝”“宿命”和“身份的标签”带来的慰藉……

在我们努力将自己培养成为“神”的过程中，谁的内心不孤独呢？有一个拉丁词，专门形容古希腊酒神狄奥尼索斯祭祀狂欢中的舞蹈，叫作ecstatic。ec-作为前缀，是“离开”的意思，而后面的-static则是“立场”的意思，大概就是我们现在说的“人设”。所以，抛开紧绷的自我意识，愉快地脱离“人设”“身份”“标签”，像“大白痴一样群魔乱舞”，是古希腊文明留给所有人类的智慧。

当音乐响起来的时候，就让我们沉浸在愚蠢中，抛开正经、优雅、严肃的身份，共同为人，再次成为一个共同体。归根结底，从前、现在、将来——自古以来，我们就都是一个不可理喻的生物群体。早在19世纪，德国哲学家尼采就说过："I would believe ONLY in a God who could dance.（我只可能相信那个会跳舞的上帝。）"

他也早就站在"愚蠢"这边。

第二次坐这趟火车，是我一个人去剑桥找玛莎。她带我参观剑桥的考古系，看她的办公室，请我吃Pizza Express。那是我第一次发现，英国人是用刀叉吃比萨的，而且一个人可以吃一整张，并不像《老友记》里演的那样，一群朋友围在一张巨大的比萨周围，每个人伸手拿起一角，轻轻地抖动着把宽边的两个饼角微微对折上翘，一边往外扯一边兜住里面满满的半融化的芝士。然后像要张开嘴接雨水一样，张开嘴把拉丝的芝士最大程度地收纳进口腔里咀嚼。然后还总是急着要说话，就匆忙用手指微微抹一抹嘴角的油光，开始下一段台词。

英国的餐厅比较稳重，烤好的比萨饼并不会被滚轮刀片切成几个三角形，而是由吃饭的人手持刀叉切成适合各自口腔大小的分量。所以在吃饼的过程中，不需要扯动面部表情，便可以悠然自得地边吃边聊。十五年前的玛莎，看上去是一个瘦高友善的老太太，依然轻松地一个人吃掉一整张饼。

午饭之后，她带我参观了办公室。虽然考古系在中国是文科，但是在很多西方大学里都属于科学领域，尤其是玛莎研究的方向是马骨骼，办公室里很多照片和标本，虽然我从来没见过，但我想如果动画片里有女科学家的话，应该就是她的样子。除了标本和简单的实验设备，她的办公室还堆满了书，从书架到书桌到地上，还有成堆的文章。

从教学楼走出来，玛莎又请我去她家喝茶。她在剑桥的家在一座联排别墅的顶楼，从底层的黑木门进入，走上狭窄的楼梯，连上三层，打开一扇门，再继续走一段拐着弯的台阶，就到她租住的房间。

我很惊讶，一个世界著名大学的教授居然住在这样拥挤的阁楼。房间依然堆满书，就连门口拐弯的台阶上都摆着书，我就认识一本达尔文的《物种起源》。然后想到达尔文也是剑桥毕业的，然后就想到牛顿也是剑桥的，然后又想到诗人拜伦、霍金、罗素、伏尔泰、图灵……很难以想象在脚下这块弹丸之地，居然汇聚过这么多天才精英。而眼前这间小小的阁楼里，居然住着这么一个做考古的单身老太太。

我大三陪玛莎下田野之后，曾经咨询过我们考古系任课老师的意见：可不可以请玛莎帮我写推荐信去剑桥读书？

北大的老师并没有鼓励我这么做，他说："你并不知道她在剑桥是什么状况，也许有的导师看到是她推荐的学生会特意避开不要。"

我当时并没有理解国内老师的意思，现在真的在剑桥看到她的工作生活状况，似乎有点明白其中的原因。

第三次往返伦敦和剑桥，是来找夏洛特玩。在学校的时候，我们几乎一起做所有申请留学的手续：一起在俞敏洪的新东方读英语补习班，一起考雅思考托福，一起写个人陈述，一起到北大红楼办理成绩单，一起投递申请。后来，她来到剑桥读博物馆专业，我到伦敦政经读人类学。

我7月份先到伦敦读一个月的语言课程，夏洛特则是赶在9月1号开学之前才去剑桥报道，所以头两个月我都没有她的陪伴。等到她来英国以后，我们几乎每天都在电脑上视频通话，直到有一天她告诉我，遇到一个剑桥考古系的交流学者，是个北京人。我们就叫他“北京男”。

听到消息的周末，我赶去剑桥找他们。然后我们三个人就在剑河上撑船，因为都是第一次持杆，左边戳一下、右边戳一下，小木船就在河面上写下许许多多的Z字符。甚至几次要撞上迎面撑来的船，惹得各个船上的年轻人都大呼小叫，然后大笑着向对面船上的人举起啤酒瓶共饮。

在大学的时候，夏洛特都是和女孩子交往的。“北京男”是夏洛特的第一个男性恋人，所以之后的很多场合里，都会有人问她，到底是和女人在一起比较好，还是和男人在一起比较好？如果“北京男”在场，夏洛特就会说和男人在一起比较好。但是直到十几年后的今天，她和她的女朋友们还保持着联系，常常和我们说起“那些花儿”的现状；而“北京男”已经从我们的生活里彻底消失了。

从伦敦毕业回北京之后的几年里，我也交往过一个女朋友。那时候这个人已经决定离开北京，去同性恋婚姻合法化的国家定居，所以我就再一次愉快地投入其中。那是带有计时器、注定失败的感情——而我正是软骨病人之一。我和她在工体南门的家里，肆无忌惮地雕刻出最开心的一小段时光。

她说我可以再找个更好的恋人，因为她不会留在我身边，不论如何，她都要到那个自由的国度去。“哪怕天天吃方便面，我也要有一套自己的房子，然后在院子里务农、种菜。”她说完没多久就离开了，和我们预期的一样。

但直到现在，我们也还在社交网络上默默关注着对方，那时候的愿望好像也都已经实现，不知道是不是女人们的梦想比较容易成真。

◇◇◇

如今第四次坐上从伦敦到剑桥的火车，本是要配合张一帆和朋友们的旅行计划而定的九点十五分的火车，但最终还是在火车启动的时候与愿望失之交臂。我收到信息，说她们没有赶上车，让我带孩子们先去，她们会坐一个小时之后的火车抵达。

看完信息，我也并没有什么感觉，仿佛是应该发生的一样。把手机收回到书包里的时候，听见对面的两个黑西装问我：“你们是澳大利亚人吗？”

此时，我们已经经历过几次被听出澳大利亚口音，所以很坦然地和他们聊起来。

这两个人在伦敦和剑桥两处有房子，周末在伦敦和家人团聚，周一再回到剑桥上班。其中一个说他的女儿在墨尔本生活，目前在咖啡馆里打工，他和妻子都希望有一天女儿可以上个大学，再找一份更稳定的工作。另外一个说他刚从墨尔本皇家医院做交流回来，帮助医院新落成的癌症中心建立剑桥医院同款的电脑数据系统。

墨尔本皇家医院的癌症中心，就盖在墨尔本大学旁边。我在墨大念书的时候常常在它对面的“斑点”教学楼上课，所以很熟悉这个医生黑西装描述的场景，包括癌症中心流线型的建筑、伊丽莎白街中心三角形的安全岛和四通八达的电车线路。

在伦敦开往剑桥的火车上，和两个萍水相逢的旅客大叔，谈起一万七千公里外的共同经历，让我又有孙悟空跳不出如来佛手掌的感觉。

此时，另一队从一万七千公里外的墨尔本来的人马，正手忙脚乱地赶往国王十字火车站。他们在同样的空间坐标上，和我们的背影相隔一个小时。

Day 11

Day

11

风风火火逛剑桥

九点的早班火车是快车，不到一个小时就抵达剑桥火车站。两个黑西装有礼貌地和我们道别，之后赶在人潮里前锋的位置匆匆离开。我和俩豆并没有特别着急的行程安排，就跟在队伍的尾巴做后卫，慢悠悠地往“Way Out”出口标志走。路过月台咖啡窗口的时候，甚至还停下来每人买一杯热巧克力，一点也没有追赶人群的动力。

然后我们还在火车站门口和站牌合影。两个女儿站在阳光里一边聊天，一边慢慢地把巧克力喝完，等着我把母女三人的照片放到美图秀秀App里修图：瘦一瘦脸，放大眼睛，再加一层愉快的滤镜。

我认识一个在北京开火锅店的老板娘，从二十岁出头就很注重保养，也善用医美，割双眼皮、开眼角、文眉文眼线、打瘦脸针、雕塑一个可爱的小翘鼻头，等等。有一次我回北京，和夏洛特、媛媛、舒小红一起去她家火锅店吃饭。发现她就连和我们聊天的时候，也不时会拿出美颜相机来看看自己。

我们嘲笑她生活在“美颜的世界”里。

这姐们儿也很随和地笑说：“可不是嘛！很久没照镜子了！我连补妆都打开美颜相机，用自拍镜头看自己。”

这个姐们儿曾经和黑社会的大哥在一起，然后大哥就给她的火锅店派了保镖，驱赶了妄图来收保护费的地头蛇。

后来听说，她已经和大哥分手，收掉火锅店，和保镖一起，在京郊买了个小庄园，养羊驼、打网球、过“安稳日子”，被宠成小公主——女人们的梦想果然比较容易成真。

◇◇◇

我们在剑桥的第一站，是它的艺术史博物馆，叫菲茨·威廉博物馆，极负盛名，号称剑桥的“小大英”，是不需要像大英博物馆那样提前排队和突破重围，又可以看到传世珍品的好去处。就浏览体验来说，来逛这个菲茨·威廉博物馆绝对比去大英博物馆更能让人沉浸到艺术史的奇幻世界里。

博物馆的建立者菲茨·威廉，是18世纪的剑桥大学毕业生，从商人祖父那里继承到一大批17世纪荷兰绘画和大量的更早期的版画作品，加上菲茨·威廉自己喜爱音乐，游历西班牙、意大利和法国时收集到大量的手抄和古董乐谱，最终出资十万英镑在剑桥建立了这间博物馆，并且在遗嘱中把它送给母校。

19世纪，博物馆所获得的捐赠越来越多，就在原来的新古典主义风格建筑的南部扩建。20世纪，又在原有建筑的基础上完成两次扩建，藏品也逐渐丰满，最终形成完整的藏品体系，从古代埃及、两河流域、古希腊罗马，到中世纪、文艺复兴，再到西方近现代艺术作品，甚至还开设了一个独立的中国艺术品展厅。那里的陈列品也展示着包括新时期陶器、春秋战国时期青铜器、元明清瓷器等等完整的东方文明谱系，让人印象深刻。

有人说菲茨·威廉博物馆是剑桥大学的荣耀。从建馆至今的二百年间，通过校友和私人收藏家的捐赠、遗赠和购买，不断扩充和完善的藏品体系，加之与剑桥的知名学者和贵族学生之间的互动关系，使得这座博物馆在英国逐渐成为真正意义上面对大众的公共文化空间。

剑桥大学毕业的另一位哲学和科学大师弗朗西斯·培根（提出“知识就是力量”的那个人）就说过：只有“空闲的、完整的人”才有机会成为社会顶层。因为这样的人，有可以进行与金钱无关的思考的闲暇时光和精力，也不必依靠他人，在经济上和生活上都完整和自主。这也可以说是剑桥学院风格的一个侧影：有头脑，同时钱包满满的哲学家们的聚集地。

菲茨·威廉博物馆的发展史，不但通过展品展示着世界艺术史的重要线索，也是英国近两百年来博物收藏的演变史，更是英国社会对于“贵族”不断修正和定义的过程。可以想象，一代又一代的校友，从剑桥大学中成长、完善，走向社会生活的各个领域，成为送别中世纪宗教思想、开创新人文主义时代的领军人物。

我和孩子们从火车站前广场打车，到博物馆南门下车，步行进入博物馆的庭院中。迎面而来的，是一件户外装置作品。横卧在草坪上的青铜雕塑，由很多线条扭曲而成，远远看过去像是镂空的花蕾正含苞欲放，走近看又像是弹簧微微开启的捕鼠器。中间放着一个青铜圆筒，横躺在草丛里露出内部的空腔。

妹妹乐豆顺手就把随身携带的玩具布偶摆在里面。那是我们在V&A买的蟹籽寿司布偶，她从那天起就随身携带。这个蟹籽寿司已经和我们一起登上过碎片大厦的顶层观景台、伦敦塔的城墙和泰特现代艺术馆的阳台。

寿司布偶是人格化的设计，全身被黑色的海苔包裹，头顶着橘色的圆球蟹籽，露出白米饭的圆屁股，被妹妹安稳地摆进圆筒的口沿里，两条小黑腿从海苔下部边缘伸出来，挂在青铜圆筒口的外面，一副怡然自得的样子。

姐妹俩嬉笑着，各自坐到圆筒两侧的青铜环上，和蟹籽寿司玩偶一起，假装在荡秋千。我赶紧拿出手机给她们三个拍照。妹妹一只手比个V，另一只手里还抓着刚才在火车站小卖部买的布朗尼蛋糕。

顺着院墙往北不远就是菲茨·威廉最初建设的主楼。由两个石狮子把守一段窄小的台阶，走上去，才发现右手边的黑色镶金铁栅栏门才是博物馆的正门（我们下车太早了），左手边是通往殿堂内部的玻璃旋转门。抬头看，原来我们已经站在巨大的罗马柱撑起的挑高前台。

从旋转门转入馆内，立刻被巨大的石阶震撼，从两侧到四壁到穹顶，摆满各式大理石雕塑、半身像、头像，每张脸的表情都不同，我们的眼睛都不够用。我给张一帆发信息，让他们不要有压力，慢慢来。因为在这样的博物馆里等人，根本不必着急。

前台发给两个小闺女一人一个儿童活动包，里面有填色游戏、手工材料、画纸和笔。她们就开开心心地各自搬着高脚马扎，找到自己喜欢的艺术品临摹起来。两个小人物坐在马扎里，屁股陷进悬空的椅面里，两只脚缩起来，让膝头上摆的画板尽量保持平稳，然后就弓起背低下头画画。从展厅的一端望过去，就看到两个小肉团悬在空中。偶尔有其他的参观者路过，看见她俩团在椅子上认真画画的样子，也露出笑容来。

看她们俩专注起来，我便放心地独自往下一个展厅走去，那里都是中世纪的艺术作品，里面有很多意大利佛罗伦萨的宗教油画作品。引起我关注和好奇的，是这些油画里的婴儿都特别丑。我惊讶，然后仔细地、从一件一件的作品中寻找所有的婴儿形象：从油画，到雕塑，到壁画，甚至是彩色花窗玻璃，圣母玛利亚怀里都抱着生无可恋脸的婴儿基督，而且神情姿态各异，简直不是一个丑字可以形容得来。连偶尔望向观众的玛利亚，看上去也不怎么开心。

亲爱的读者，写到这里，我急切地想敦促你去搜索一下《为什么中世纪油画中的婴儿像猥琐大叔》这篇文章。因为我在展厅里观察这些"丑孩子"时感受到的欢乐，实在无法用文字语言来表述！必须在你看过这些满口牙齿、秃顶、与观众怒目而视的婴儿，以及他们面色阴沉的母亲之后，咱们才能继续交流。

正像你在维基百科中读到的那样，"中世纪艺术的起源是罗马帝国的艺术传统和早期基督教艺术的图像学传统"，专指西罗马帝国灭亡后到文艺复兴前大概一千年间的艺术作品，而我所在的这个展厅里收集的都是文艺复兴早期佛罗伦萨的作品。

有一种比较普遍的观点认为，狭义的文艺复兴正是从意大利的佛罗伦萨开始辐射向整个欧洲的，而佛罗伦萨美术学院也培养出无数大师，包括达·芬奇、米开朗基罗，还有"西方油画之父"提香，甚至科学革命的领军人物伽利略也曾经在这里任教，主讲透视法和明暗搭配。

将展厅里奇形怪状的宗教油画，与文艺复兴时期写实、美化的艺术作品联系起来，就不难发现佛罗伦萨学派对欧洲，甚至世界艺术传统的扭转力之大，彻底改变了我们所有人的审美观，也彻底改变了“艺术”的社会功能。那时候的艺术作品，是宣传宗教理念的工具，往往是由教会出资创作，为描述传统而做，所以反映现实完全不在创作意图之中。到文艺复兴运动之后，艺术作品中的婴儿才变成现在的可爱模样，浪漫主义的思潮盛行，让人们更追求自然、原生的美，“为创作而创作”的艺术理念也引领我们从此走上一条“浪漫，却烦恼”的现代之路。

在逐一观察过展厅中所有的受难母子之后，我满怀欣喜地走回到孩子们所在的瓷器、玻璃器和珐琅器展厅，看到她们还保持着高脚椅子上“悬浮着的小肉团”模样。与两百年前的英国、意大利的学生们一样，她们也成长于新秩序重组的时代——也许我们每一代人都觉得自己生活在变革的时代，但今年真的不同——我并不能预测二十年后迎接她们的是怎样的世界，更无法决定她们需要接受怎样的教育，才能适应那个新世界。但我对于培根所说的“空闲的、完整的人”依然深信不疑，因此希望她们这种“舒服地与自己的想象力独处”的时光可以被无限拉长。

孩子们画完画，又按照博物馆特制的儿童地图的说明，做了几个寻宝游戏。一直到我们穿过兵器展厅和中国艺术史展示区域，逛进礼品店之后，才收到张一帆的信息，说他们已经到博物馆门口。

我们拎着新买的撑船小黄鸭走出博物馆正门，果然看到一大队中国人马浩浩荡荡地走进庭院来。除了张一帆夫妻俩推着他们只有四岁的儿子，还有一家常驻加拿大的朋友，是夫妻俩带着两个和俩豆差不多年纪的儿子，还有她荷兰的朋友姐妹两个人。

她们一行人走起路来左顾右盼，一会三个男孩子跑向不同的方向，一会几个女人走进路边商场。这样的集体旅行听上去特别温暖，但实际行动起来，不是等这个，就是找那个，进展非常缓慢，恐怕要到晚上才能把想去的景点都逛完。所以，在我们耐着性子、四个家庭共同走完主街、在国王学院门口拍个合影之后，我就提出要去吃饭，然后准备带两个孩子去剑河上乘船。张一帆他们在要不要去剑河上坐船无法达成统一意见，于是决定分头行动：张一帆一家和我们吃午饭，另外两家人准备去逛街，午饭后他们三家会合游览，我带孩子们再去游剑河。

这种似近非远的人际关系让我觉得舒服：虽然在同一个地方游览，但彼此都能接受他人的不合拍。并没有要刻意统一步伐，也就没有压力。每个人都能去自己想去的地方，做自己想做的事情。在可以交会的时空中轻松地相聚，在分道扬镳的时候也可以愉快地挥别，我觉得这是"朋友们一起旅行"的最高境界。

我学当初玛莎教授的样子，带张一帆一家人去的是剑桥的Pizza Express餐厅，选在它家位于7A Jesus Lane的高端分店。那是一栋博物馆主楼那样的白色新罗马式建筑，叫Grant Pitt Club。餐厅门口并没有任何Pizza Express连锁店的标示，低调地开着门。我引着大家走上大理石台阶，大堂里摆着一张供等座的客人休息的红沙发，这是一个开辟在楼梯下的钢琴酒吧区域。绕过楼梯，可以看到两片用餐区域，都采用传统的英式内饰风格，一间蓝绿色调的阳光房，一间是原木色的图书馆风格餐室。

我们选在阳光房的一张大桌坐下来，把三个孩子和男人放在一起互相牵制吸引力，我和张一帆各自点一杯橘子味的鸡尾酒，慵懒地将两只胳膊都放在凉爽的大理石桌面上边喝边聊，让人想起结婚前在三里屯的时候。初夏时节，身上刚开始微微出汗的日子，我和姐妹们坐在“元素餐厅”的露台，在巨大的麻布太阳伞下摆几杯鸡尾酒，也没有什么特别的话题要讨论，只是自在地聊闲话。

◇◇◇

张一帆和我一样，常驻墨尔本，是在私立学校教高中汉语的老师，是个热心的沈阳姑娘。在海外日校工作的中国老师，处境常常很尴尬，让我回想起在欧盟代表欧洲委员会参加和中国政府谈判的感觉——被夹在利益双方的中间。我们很容易成为国际学生亲近的对象，工作中也往往要一边顾及中国家长和中国学生的特殊情况，另一边又要顾及学校的利益和规章制度；一方面想要推广中文教学、精进澳式教学方案，另一方面又需要互相借鉴与西人校领导沟通的经验技巧。我们几个年龄相仿的中文老师常常聚在一起讨论，关系也就越来越近，感觉像是在异国他乡里找到一个惺惺相惜的小圈子，每个人都很珍惜这份友情。

我最初是因为资深中文老师的介绍，才去墨尔本大学读教育学硕士、进入老师行业的。找到的第一份工作虽然是英语老师，但在学校的安排下，第二年就在高中给十一年级、十二年级留学生开设中文母语课程。之后又通过北京大学墨尔本校友会，认识了已经是资深高考负责人的校友，“师兄老师”和“师姐老师”。他们夫妻二人都投身于中文教学二十几年，提携、帮助过很多有能力的年轻老师在各自的学校开设中文专业，才有今天维多利亚州中文教学遍地开花的景象。所以在教学的初期，我常常会打电话和几位前辈老师请教问题，在教学过程中颇有点“带资进组、备受照顾”的感觉。

因为出国前没有教过书，没有对比，也没有习惯，所以在澳大利亚当老师之后，没有什么职业上的条条框框限制，反倒成为一种优势。在教学风格上，我也难免受到墨尔本大学教育学院的影响，乐于搞课堂活动、和学生们打成一片，也不介意坦诚承认自己知识的盲区，甚至勇于向学生道歉。在教学的头三年里，我接触的都是在澳大利亚留学的国际学生，虽然也有日本、韩国、泰国和越南的学生，但仍然以中国学生为主体。所以在中文母语课程的教学中，虽然我可能比学生更理解教学大纲和高考意图，但是毕竟离开母语环境的时间太长，偶尔在课上提笔忘字、词不达意，也都能以自嘲的方式化解。也许正是这样的“弄巧成拙”，才给孩子们营造出一种“大家都允许犯错”的课堂气氛，更有助于孩子们自主学习。因为在我们的课堂上表达思想，是安全和愉快的。但另一方面，也是因为同样的原因，让我在刚开始教书的四五年里，要花很多心思把握和学生的“距离”。在维护师道尊严和亲切到让学生愿意和老师袒露心声之间，小心翼翼地把持分寸。和小圈子里的老师朋友们聊一聊，发现大家都有同样的困扰。

◇◇◇

张一帆和她的朋友们并没有时间逛这个“小大英”博物馆，我们就在庭院里集结，然后浩浩荡荡地踏上下一段旅程——生命不是一段旅程、没有什么目的地，并不代表生活不会带你踏上旅途。从我第一次跟妈妈下江南的那次毕业旅行开始，周围的人就教给我要“感受旅途”的道理。大一和男友去云南玩的时候，他带着一个崭新的笔记本，我从前面开始每天写一篇，他从后面开始每天写一篇。可惜那个本子太厚，到旅途结束的时候，我们的日记也没有能在中间一页重合到一起。

再往后的每一次旅行，不论是多人同行或者千里单骥，几乎都是新恋情的开始。旅行就像是我想要摆脱无聊的时候给自己变的魔法，回头看来，倒更像个诅咒。于是我就想，“远走他乡”到底让一个人的身心发生了什么变化？我为什么必须要在跳出正常生活轨迹的时候才能短暂地敞开心扉？或许，这也是一种“不可得”。

当整场音乐会出现一段叙述性的乐章，听众的心也和演奏者一起飘向某一个地方。也许是山顶上的青梅煮酒，也许是海平面上的展翅翱翔，也许是暴风骤雨，也许是童话森林……总而言之，是脱离着肉身的束缚，突破物质的局限，思绪从椅子上飞离，离开音乐厅的穹顶，脱离这条街道、这个城市、这个国家，去到一个没有政治界限的地方去。我借由旅途，把自己扔到这种带有时间限制的客观情境中，就好像在舞台中央打开的心，会暂时带走整个乐队的重量；在协奏曲中，与乐队对立的、孤独的钢琴，好像就可以仅仅因为自己的不同而骄傲。然后回到“正常的生活”，重新扮演乐队，又要默默地回想起当钢琴的日子，以至于把这段回忆美化成青春热血的模样。

最终，无论故事如何展开，环境如何变化，还是要曲终人散。我们的思绪，在随音乐响起再停止的过程中，总还是要回到音乐厅里端坐着的、那个日渐衰老的身体里来的。“离家出走”或者“背井离乡”，都不是告别。德国哲学家马丁·海德格尔曾经提出过著名的“向死而生”。这是一个常常为人误解的金句，如果理解成他想说人类对于死亡的恐惧误导我们对生活绝望（就好像绝望有个方向一样），就完全背离了他的主张。也许海德格尔的《存在与时间》是20世纪最难理解的哲学著作，但是就像古希腊的斯多葛学派一样，海德格尔给我们三个非常重要的概念——“存在”“死亡”“真实性”，旨在激励我们积极地生活。他叫我们不要忘记自己存在的现实，尽管万事万物都互相关联，社会舆论、媒体、流行文化不断地影响着我们的生活方式，但最终的死亡，只有我们一个人能经历。所以“向死而生”是对于生命真实性的解放：我们如果必须自己赴死，那么也应该为自己而活。

“何必为生活中的某些片段哭泣？君不见整个人生都是泪水”——在哲学家塞内卡被自己的学生兼暴君逼迫自杀之前，告诫妻儿的这句话之后，海德格尔恐怕还会加上一句：“所以就不要太在意大众的看法，尽情地做自己想做的事情吧。”

◇◇◇

那天下午，我带着孩子们坐船逛完剑桥就提前回伦敦。返程的时候，还遇到张一帆和她的朋友们热热闹闹的一大群人正往码头走，原来是她们没有搞清楚要怎么买船票才最划算，一直下不了决心花这个“冤枉钱”。遇到我们坐完船，又再次确认是不是值得一游，听到强烈推荐之后才最终决定给几家老小都买票坐船。那时候已经是下午四点多，我因为想在天黑前回到酒店，就和她们拍过几张合影之后道别，独自带着孩子们坐火车回伦敦。

芸豆和乐豆一路上和对面同行的旅客聊天，而我打不起精神来和陌生人应酬，一路都在想舒小红。再次确认她才是我此行来伦敦最想花时间相处的朋友，决定明天邀请她来酒店一起吃晚饭。

回到酒店的时候是七点多，走进客厅，看到窗外的泰晤士河面上铺满鲜红的晚霞。就这种点到为止的剑桥一日游，归来依然感觉疲惫，我打开手机点外卖，母女三人坐在客厅的落地窗前，喝着小菊茶看漫天夕阳的变化。酒店在河北岸，客厅面向南岸，所以从市政大楼到碎片大厦，通体玻璃幕墙的现代建筑是我们正对面的风景。整排建筑背后升起流水般的云彩，被夕阳映得通红，好像玻璃墩子们一个个怒发冲冠，又好像炊烟袅袅。

想起小学课本里收录的《火烧云》："天上的云从西边一直烧到东边，红彤彤的，好像是天空着了火。"其实一直到毕业后很久才明白过来，这是萧红《呼兰河传》中的片段。因为这是小学四年级的课本选文，那时候正赶上一个不太受欢迎的新老师来教语文课，常常骂我们笨得像猪。所以课文除了题目，内容一句也不记得，也无法理解这篇课文的"深意"，以至于到后来，每次看到墨尔本家门前的夕阳和云朵，都不确定这是不是萧红所说的"火烧云"。轮到我自己在澳大利亚的高中里教中文的时候，常常带学生们看《黄金时代》这部电影，讲萧红和萧军的故事，又去找《呼兰河传》的原文来看，才发现萧红写得真好：

晚饭过后，火烧云上来了。霞光照得小孩子的脸红红的。大白狗变成红的了，红公鸡变成金的了。黑母鸡变成紫檀色的了。喂猪的老头儿在墙根靠着，笑盈盈地看着他的两头小白猪变成小金猪了。他刚想说："他妈的你们也变了……"旁边走来个乘凉的人对他说："您老人家必要高寿，您老是金胡子了。"

天上的云从西边一直烧到东边，红彤彤的，好像是天空着了火。

这地方的火烧云变化极多，一会儿红彤彤的，一会儿金灿灿的，一会儿半紫半黄，一会儿半灰半百合色。葡萄灰、梨黄、茄子紫，这些颜色天空都有，还有些说也说不出来、见也没见过的颜色。

一会儿，天空出现一匹马，马头向南，马尾向西。马是跪着的，像等人骑上它的背，它才站起来似的。过了两三秒钟，那匹马大起来了，腿伸开了，脖子也长了，尾巴可不见了。看的人正在寻找马尾巴，那匹马变模糊了。

忽然又来了一条大狗。那条狗十分凶猛，在向前跑，后边似乎还跟着好几条小狗。跑着跑着，小狗不知哪里去了，大狗也不见了。

接着又来了一头大狮子，跟庙门前的石头狮子一模一样，也那么大，也那样蹲着，很威武很镇静地蹲着。可是一转眼就变了，再也找不着了。

一时恍恍惚惚的，天空里又像这个，又像那个，其实什么也不像，什么也看不清了。必须低下头，揉一揉眼睛，沉静一会儿再看。可是天空偏偏不等待那些爱好它的孩子。一会儿工夫，火烧云下去了。

我们眼前的云彩没有那么多变化——或许只是在我的眼里没有那么多变化。总之，在火烧云离去的时候，我们的外卖晚餐已经抵达酒店大堂，是附近日式餐厅送来的。我发现伦敦金融城的日餐厅和墨尔本的文创餐厅的思路差不多，打开黑色的外卖餐盒，最先映入眼帘的总是红艳艳的鲜切小米椒。

◇◇◇

最早出现在文青社区咖啡馆里的鲜辣椒摊鸡蛋成为墨尔本早午餐的流行菜品。之后还出现了用叉烧肉取代火腿的英式本尼迪克蛋早餐，用味噌烤茄子、煎三文鱼，用藕片取代薯片，用毛豆取代番茄焗黄豆，到现在用年糕代替奶酪的拉丝薯饼，用粉色的盐渍姜丝代替腌小黄瓜……不管国际格局如何变化，亚洲风味实实在在地影响着西方世界新一代文艺青年的审美品位。就像我第一次来到墨尔本的时候，在越南青年旅舍里认识的克里斯和他的朋友们都眼巴巴地等我开火做一顿饭。他说："你是中国人，你肯定会做好吃的！"

实际上，我在北京的单身生活中，除了早上给自己打一杯蔬果汁几乎不进厨房。在众目睽睽之下，只好硬着头皮炒一盘醋溜白菜，摊一锅鸡蛋，又炒一盘鸡胸肉和青红椒。处理鸡肉的时候，我甚至都不会切丝，就随便切块，再用鸡蛋面粉裹一下（因为他们家里没有淀粉），青红椒直接上手掰成几块，热锅里随便扒拉几下，出锅之前装模作样地撒一把花生米，就把澳大利亚文艺小青年们惊着了。克里斯说："我好喜欢中餐这种蛋白质、蔬菜和油脂的均衡搭配！"

我含蓄地笑笑，因为英文不好，也不知道怎么解释说这是中餐家常菜里最偷懒的做法。不过看着他们真诚而喜悦的笑容，就对于大中华文化"殖民土澳"的信心相当充足。

现在看来，这盘大棋不但在全世界开展得如火如荼，还引领着年轻一代的时尚潮流。我认识的欧洲和澳大利亚年轻朋友里，几乎人人都向往东南亚海湾假期，大概和我的父母一代向往"罗马假日"一样。就连我墨尔本的健身教练都热衷于巴厘岛的种种，布鲁塞尔的欧盟同事也对阳朔之行念念不忘，仿佛"痴迷亚洲文化"就是西方人"青春不留白"的标准之一。这让我想起加拿大著名作家玛格丽特·阿特伍德的一首诗，叫《蚯蚓之歌》：

> 我们待在地下太久了，
> We have been underground too long,
> 我们已经干完了我们的活儿，
> we have done our work,
> 我们既众多又同为一体，
> we are many and one,
> 我们记得我们曾经是人类的时光
> we remember when we were human
> 我们一直生活在根与石头之间，
> We have lived among roots and stones,

我们一直唱歌但无人倾听过，
we have sung but no one has listened,
我们趁夜幕来到露天的野外
只是为了爱，
we come into the open air
at night only to love
却惹了那些靴子底的厌恶
which disgusts the soles of boots,
它们皮质的严格的信仰。
their leather strict religion.
我们了解靴子的模样
以自下而上的视角，
We know what a boot looks like
when seen from underneath,
我们了解靴子的哲学，
它们那些踢腿和攀登的理念。
we know the philosophy of boots,
their metaphysic of kicks and ladders.
我们害怕靴子，
We are afraid of boots
但更瞧不起那只需要它们的脚。
but contemptuous of the foot that needs them.
不久，我们就会像杂草那样蔓延，
Soon we will invade like weeds,

无所不在但缓慢，
everywhere but slowly;
被征服的植物们会和我们
一起造反，栏杆会倾倒，
砖墙会如水波坍塌，
the captive plants will rebel
with us, fences will topple,
brick walls ripple and fall,
不再有靴子。
there will be no more boots.
与此同时，我们只是吃土
Meanwhile we eat dirt
睡觉；我们等啊等
and sleep; we are waiting
在你的脚下。
under your feet.
当我们说“进攻”的时候
When we say Attack
你一开始
什么也听不到。*
you will hear nothing
at first.

---

* 本书作者译。

Day 11

虽然我家的姐妹俩从小在中西文化交融的环境中长大，喜欢中餐家常菜的味道，但还欣赏不了四川辣椒，对藕片取代薯片的操作也很气愤。我只好给她们拣出来几片没有撒到黑白芝麻的鸡腿肉和没有沾到姜丝的白米饭做晚饭。剩下几盒辣椒炒面、味增五花肉、芝麻酱拌蔬菜之类的由妈妈一个人享用。我决定明天去菜市场，还是自己买点新鲜食材回酒店煮比较适合孩子们的口味——老母亲天天为能让她俩多吃点菜费尽心机。

顺便也可以叫舒小红来一起吃晚饭。

Day

12

一起失眠

◇◇◇

在伦敦的第十二天，孩子们依旧在过早的晨光中醒来。我听到姐姐打开她们卧室的电视播放动画片，没有立刻起床，也打开自己卧室墙上的电视。当新闻播报的声音响起来的时候，我感觉到妹妹轻轻推开我房间的门。我掀起自己的被角，给她们一个手势，姐妹俩就鱼贯而入，钻进我的被窝里，送来四只小手和四只小脚的拥抱。

◇◇◇ 我回想起自己在大学四年级的时候，偶尔和王嘉楠坐在寝室的阳台上看天亮。那时候，舒小红已经转系到新闻学院，睡觉很轻的李健阳已经找到律师事务所实习的工作，偶尔夜不归宿。我和同样容易失眠的王嘉楠就不再有什么顾忌，在确认彼此都没有睡着的情况下，从床上爬起来用电磁炉煮面条吃。宿舍楼里不让擅自用电磁炉，但是到大四快毕业的时候，楼长也睁一只眼闭一只眼，假装看不见我们藏在床下的电磁炉。我甚至胆大到从家里搬来一台微波炉放在窗台，平时就敷衍了事地用窗帘遮挡住。

清晨的燕园总是有薄雾，就算是离未名湖和静园草坪都很远的三十四号楼下，也是湿漉漉的。我们的宿舍实际上是三幢联体楼，三面环成一个四方的院子，院子里是天蓝色的自行车棚，里面停满密密麻麻的自行车。大学四年里，我们每个人都拥有过至少一辆自行车，有崭新的，也有师兄师姐的二手车，也有从附近中关村市场里买的。总之，刚入学的时候，三十四号楼的同学们都是在清晨叮叮当当的铃声和车链滑动中，骑车穿过三角地，去往各个学院上课。大二，我们考古专业的同学们就下田野做发掘去了，待再回到校园的时候，自行车不是被其他同学借用而变得破旧不堪，就是被偷被盗而下落不明。有些同学还会从修车铺再买一辆，有些就干脆改成走路上下学。如果早起一点，还可以顺路去博实百货店的早点铺买两个包子当早餐，下课的时候也可以灵活机动，领先一步去康博思面食部吃一碗茄子肉酱面，或者在农院食堂选一份小炒。我那时候喜欢追随中文系的师兄师姐，常常逃掉自己的选修课，躲在寝室里读小说。因为中文系的人聚在一起都讨论文学作品，各个博览群书，讨论到什么作品的时候互相都有共鸣，只有我整场傻乎乎的，无法在谈话中贡献思想。只能安静地听，然后默默记下书名，去图书馆借来偷偷用功，总有一种在追逐他们背影的自卑感。直到很多年以后，我才明白过来，他们本系的课程中就有很多领读和讨论的内容，阅读文学作品就是他们大学学业的一部分，就像我们考古系的学生都要去读考古报告一样。但那时候的眼睛就像清晨的自行车棚一样，湿淋淋地被薄雾遮盖，看不出自己的轨迹和他们有什么不同。

新晋的诺贝尔奖得主汉德克，曾经写过一首诗，出现在电影《柏林苍穹下》的开头，他说：

> 当孩子还是孩子时，走起路来摇摇晃晃，幻想小溪是河流，泥坑是大海。

当孩子还是孩子时，不知自己是孩子，以为万物皆有灵魂，所有灵魂都一样……

在芸豆和乐豆很小、并不知情的时候，我就带她们在教堂受洗过。因为那时候不确定我和杰克的经济能力够不够负担她们两个人上私立学校的费用，所以拿一张受洗的证明可以方便申请费用相对便宜，但是考试成绩又比较有保障的教会学校。为自己的功利所耻，我们并没有邀请杰克的妈妈和妹妹参加，而是请隔壁邻居做见证人和俩豆的教父教母。他们是大连女孩嫁给越南老公的组合，也有一个年龄间于芸豆和乐豆之间的女儿。所以我就和大连女孩贝贝私下约好，互为彼此孩子的教父教母。我们两家都没有说破，但是彼此心照不宣，知道大家的目的一致，两家人整整齐齐地出席教会活动，更多的还是为拿到一张受洗证书，方便以后孩子上个好学校。这与我离婚后参加的教会活动，性质大不相同。

直到现在，我偶尔也会冒出想要亲近宗教的想法，甚至无所谓是天主教、基督教或是什么别的，不过是想在征服一切的死亡恐惧中获取一些生存的价值和意义，用来抵御理智中宇宙无情的现实。只可惜，在科学时代里，所有已经形成封闭体系的宗教都显得偏激和幼稚。毕竟从大航海时代开始，承认自己的无知、发现未知的领域，给人类带来过巨大的财富。也许那时候的科学思想，就和现在的比特币、区块链一样诱人，引得爱丽丝身不由己地坠入兔子洞。所以到现在，我也并没有告诉姐妹俩受洗的事情。就算我明白自己需要某种信仰体系来寄托“生命不能承受之轻”，以维护来之不易的心理健康，也并不确定孩子们将来会和我做同样的选择。加上离婚后我的经济状况大幅好转，两个孩子也因为我工作的关系一直在私立学校上学，不必担心教会学校的入学问题，那两张受洗证书就再也没有面世的意义，成为我压箱底的小秘密。

也许在宗教统治的世界里，我和杰克就不会因为他“想要成功”而恶言相向，我不必担心风险，他也不会有改变自己的社会阶层热情。在注视贾斯丁蓝色的眼眸的时候，我也不会有那种头重脚轻要坠入星海的感情。实际上，我和杰克也并不是直接放弃努力的，我们曾经尝试去泰国旅行，到半岛泡温泉，推着孩子的双人婴儿车参加慈善长跑，在希尔顿酒店里看英国威廉王子迎娶凯特王妃，穿上漂亮整洁的衣服，在公园里拍全家福照片……我们在照片里都笑得很开心，但往往一回到家就会为谁做饭洗碗、谁带孩子而争吵，有时候甚至在回程的路上，就已经因为一个人在开车而另一个人在睡觉积攒起怒火来。两个人的时候，谁多做一些少做一些都不算什么，然而有孩子之后，尤其是有二胎之后，一点点家务劳动都成为压倒骆驼的稻草，两个成年人为分担养育责任斤斤计较，对彼此的爱慕早已消耗殆尽——我怀疑，从来就没有那么一个人可以在婴儿床另一端永远和你共鸣，可以在跨越照顾幼儿的重重挑战之后，还有精力像父母一样宠爱照顾你；我怀疑，不论爱上谁、嫁给谁，都会感觉自己当初选错了人；我也怀疑，自己甚至愚蠢地将这种粉色泡泡中的世界观传递给了下一代；我怀疑自己已经给姐妹俩编织了一个过于美好的人生理想，就像我和王嘉楠共同失眠的清晨，坐在大学寝室的阳台上谈论的未来一样。

◇◇◇

芸豆说她饿了。我恋恋不舍地从酒店柔软芬芳的鸭绒被里爬出来，脸也不洗牙也不刷，直奔厨房。孩子们跟在我身后涌入客厅，两人合力拉开窗帘，金光闪闪的泰晤士河就映入眼睛里来。冰箱里并没有什么存货，我只好煮水泡两碗燕麦粥给她们，计划着今早出发去博罗农贸市场，边吃边买打发一天好时光。

博罗农贸市场据说是伦敦最古老的食品市场，已经有近千年的历史，地点几经变化，最终于1276年在伦敦桥（真正的伦敦桥）南端常驻下来。它不仅是英国最有名的集市，甚至也是世界上最热闹的新鲜市集之一。目前可见的建筑群，是在1851年的基础上逐步改造扩建而来，已经从伦敦桥南端连接到了附近的伦敦桥火车站。市场甚至在架空的火车轨道下继续营业，形成一种独特的工业设计与新鲜农产品相融合的景象。

这让我想起19世纪众多英国批判现实主义文学作品中，狄更斯、哈代、盖斯凯尔夫人等人笔下描绘的残暴的工业革命和“圈地运动”后走上绝路的农民生活，在两百年后的今天竟然可以如此相得益彰，吸引着全世界的游客。也许就是因为它的名气，才有2017年夏天的ISIS恐怖袭击事件。不过这些恐怖袭击对于伦敦人来说，恐怕已经像病毒流感一样缺乏新鲜感：每年都有新花样，但每年都可以应付得来。

吃完早饭，我们按照去碎片大厦的路程从酒店出发往西，从伦敦桥过河。刚走到伦敦桥南端还没有下桥，就已经感受到博罗市场热闹的气氛。第一个看到的是冰激凌车，两个孩子愉快地迎上去，窗口旁边手绘的菜单上写着不光有圆筒软冰激凌，还卖热松饼和甜甜圈。我知道市场旁边还有一家更好吃的意大利吉拉托冰激凌店，所以硬把两个小孩拖离开冰激凌车的玻璃窗，她们就直勾勾地盯着旁边人手里的甜点。

从桥面走台阶下去，是一排餐厅的外卖窗口，窗台下是露天的铁板，上面烤着德国香肠、流着油滋滋作响的肉排、已经翻炒软烂的洋葱丝……在铁板和泰晤士河之间，充斥着肉香和白人，他们一只手举着啤酒聊天，另一只手抓着咬过的汉堡，两片面包之间露出还湿润微红的肉饼。我想起来，在汉堡中加一片艳红色的甜菜头是澳大利亚的特色，英国的汉堡里更多是搭配洋葱或者生菜沙拉。不过澳大利亚人和英国人口味的差别，恐怕也仅此而已。

店家把做好的汉堡一样一个，就这么露天摆在路边的箱子上。像插着稻草卖孩子一样，汉堡们抬着头、插着价签、张着嘴，你能清楚地看见里面新鲜嫩绿的生菜、带着铁板纹路焦面的鸡肉或者牛排、融化在肉上的芝士片，甚至连酱汁的纹路都挤得明明白白。尤其最后一个汉堡，微微撑起的面包盖子下面，不但有伸向四面八方的培根和肉饼，还盖上一个带脆边的单面煎鸡蛋，橘色的蛋黄看上去还带溏心，摆出一副你随手拿起来就能吃的无辜模样。我好不容易咽着口水穿过浓厚的烧烤香气，迎面而来的是堆积如山的面包和甜点。妹妹因为个子矮，没有看到陈列在烤盘上的汉堡和薯条，但是巧克力布朗尼就在她视线射程范围内，于是怎么也不肯继续走了。

布朗尼是她最熟悉的甜点，从墨尔本吃到伦敦，只要足够新鲜就好。对一个六岁小孩来说，点心的优劣差别都在“量”上。路口第一家面包摊铺的展示柜上，巨大的布朗尼块叠罗汉一样高耸在她稚嫩而震惊的脸庞上。就像唐僧走进盘丝洞，乐豆被层层叠叠的蜘蛛网围裹住，动弹不得。姐姐比较挑剔，环视四周，并没有被甜品吸引。我猜她的思绪还留在刚才的烤肉上。我自己虽然很不情愿在第一家店铺就开始购买，但很快就用“带着孩子尽量避免折返跑”的理由说服自己，心想一会可以从市场的另外一端直接打车回酒店，不必原路返回，该出手时就出手。

很快，我的手里就增加了好几个购物袋，而孩子们只负责自己边走边吃的那部分。路过五颜六色的水果摊，塑料杯里装着红色的西瓜，点缀桑葚和蓝莓，黄澄澄的菠萝和芒果切块，再点缀上嫣红的树莓和薄荷叶，我们又是站在店铺前细细地看好久，最终每个人手里又增加了一杯鲜榨果汁。妹妹喜欢芒果百香果，姐姐要喝苹果（我偷偷要求摊主在里面加了梨和胡萝卜），我自己则是橙子、柠檬、青柠、西柚的混合柑橘汁。在人群中，一边流汗一边喝冷饮的夏天，如今回想起来已经像是上辈子的事。只可惜那时候非但不珍惜，还总嫌拥挤的市场里“人味”太重。

突然感觉到贴身小包在震动，大概是舒小红给我打电话。赶紧把几个购物袋从手里滑到胳膊肘的位置，再叫姐姐帮我拿果汁，手忙脚乱地掏出手机，我还以为小麦出什么事，结果是舒小红问我家里出现很多小虫要怎么处理。

“我们家一堆虫子，咋办？”她在电话那边说，“青豆，你们在澳大利亚应该也有吧？”

“什么样的？”我到澳大利亚的生活，几乎总在上小学自然课，也逐渐可以坦然面对蜘蛛、蟑螂、蚂蚁，每年夏天都会安排专业除虫公司来整房清洁杀虫。

“不知道是什么虫，有小翅膀，但是又肉乎乎的，”舒小红把它们描述得又恶心又可爱，“不过太多了，到处爬。”

我想起自己墨尔本的房子。在南半球，朝北是朝阳，朝南的房间就比较阴暗。所以我家最南端的客房是最不好住的卧室，生老二的时候因为我妈妈要来陪月子，就把朝北的主卧让给她，让姐姐芸豆睡在房子中间朝东的卧室，我和杰克带着新生儿乐豆住在这间南房。因为月子里卧床的时间很多，所以我总是躺在床上观察旁边的窗户，然后就发现窗框的缝隙里会钻进来一种小黑虫。

说是小黑虫，实际上是通体深棕色，有黑色斑点的小甲壳虫。它们成群结队从窗框的角落里钻进来，并不咬人，不会飞，爬得也不快，我看见的时候就用餐巾纸包起来，有时候扔到厕所马桶里冲掉，有时候扔进垃圾桶里。但总有漏网之鱼，所以没有多久，就发现屋子里有飞蛾，在墙壁上还偶尔出现非常微小的毛毛虫。小时候，常常和奶奶一起在午后的阳光下抓米虫子，伸手在米缸里翻搅，就会发现白胖的肉虫子，手指一碰，虫子就蜷成一个圈，然后我就用手指把它们捏出来，丢进旁边的水碗里，看它们漂在水面上“装死”。所以我并不害怕卧室里的小虫，甚至仔细观察墙上的毛毛虫，分析它的眼睛和嘴巴在哪里。可是我妈妈不喜欢它们，成虫蛾子还有吃衣服的风险，我们就得想办法整治这个状况。由于喂奶的产妇和新生儿住在这个房间，喷杀虫剂也不是一个选项，我就拿一些芸豆的橡皮泥，把窗框上的小缝隙粘住，然后拿消毒纸巾仔细擦窗台和床框。

“橡皮泥是个好办法，”舒小红在电话那边说，“我在做饭，一会就出去买。”

“你和小麦还在生酮饮食吗？”我问，一边在构思如何在满足两个孩子的情况下，照顾到她的饮食习惯。

“这几天没有太严格了，”舒小红叹一口气说，“小麦在化疗，身体难受，他能吃下什么就给他吃什么吧。昨天还吃了一个叉烧包。”

“我带着孩子们在博罗市场买菜，你晚上想吃什么？”

“尽量少糖少碳水吧。”

“好的，晚上见。”

一边打电话一边继续往“三只皇冠广场”里面走，有更多的面包、巧克力、酱料和奶酪摊位。在一家奶制品店铺里，我还看到玻璃柜里有大麻奶酪，心里一阵遗憾，想着这种东西在十五年前做留学生的时候错过，如今拖着儿童旅行也不能放纵，恐怕要再过十五年，得等孩子们都长大成人以后，我才能有机会独自来尝试了。

不过我们现在还是有很多可以尝试的东西，比如市场旁边的“网红”意大利冰激凌店。从伦敦桥南端走下阶梯，一路往西南穿过河边的烧烤餐厅和“三只皇冠广场”的面包奶酪店铺，从市场“正门”的牌楼出来正面的小巷里，就是这家叫3Bis的意大利冰激凌店。Bi-在英文里有双性恋的意思，我很好奇这家店的主人是不是三个双性恋，最后用手机搜到的结果是说，3Bis是这家店最早在意大利亚德里亚海边实验室的地址。虽然和预期有些落差，不过这种从实验室里诞生的吉拉托冰激凌让我依然觉得很有趣，很像之前几年流行过的液氮冰激凌。

这种把美食和艺术、科技融合在一起的操作模式总让人着迷，就像英国的一位明星厨师海斯顿·布鲁曼斯尔，便以科技挑战传统烹调技法，用多重感官的冲击挑战传统意义上的用餐概念。除了在墨尔本亚拉河边的一家常驻豪华餐厅，名叫“海斯顿供餐”，他还在全世界办巡回演出一样，开办临时性的米其林餐厅“肥鸭”。在“肥鸭”2017年来墨尔本的时候，用餐门票（超过六百澳币/人次）早在2015年消息公布的时候就被抢购一空，能够在“肥鸭”享受一次时长六个小时的用餐体验，成为澳大利亚食客的顶级打卡目标。然而我带着两个孩子，不可能有花六个小时用餐的奢侈，但从各种社交媒体上看到朋友们放出来的照片，从肉酱橘子，到配合耳机、雾气中悬浮餐具的“大海的声音”生鱼片，到在餐桌边现场制作的鸡蛋培根冰激凌（他从2004年就开始玩液氮冰激凌了），到需要经过五十道手续准备的甜点“葡萄孢菌”，都让人无限向往。我总期待着有朝一日能在海斯顿的餐厅里用餐，体验那种已经超越“进食”范畴的全感官冒险。

这家3Bis意大利冰激凌店最有特色的产品叫“巧克力一口闷”，用三种口味的华夫饼做成可以吃的杯子，再在杯口蘸上巧克力，加入顾客自选口味的冰激凌之后，再淋上比利时巧克力酱和干果碎末，最后插入一片印有店家标志的薄脆饼。姐姐不出意料地点了一杯薄荷巧克力配原味华夫饼杯，妹妹痴痴地要求巧克力华夫饼杯里装满巧克力软冰激凌再搭配巧克力饼干碎，妈妈则是需要一杯原味华夫饼配香草冰激凌，再淋上现场手冲的意大利浓缩咖啡。

开开心心地买完冰激凌，我们就坐在它家门口巨大花束装饰旁边的小桌上吃。自从成为两个小闺女的妈妈，我开始特别关注各种装饰上的花朵图案。这让我想起玛格丽特·阿特伍德的《使女的故事》里，非常明确地使用花朵的意象。《使女的故事》是一部半科幻题材的反乌托邦小说，讲述的是一个20世纪末的虚构国家基列共和国里发生的事。那时候自然环境恶化，女性大部分已经丧失生育能力，沦为男性社会的工具。女人们被集中管理和培训，成为“使女”。女主角奥芙莱德就是使女之一。她是仅有的几个还具备生殖能力的女性，便被派往国家指挥官家里做生育机器。在小说中，代表女性的美和生育能力的花朵装饰随处可见。作家阿特伍德自己曾经说，花朵是脆弱娇嫩的，好像一碰就碎，但又是绽放、诱惑和隐含攻击性的。她巧妙地将第六章中被绞死的使女血红的笑脸与花园中鲜红的郁金香联系起来，“在花朵深处的黑暗之中，我们开始痊愈”；不可生育的妻子们常常与蓝色的爱丽丝鸢尾花（iris）出现在同一空间中，压抑、忧伤、冷漠；而取代文字的百合花（lilies），也象征着失去学习语言权利的女人们，真正成为无声的工具（illiterate）。我们吃冰激凌的这家店门口，也有一个巨大的鲜花装饰，花盆的造型是他家经典的华夫饼杯形状，花盆里扎满深深浅浅的粉色牡丹花，组成甜筒冰激凌的上半部分。簇拥的牡丹花凑在一起并不会减少任何一朵的美。有些花瓣的边缘还是深粉色，但颜色越接近花心越淡，变成层层叠叠的粉红包裹着一颗小小的白嫩花苞。回想我们刚进店的时候完全被甜点吸引，直到坐下来品尝过最初几口冰激凌之后才给这些花朵足够的注意力。细细端详，每一朵都让人怜爱，每一片花瓣都新鲜光滑。我想和它们合照，但是相机里看到自己的脸在娇滴滴的花朵前显得又油又黄，找了几个角度都觉得自己配不上这一大束粉嫩的“牡丹甜筒”。

从冰激凌店出来直奔主题，直买到我们母女三人手里都提满购物袋。晚饭计划烤牛排、虾、蘑菇，再煮几样绿叶子青菜。给孩子们的饭后甜点是巧克力、蓝莓和草莓，另外也为第二天早餐准备了面包、火腿和奶酪。因为不堪重负，中午饭就在市场对面的日式汉堡店解决。餐厅虽然是日式装修风格，但是菜单上的食品是汉堡，又混入亚洲元素，比如用烤馒头取代汉堡的面包，用日式炸猪排取代牛肉饼，并且在饮料单里提供梅子酒和抹茶奶昔。孩子们对于馒头夹肉很满意，但是对店家在鲜榨果汁里混入柠檬和生姜非常不满。吃完之后，直接在餐厅门口打车回酒店睡午觉。

◇◇◇

那天的下午觉，睡得特别沉，我做了一个很长的梦。现在回想起来，依旧与监狱和囚笼有些关系，从死亡开始：

> 一定是在被活埋的时候，我哥的魂魄钻进了我的身体。我是带着两个人的生命力，所以才能在这个鬼地方又活了过来。或者没有。我并不能确定自己现在的状况。周围漆黑一片，睁开眼睛和没有睁开没什么两样，而且过于安静，醒着和死去也没有什么区别。这真让人无所适从。

我发现自己正仰面躺着，如果我向左伸出手，可以碰到一个冰冷的……头颅。我试图用手指在那些干涩打绺的毛发下摸索，果然触碰到一对突出的面骨。从面骨的位置判断，这头颅也仰面躺在地上。这脑袋上的皮肤薄得发脆，鼻骨短且低，下颌骨松弛脱节，以至于嘴冲我的方向大大地敞开，嘴唇及周围的皮肤都已经被这敞开的力道撕扯出刺手的裂缝。我的手指探进这嘴里，并没有感觉到气息的流动，只摸到一条歪在一边、已经干燥结痂的舌头。我用指甲轻轻敲击这舌头的时候，听到了类似敲击木头的声音。齿床坚硬粗糙，但没有牙齿。我又向右边伸出手，摸到一条腿，也许是胳膊，反正是僵硬的条形肌肉裹住的骨头。我动了动自己的脚趾，并且试着弯曲膝盖。我觉得它们还连在我的腰上，不过看不见，所以也不能确定这感觉是不是正确——太多次被魔药附体的经历让我已经逐渐学会批判地看待自己的"感受"——如果你感觉到自己在飞，在别人眼里你很可能只是横在床上；如果你感觉到自己端坐在草垛中，也许实际上胳膊和腿正在疯狂地挥舞。不管怎样，此时我"感觉"到自己的下身正在逐渐恢复知觉，这过程好像成群的蚂蚁从脚趾尖爬上脚踝，然后覆盖小腿直至膝盖和大腿前后。当蚂蚁的队伍扩展至腰腹和后背时，我将身体倒向一侧，借助蚂蚁队伍涌向手臂的力量把自己撑起来，但刚一发力脑袋就撞到了屋顶，也就是这狭小空间的顶部。我只好翻身，改变姿势匍匐在地上。我右手刚刚摸过的那条腿（或者胳膊)，从我肩头翻滚到地上——原来它一直压在我肩膀上——在地上砸出一声闷响，蚂蚁们就又成群结队地爬上了我右肩。

我活动活动肩膀，用一只手撑地，因为另一只手需要揉眼睛。经过一层层红红绿绿的彩光晕眩之后，我看到很多圆的或长的黑色轮廓。那些东西可能是我身边这俩人(如果那头颅和腿/胳膊分别属于两个人的话)的陪葬品，陶罐和壶之类，如果这墓主人足够富有，这墓葬里或许还有玉斧和骨镞。可惜当时我并没有心思仔细分辨这些陪葬品或者存心顺手牵羊，只想赶紧寻找光源并朝它的方向爬去。因为呼吸越来越困难，我知道得在自己晕过去之前找到出口。不然腰上拴再多的玉佩只能硌腰眼玩。

当然，一路爬行中，我还摸到了更多僵硬冰冷的身体部位，有些分叉的大概是手，还有些弯曲的肘踝和脊背，当然更多的还是一些生长着长短毛发的圆脑袋(说明这墓里头有不少殉葬者)。总之，障碍物挺多，还好路不长。

我习惯在醒来之后马上记录自己的梦，枕头旁边总是放个小本子。这时候一边写一边想，刚才睡觉的时候一定是侧睡得太沉，把胳膊压麻木了：

在我们的部落中，双胞胎是魔鬼的化身，所以孪生子必须要分离得越远越好，自出娘胎之后，就永世不能相见。早些时候，勤劳朴实的长老们还把新生婴儿分别送给两个相距最遥远的部落当人质，但现在，这些懒得出远门的老头子找到了更好的解决办法。不知道是其中哪个最先提的议：没有比一生一死离得更远的两个人了，他们隔了一辈子呢！随后得到了众人的应和。不用担心跑远路，而是杀死其中一个，这真是个经济实惠的好主意。

于是，在有关我和我哥哥的故事中，被送到生命尽头的那个是他，而留在生命起点的这个，是我。其实我也说不好在这样的安排中，我们两个谁更幸运，我只知道在塞着哥哥幼小肉身的陶瓮被埋进村东壕沟的同时，我被送到了一个奶水充足的女奴隶怀里。伴随着我哥叹出的最后一口气，我咬住了人生中第一个乳房。

我长大以后管这个女奴隶叫娘，因为在我需要的时候，她巨大的乳房流淌出了足够的乳汁。这充沛的乳汁如同满腔的生命力，从她体内直输入每个她喂养的孩子口中。甚至当我在她的胸前忙于应付喷射出来的奶水的同时，她另一侧乳房的流量可以瞬间盛满一整个陶钵。

这些绵延不断的奶水曾经不分昼夜地把她粗旧的麻布外套浸透，那些日夜被浸泡的麻布片不分春秋地裹在她尖翘的胸部，并时刻散发出浓郁的奶香——这让我很容易就能在众多穿同样灰麻布袍子的奴隶中靠鼻子分辨出她来。当然，其他男奴隶可以用同样的方法轻易地将她从女奴群里分辨出来，然后扯住她的头发，跟她做一些我后来才知道做的事情。

那时候我还小，但也很知道感激我娘的努力。因为在他们扯住我娘的头发做事情的时候，我娘总会一边咿咿呀呀地呼喊，一边用她温暖有力的胳膊紧紧搂住我。尽管我猜她这样做只是为了防止我掉在地上摔死，但也足可以让那些男奴隶嫉妒得要疯了。因为他们就算再怎么拼命弓起身体，换着法地把自己当作子弹一样撞击向我娘，也钻不进她怀里，因为那里头有一个襁褓中的我。总之，我娘是部落里最受欢迎的女奴隶；而我，也可想而知，是部落里最不受欢迎的男奴隶。这段婴儿时的经历，帮我建立起对世界最初的信任感。

不知道是不是被扯得太多，我娘总是抱怨自己的头发太少不够漂亮。确实，她那几缕黄头发挽在耳朵后面、长脖子暴露在光天化日之下的样子，总让人想起羚羊或者梅花鹿。在我们部落里，没有头发是十分耻辱的事情。尤其是那些有脸面的人，每个都把自己又黑又浓密的头发高高盘起顶在脑袋上，热也不怕，洗起来麻烦也不怕，脖子酸也不怕，就怕别人看不见。所以，尽管我娘只是个奴隶，但也好歹是人皆向往的女奴隶！奶水再多，屁股再圆，头发少也让她很难为情，仿佛标志着她永远都只配给人当牛作马。

等我长出头发以后，男奴隶们也开始扯我的头发。不同的是（或者说幸运的是），他们对我的怀抱并没有兴趣，扯我头发的目的是要把我从一个地方拖到另一个地方。我不得不把他们想成是怀恨在心的敌人，不然当我被扯住头发在地面上拖行的时候，实在想不出来他们这么做除了报复我早年占据娘的胸膛，还有什么别的理由——要不就是想用广场地面上的燧石把我屁股磨平，或者是想用我的屁股把广场地面上的燧石磨光滑？日积月累，这两个效果都达到了。

开始，娘还很担心我的头发也会像她的头发一样又黄又少，结果出人意料的，在拉扯中生长的我的头发，非但没有被扯掉，反而被越扯越长，越扯越多。后来我竟然长成了部落里头发最长最浓密的人。娘总说这也许是我将来会有出息的好兆头，她总觉得我比任何人都聪明，只不过其他所有奴隶都不这么想。他们怀揣着更加浓厚的嫉妒和对我头发敬畏的矛盾心理，给我起了个名字叫“鬼头”。

随着我个子逐渐长高头发逐渐长长，这个扯我头发的娱乐活动也被发扬光大。族人甚至都以“能扯鬼头的头发”为荣。有一次，几个扯过我娘头发的男奴隶还为了谁能先动手扯我的头发扭打起来。

他们从高声恐吓对方到正式进入扭打阶段的时候，我正在旁边的粮垛上睡觉。事出突然，我连眼睛都来不及揉，兜起腿间还直挺着的玩意儿就滚下粮垛疯跑了起来——经验告诉我躲在哪儿都不安全，总有游手好闲的路人经过我藏身的地方并且发现我！所以我只能不停脚地东奔西蹿，那玩意儿就一直在我狂奔的双腿间打鼓，这多少影响了我的速度——我曾经从口小膛大的粮仓里、腥酸发臭的白菜窖里、红墙灰瓦的下水道里、陶窑的火塘里、埋我哥陶棺材的壕沟里被人拎出来。他们趾高气扬地扯住我又粗又长的头发，把我横穿拖过铺满小石子的长老会广场。有时候，贵族孩子也会参与到扯我头发的活动中。好在他们大都懒得像猪，而把我拖过广场这样的体力活是奴隶才做的事情，他们只负责扯住我的头发往我的脸上啐口水而已。这样轻松的娱乐也是需要冒险的，因为往我脸上啐口水的同时也有可能被我啐到。好在他们都不怕脏和冒险。

另外，我逃跑的时候从来不会跳到河里，这可是在经验总结基础上的进步！我曾经被一个胳膊比我腰还粗的男奴隶压在水里，险些要在水里头跟我哥汇合去了，还好被路过的长老及时制止——唉，那些不懂历史的人总是忘记长老们要我活下来的目的！况且，在地面上跑，我可以自己掌握方向、选择路径、控制速度，但被按在水里的时候，我就变得可怜、胆小、束手无策，可怜得像个瞎眼睛小鸡。那时候我才明白了哥哥一生下来就懂的道理：永远不要让自己呛水。喘不上气、挥动手臂却使不上劲、无能为力的感觉确实不好！还好大家都是有信仰的人。我也为自己是魔鬼化身的双胞胎之一而感到荣幸。自那以后我就在逃跑的过程中愈发自信，因为再怎么扯拉打拖都有个头，他们毕竟不敢弄死我。加上长老会多次向广大族人群众严正声明，我跟我哥只能死一个。甚至在被扯着头发拖过中心广场的路上，还会有好心的长老会委员在一旁叮咛：喂，小心不要把他弄死哦！于是，年少的我对这个世界增加了更多的信任感。

很快，我发现流窜的跑法最好用。流窜其实就是在部落圆形房屋间的环形小路上胡乱绕来绕去。这一招最明显的好处就是能用最短的时间把贵族小孩甩掉。他们通常在追过两间房子之后就骂骂咧咧地回家了。只剩下那些有足够热情和体力的男奴隶还吼叫着穷追不舍，一直跑到他们的手背上都渗出汗来——在这种情况下，就算最终他们追上我，也没有力气扯我的头发了；就算还能扯住我的头发，也没有力气把我拖过广场了。不过说实在的，我在心里还是很佩服那些坚持到最后的奴隶，他们就算透支了体力也要挣扎着把这个仪式完成。我在心中总暗自赞叹他们是做大事业的材料。

把这个梦记录完，是下午五点左右。舒小红发信息说已经到达酒店大堂，我下楼接她上来。我俩再次回到房间，步入客厅的时候，我的脑子依然恍惚不清，就听见妹妹乐豆叫道："妈妈，你看！塔桥断开了！"

我们走到落地窗前，果然看到伦敦塔桥的桥面从中间断开、抬起，形成一个高耸的梯形拱门。从桥东面驶过来一艘复古的木结构帆船，高耸的船帆桅杆显然超过桥面下可容通行的高度，于是塔桥从中间断成两截收起，以便这艘小小的木帆船通过。

这种木结构的帆船虽然不大，但是从高低错落的桅杆和捆绑的各式船帆来看，确实是一艘航海船。这种样式我们在墨尔本的维多利亚港口和悉尼的达令港都见到过，已经有几百年的历史，像一只巨大的老怀表那样，将精细复杂赤裸裸地呈现在水面上，透露出一种又脆弱又豪横的古董气质。看着眼前这艘小小的古董帆船，撬动高大的伦敦塔桥，徐徐驶过玻璃幕墙筑成的市政大厅和碎片大厦前……我脑子里的时空感更混乱了。

我都没有注意到舒小红实际上拎来一大袋食材，这个时候开始和我一一介绍。有当地超市巨大的蓝莓、无籽葡萄，有已经洗干净的生菜、半个西兰花、一小包荷兰豆，还有一种看上去像意大利螺旋面的魔芋面。她很娴熟地打开魔芋面的包装，先用清水浸泡，可以看得出这半年来她没少在厨房里忙活。

我清洗蔬菜，摘去荷兰豆两侧的筋，舒小红烧开水准备做白灼大虾。我从冰箱里拿出在博罗市场买的牛排，像炫耀珠宝一样和她说："我还有买各种口味的海盐！"然后拆开包装，将装着各个口味的小圆盒在桌上摆一圈，有辣椒盐、黑胡椒盐、松茸盐、芥末盐和原味盐。

"立刻觉得牛排会很好吃呢！"舒小红也很兴奋。

我第一次在这个酒店厨房煎牛排，平底锅还没有完全热起来，就先把抽油烟机打开到最大。把酒店赠送的早餐黄油融化在锅底，再剥去牛排的塑封包装，直接用手摊到锅里去，呲呲啦啦地响了一会，香气就飞起来。

食材丰富的时候，烹饪的过程就特别简单，大虾过水之后变得又红又亮，牛排煎到两面焦、中间粉红，青菜和魔芋面在白水里煮熟之后拌上火锅麻酱，最复杂的一道菜居然是荷兰豆炒口蘑。全部摆上桌子之后，舒小红还洗了几个鲜艳的大草莓，只需要六个就占满整个白陶瓷餐盘。我取出楼下红星星咖啡馆里买的气泡酒和玻璃杯，知道我俩都是有心没量的假酒鬼，所以这两杯淡茶色的苹果酒仅仅是为了拍照好看而已。拍出来的照片红红绿绿，高低错落，搭配落地窗外的泰晤士河和蓝白相间的伦敦塔做背景，真的很好看。

孩子们两只手捧着大虾，比赛剥虾壳，看谁剥出来的虾壳最完整。这虾新鲜得连头顶那一根刺里的肉都能完整地保留下来，大到虾腿里都是肉。我和舒小红负责切肉，往所有人盘子里夹菜，打开小盐盒子，尝试所有的口味。我和她说一会回家的时候，把这些盐都带走。因为我们还有两天就回澳大利亚，也不会再在酒店煎牛排吃了。

在进食的热情稍微退去一些之后，俩豆已经从餐桌边跑开，各自抱着iPad上沙发，进入一天中最轻松欢乐的“电子屏幕时光”。我和舒小红就端着酒杯去阳台聊天。小麦的妈妈是美国人，爸爸是生长在威尔士的犹太人，才去世不久。之前小麦在伦敦做手术的时候，他妈妈曾经来帮忙，但是因为彼此生活习惯相距甚远，在一起没住几天就回乡下去了。这几天小麦结束放疗，开始化疗，他妈妈又来伦敦陪几天。舒小红似乎有一肚子怨言，但还是控制着自己的情绪，只挑选出来一两件事抱怨。

“我真的是受不了美国人那种天真的愚蠢。”她说，“我们从医院出来，她在路边看到一块石头，就开始喋喋不休地介绍起这个石头的历史来。一直到小麦都忍不住说，我现在没有心情关心这个。”

“小麦说得很克制啊，到现在还这么有礼貌！”他在我脑子里，还是四五年前那个长鼻子、长脸、长发、穿黑呢子长风衣的形象，确实一副英国绅士的模样。

舒小红没有理会我的回应，继续说：“她其实也是看小麦心情不好，想说一些别的话题来分散注意力。我婆婆其实到现在也还没有接受现实。”

我心里默默重复了一遍“现实”这个词。

“最烦她说‘一切都会好起来的’这种话。不会好起来的。”舒小红终于说，“我们每次打车去医院，她都不满意，宁可拖着行李箱坐地铁。我和她说我就是要让小麦怎么舒服怎么来。为什么要浪费精力在挤地铁上？”

我理解她的逻辑。我自己带孩子们出行也一样，宁可花钱节省精力在别的事情上，但是我也能理解周围很多人有不同的习惯。大部分时间里，我们可以和不同意见的人保持距离，可惜在婆媳之间就难以“井水不犯河水”，尤其是她们此时还挤在一间小公寓里。

“你家的小虫治理得怎么样了？”

“我之前买的植物性的杀虫药，感觉没什么作用，”舒小红叹一口气，“不过我发现这些小虫只能活一天，第二天早上就密密麻麻地死在窗台上。”

“到底是什么样的啊？”从她电话里的描述，我实在无法想象肉乎乎又长翅膀的是什么虫子。

“你要看照片吗？挺恶心的。”舒小红说，“其实已经很多天了，头一天还到处爬，第二天就齐刷刷地都死了。”

我伸过头去看她手机里的照片，不是很清楚，但确实能看到很多细细碎碎的小翅膀。

“好像它们的翅膀一掉下来，就死了。”舒小红也看着照片说道，“经过我这几天的观察，这些小虫倒是也不咬人。只不过会爬得哪儿都是，连床上都是。”

我听着都替她烦躁，很怕这些虫子变成压倒舒小红的“最后一根稻草”，建议她去找专业的除虫公司来化学处理一下。

“但是想想它们也没做什么坏事，”舒小红说，“也不吃东西，也不咬人，就是爬一爬而已。第二天自己就死掉了。”

我的心跟着她一起变软，连果蝇都被她形容得这么可爱。

◇◇◇

那天晚上，我像连续剧似的继续做下午觉的梦。我作为孪生兄弟中的幸存者，在这天晚上拜了两个师傅，一个是村里的巫师巴恺，一个是外乡客“鬼头师傅”。起初的场景应该是在史前聚落的木骨泥墙房子里，巫师们的聚会：

> 在平常的日子里，巴恺是一个和善亲切的老头子——这点和我师父不同——所以一直以来，巴恺在族人中都很有威信，每个身体不舒服的人都会拿着礼物去找他看病。对于礼物，巴恺自己并不贪心，但是魔药会根据礼物的档次来决定发挥作用的强度：如果只是肚子疼或者肩膀疼这样的小病，礼物大概需要是一袋粟米或者一枚软陶戒指，但如果是在狩猎中受伤或者发烧要死的

病人，就得给魔药送上几只嗜血的猎矛或者斧头了。

体内永远积蓄着魔药的巴恺并不需要耕作种田，出门打猎或者采集果实也少。一般情况，他只是在自己的小屋里舒舒服服的熬上一锅魔药，从病人的肚子上取出一块小骨头或者木炭这样的‘脏东西’，就会有人招待他吃喝、送给他衣服穿了。虽然在有些情况下，他‘没有礼物魔药就会失去效力’的论调让人觉得有些不近人情，但不得不承认，巴恺是靠自己的手艺生活的。因为魔药是他亲手采集植物熬制的。

可是鬼头师父的出现，让巴恺感受到了职业生涯中前所未有的危机。以前也有外乡的巫师游历到过我们部落，不过他们大多只是谦卑地路过，并且用一些外乡的宝贝作为礼物，在友好的气氛中跟巴恺交流切磋一些魔药的知识。但是这次不一样，鬼头师父非但没有给巴恺带来礼物，反而召集起当地所有的巫师，要求大家进贡礼物给他。

我皱着眉头瞪着眼睛，跟在师父后面。当地巫师们还有一阵才会到，他已经在屋子里忙得团团转了。鬼头师父在门口放了几捆干草，在屋子的四角堆了一些长着刺的植物枝条，还往房梁上拴了一些红色的绳子。然后，师父从陶罐里取出一些去掉叶子的植物根茎，倒进火塘上的陶釜里，又从怀里取出一个小陶壶，里面正是我第一天看到的红色的药膏，只不过这次的比较稀，变成了可以流动的红色黏液。他把这液体也倒进陶釜里。师父做这一系列动作的时候，并不让我帮忙，也不给我讲解。在他往陶釜里扔了一块猪油以后，门口地上的干草终于咔嚓咔嚓响起来。

我们部落的巫师们来了。他们像普通族人一样互相打招呼，关系好的还要拥抱一下，然后围坐在火塘旁边，眼睛盯着陶釜里的东西，嘴里有一搭没一搭地扯家常，像在自己家一样自在。

师父用一根桃木棒搅和着陶釜里的东西，一边用狡猾的眼睛观察着每一个客人的表现。他这个眼神和巴恺跳降妖舞的时候很像。当地巫师们在这样的眼光注视下，也不自觉地配合着表演起来，每个人都流露出对彼此的友好，像是生怕被发现什么的样子。

随着来访的巫师越聚越多，我惊讶地发现一些平日里不起眼的族人，原来也是“业内人士”。不过这些家伙肯定不是什么有威望的巫医，因为但凡能治好病的巫师都被病人和家属极力歌颂，难以隐藏身份。所以我用眼角瞥着他们，心里想这些人肯定是为了师父锅里的食物来占便宜的。

直到火塘周围坐满了人，陶釜里的红色液体也咕嘟咕嘟冒了泡，师父还在往门口张望。最终，干草再次咔嚓咔嚓地响起，巴恺的身影出现了。当地的巫师都站起来给他让座，只有师父没有动。巴恺在走过每个人的身边的时候都拍拍他们的肩膀，被拍到肩膀的当地巫师就一个个坐下，像被大象压过的粟米地。一直走到师父身边，巴恺整整布袄，弯腰正要坐下。这个时候，师父猛地抬头看他，随即像受惊吓一样跳起来，嚷嚷一句外乡话，并抱住巴恺的脖子扎扎实实地亲了一口。

这个出乎意料的见面礼，让亲切稳重的巴恺措手不及，慌忙倒退了几步。我花了好大力气撑住，才没有让他摔到火塘里，师父也花了好大力气才止住笑声，其他巫师都和巴恺一样脸色铁青，鸦雀无声。

聚众必定要狂欢。夜这么长，梦继续做：

当大地都开始吞云吐纳，我们怎能容忍自己进入梦乡？我的头脑发胀，我看到哥哥在我体内醒来，我们相视而笑，我们突发奇想。也许人们本来是一种夜行的动物。因为他们在白日太慌乱，他们在白日太猥琐。如果他们潜入夜中，当满天布琢着星辰，他们是否甘愿面对真相？他们眨眨眼睛，他们并不说话，他们有自己的心思。他们得猜测啊，那个吞没了他们光辉的圆盘是什么？那个被膜拜的太阳，究竟是天空中孤单的牡丹，还是遥远的繁锦簇拥的花园？命运是老天爷指引的方向，还是众神协调着帷幄权杖？

谁说魔药是危险的？那是他们没有尝试过巫师食用魔药的乐趣。但愿妖术被我识破，但愿病人为我康复。但愿月薄云高，但愿雾散悲去，还有什么比这漂泊的境界更美好？皮肤是细腻的，骨骼是柔软的，所有未知的境界都漫无边际……自寻烦恼的人们没有好下场。我左手抓着巴恺，右手拉着鬼头师父，我真想跟他们说我在第一次吃药的时候就知道真相，更可笑的是，当下一次奇迹发生的时候，我还会在场。

此刻我和同伴们并没有不同。他们扯住我的头发，表现出高傲的姿态，而我在地面上滑行也并没有自认谦卑。如果一个地位谦卑的人自命不凡，这世道是不是就要改变？抑或只是圆满了这轨迹？……随后所有人都面无表情。这些为分食魔药而献出礼品的巫师，这些被病痛折磨的人，他们也都在魔药的作用下站起来，面无表情地走下去。走下去！他们面无表情地高歌，面无表情地跳舞，面无表情地传情达意，面无表情地体贴温驯。我们的嘴角为对方上扬又何足挂齿，我们的眼泪为对方流淌又何足挂齿。荒谬，微薄，在太阳和贫苦之间都毫无意义。

漂浮在尘世的恩怨中，又沉淀附着在人群的底层……我曾经是一个奴隶。然而现在，月光为沐浴它的人民皎洁。人群的力量，曾几何时如此磅礴有力地翻滚在时代的漩涡中，人群的力量，又曾几何时如此盲目地颠覆着千年基业的传统。

魔药爱我。因为我除了肉体别无它物，旁人与我的关系简单又残酷。他们扯着我的头发，揪着我的胳膊和腿，因为他们无能为力，对，月光升起的时候，就让他们陷入这最痛苦的情绪中。它感叹没有根基的光芒无法持续到天明，它感叹月光没有温度、无法令万物生长，它感叹自己卑贱无知，它感叹苟延残喘。正如在女奴隶怀中成长的我，正如在井底丢了性命的哥哥。迷茫占据我们新生的头颅，痴狂左右我们的理想。它的窗口释放着火焰，它的后院却空虚得慌……

当我再次醒来的时候，我对娘说："我见到我哥了。你不认识他。我也不认识他，但我爱他。"

娘说："你在睡着的时候高声唱歌，在醒来的时候流露出喜悦的光芒。鬼头啊，看来让你学巫术算是学对了。"

我醒过来。发现天还没亮，屋里屋外都安安静静的，仿佛泰晤士河也在沉睡。两个孩子终于不再在午夜醒来。我看一眼手机，那个学紫微斗术的姑娘杨阳给我发信息，说她暗恋的算命师父决定要出家了。她这个红尘，终归没有留住他。

Day 13

现代补丁

早上醒来依然感觉累，也许是没开空调的房间太热。

昨天和舒小红约好，今天去她和小麦现在借住的格林威治小镇吃早餐。对于飞越重洋来住酒店的母女三人来说，去伦敦周边一日游可以算是重大行程。我拉开窗帘，对面伦敦塔笼罩在厚重的云盖里，看上去就有点闷热。不过我也期待再去格林威治看看，毕竟十五年前留学的时候去过两次，算是伦敦周边比较熟悉的地方。

第一次去格林威治，是因为我在研究宿舍门口公车路线的时候，无意中发现它的终点站叫Greenwich。那时候我也不确定是不是那个教科书上看过的“格林威治时间”的“格林威治”，于是想去一探究竟。初来乍到的周末很无聊，还没有开学，也没有朋友，我决定独自坐最近的一班公交车到总站看一看。

记得那是一个阴天，我坐在伦敦特有的红色双层大巴顶层。因为是向城市中心的反方向，所以车上没有什么人，尤其是过了附近的交通枢纽“大象城堡”（Elephant Castle）之后，整个顶层就剩下我一个人昏昏欲睡。下面一站，公交车停靠之后上来一个金发少年，他手里拿着一捧薯条，我被那个香气叫醒。除了油炸物的香味，这份薯条还带有一层白醋的酸味，我从来没有想到盐、油和醋的搭配这么有侵略性，虽然才吃过早饭不久，肚子里还是叽里咕噜乱叫。

总算到达终点站，下车就发现路边有一家正在营业的炸鱼薯条店。那是我第一次明白薯条是可以当零食的。一英镑就可以买到热乎乎的一份，特别适合伦敦的阴雨天。我把一个英镑的硬币放在柜台上，店主就将隔油纸卷成一个圆锥纸筒，左手拿着锥尖，右手用小铲子从下往上翻，在保温箱里炸好的薯条中铲满一簸箕薯条，倒进喇叭口，装成一束金灿灿的“薯条花束”递给我。双手接下，我的脸都被映得又香又脆又温暖。

另外一次突发奇想的一日游，是去巨石阵，情景也和那次格林威治差不多，也是在刚到英国不久的某个阴雨周末。从滑铁卢车站坐去往索斯伯里的火车，早上八点五十分出发，十点半之前就到。和“格林威治”一样，我也不确定家门口的那个滑铁卢，是不是著名的“滑铁卢战役”的滑铁卢。总之，滑铁卢火车站也是一个很大的火车站，从那里坐车到索斯伯里下车，只有一趟巴士可以去巨石阵，我跟着最多的一群人往前走，几乎不用想就能找到正确的路线。就连到达巨石阵之后下车、排队买票、检票进入展区、环绕着巨石阵走一圈再回到检票口，都是夹杂在同一群人中间，好像大家都和我想到一起去了一样。整个行程只有两个小时，过程比我想象的简单得多。

英国作家哈代的《德伯家的苔丝》描绘了诗意的英国西南田园景象，正是19世纪工业革命之后，社会变革动荡，传统农业受到机械生产冲击最猛烈的时期。苔丝从庆祝丰收的五月节中出场，一袭白裙在蓝天碧草间飞舞，纯洁、热烈、阳光，仿佛脚下的草坪都是为她尚未展开的人生而点亮。小说结尾在巨石阵：已经成为杀人犯的苔丝终于躺在爱人安吉尔的怀里，经过几天的流亡生活，最终在巨石阵冰冷的巨石上睡着，全然不知警察已经从四面八方包围上来。那个不清澈的清晨，也是典型的英伦景致。在阅读的过程中，脑中的景象就和我去参观的那天一样，并不是令人向往的、Windows开机屏幕中的、蓝天绿草白云萦绕的历史遗迹，而是斑驳陆离、披荆斩棘的一块块巨石沉淀在浓雾底部，广阔的灰绿色平原上渺小的一圈。那是2005年的初春，微软升级Windows 98视窗系统的第七年，我和初恋男友一起熬夜迎接千禧年之后的第五年。

《德伯家的苔丝》的最后一幕，我不确定苔丝的灵魂是否获得最终的救赎，也不确定那时候的安吉尔是否真的爱上苔丝，更不确定哈代给苔丝安排的死刑是否就仅仅是为了批判社会变革夺走单纯少女的生命那么简单。因为当我走在雨中的石阵旁边的时候，惊讶地发现它们比我想象中小很多。在高楼大厦中出生长大的我们眼里，四米的石块并不显得壮观。尤其是在广阔的草原上、熙熙攘攘的游客中间，这圈石阵甚至有点矮小凄凉。在没有阳光的中午，我无法想象它给发现者带来过怎样的震撼。回程的时候我也在想，英国的火车都没有卧铺，大概是因为从南坐到北也不需要一天一夜的时间。

第二次去格林威治，是在剑桥上学的夏洛特来伦敦玩的时候。她借住在我宿舍里，所以我们就按照上一次的路线，从宿舍门口坐二十一路车到终点站的格林威治小镇闲逛了一天。伦敦这种红色的双层大巴开得不快，我们坐在顶层一路晃晃悠悠地聊天，也不觉得烦闷。好像就是从那次以后，我们俩都把不赶时间、坐公交车的出行方式叫作“晃过去”，比如后来我们在北京要约个饭，都会发信息给对方说：“我出门了，晃过去找你。”“好的不着急，我也晃着呢。”

那一次出行之前，夏洛特是做了功课的，所以我们确定这个格林威治就是划定一日之际的那个格林威治，她甚至在行程中安排好去天文台的项目。也多亏那次她安排我们去踩着“本初子午线”照过两张照片，因为如今拖着两个小朋友再去格林威治，也没有机会再去天文台留影。我也是偷懒，一方面想到穿越天文台前面广阔的草坪要走好多路，另一方面也是不知道要怎么简单明了地给孩子们解释“格林威治时间”和“本初子午线”的概念。头一天晚上没有睡好，我就果断放弃这次一日游的教育意义，因为我知道，就算她们俩也脚踩着零度经线、身体横跨东西半球拍了照片，也没有办法拿到小朋友中间炫耀，因为她们的小朋友们也不懂，这个人为划定的“零度经线”对于她们的人生到底有什么意义。

◇◇◇

我和孩子们从酒店房间出来，都很兴奋。因为住在伦敦塔码头的这么多天，终于轮到我们自己走上码头坐船。我们每天早上都透过餐桌旁边的落地窗，看熙熙攘攘的人群从码头路过，有时候我们在阳台上吃点心喝饮料，还会和路过的搭船人打招呼。傍晚火烧云蒸腾起来的时候，就会有盛装的男男女女在码头前集合，大声聊天合影，然后在成群结队地登上游轮。有一天晚上看到许多穿白色晚礼服的黑人，男女老少都有，看上去是几代人齐聚一堂的家庭聚会，登上一艘彩灯高悬的白色游轮。这艘游轮也不慌不忙，在码头停靠了很久，直到俩豆趴在窗前看得都不耐烦了，才一路欢歌，缓缓向河中央驶去。我看到游轮有三层，最下面的一层是封闭的船舱，有大玻璃窗可以看到里面舞动的身影；第二层是半开放式的船舱，有一半是露天的平台，有不少坐在露台上聊天的人；顶层是更大的露天平台，被彩灯和帷幕环绕出一个舞台，从我们的阳台上可以清楚地看到拍照的人群、摄影师、灯光师和白色的背板，舞台下面还摆着几张圆桌，周围是白色的沙发座椅。喧闹的白色派对游轮就从停靠在泰晤士河另一侧的英国皇家海军的贝尔法斯特号巡洋舰旁边擦身驶过。我惊喜地发现，原来伦敦人是这么玩的。

因为是要去格林威治吃早餐的，所以出发得早，清晨的码头上还没什么人。但是我们酒店和伦敦塔之间的石板古道已经被开着扫地车的环卫工人打扫干净，河边花坛里的垃圾也都已经被清理掉了。我们买的是全天票，因为不知道会在格林威治逛多久，也不想规定自己什么时候要回来。毕竟，这是我和舒小红最后一次聚会，也不知道舒小红会不会邀请我们去他们住的地方坐坐，或者能不能见小麦一面。

泰晤士河上的渡轮，没有我想象中的浪漫。舱内果真像小火车一样，整齐成排的蓝色绒布座椅上坐满各色人，几乎没有人说话。同样无人问津的中央小卖部，孤零零地站在座椅中间，负责出售罐装饮料和薯片爆米花。由于船体会随着水流晃动，所以舱内是不出售散装的酒水饮料的。我带着墨尔本咖啡人的骄傲，忍耐着对咖啡因的渴望，耐心地等着去格林威治喝一杯现做的咖啡。两个孩子乖巧地选择过道附近的座位，我从对面望过去，虽然她俩都伸直后背坐在椅子里，但是舱内的地板低，窗外泰晤士河面仿佛都要没过她们的口鼻似的。我本来想拍照留念，但是从手机屏幕里看到这个画面就觉得胸口疼，庆幸还好隔着玻璃窗。

格林威治也是这船的终点站，和我当年坐双层大巴一样，随大流走在人群里，自然而然地，就进入到小镇里。我喝咖啡心切，路过地标性的卡迪萨克号（Cutty Sark）帆船，都没有驻足看一眼。这艘帆船，是世界上现存最古老的“飞箭式帆船”，以瘦长的船身和行进速度快著称。它也是英国制造的最后一艘帆船，在上海和伦敦之间航行过几年时间，专门做威士忌换茶叶的生意，据说Cutty Sark这款威士忌酒的品牌名称就是这么来的。但是很快，飞箭帆船被更快速的蒸汽动力船代替，卡迪萨克号就转去伦敦—澳大利亚航线运羊毛，在漫长的航道上往返十年，最终退休被改建成博物馆。这大概就像我们家里的报纸被手机新闻取代一样，芸豆在家里到处找报纸，不是为看新闻，而是为做手工。

我们相约在一家当地肉肠店，叫Heaps Handmade Sausages——“好多手工香肠”。我拉着孩子们赶路，从码头沿着主街往南，直到路的尽头向左拐进小巷，就看到一家墨绿色邮筒模样的餐厅门脸，我默默期待那里面不光有香肠，也有合格的现磨咖啡。餐厅很小，弧形的大玻璃窗上写着简单的介绍语，我大概扫一眼：熏培根、香肠配土豆泥、手工肉肠外卖……朴实接地气，和窗框上挂的猪形铁牌一样，几乎没有修饰和艺术夸张，就是一整只猪写实的剪影。

英国的朴实，和澳大利亚的朴实，并不是一个风格。我和闺女们习以为常的澳式朴实，带有一种种大山大河的气派，是麻布袋的洋葱土豆搭配炭烤战斧牛排里，透露出来的阳光和土地的味道。然而英式的朴实，渗透在工业革命后，爬满藤蔓的田园农庄里，是简·爱奔向罗切斯特*的时候，掩盖在英格兰北部高原晨雾之中的。就像这个格林威治小镇，实际上也是泰晤士河入海口附近一座凸出的小山，但由于河道弯曲、淤泥沉积形成的小半岛，护住伦敦城区，成为英国皇宫与英吉利海峡之间的一道屏障。自15世纪初就被英国皇室建设成为军事要塞，不但有炮楼和瞭望塔，还有皇室的动物园和打猎场。到17世纪，英国皇家海军扩张势力，为了摆脱只能凭借经验看星星来判断航线的困境，1675年，英国国王查理二世在格林威治建立英国皇家天文台，并且在1671年终于制作出世界上第一张标示经纬度的航海图。1884年，格林威治所在经线被全球公认为本初子午线，即零度经线。1924年，格林威治天文台第一次通过英国广播电台发布时间，全世界的无线电听众都可以根据这个时间信号校正自己的钟表。所以，格林威治的朴实，是清华相对于北大的那种朴实。

舒小红发来信息说要迟到几分钟，让我们先点菜。于是我就带着孩子们先进门占座。从只能通过一个人的窄小玻璃门进入到餐厅里，左手边是水泥砌的卡座，右边是玻璃展柜和操作空间。俩豆在澳大利亚吃肉长大，从小被惯得嘴刁，所以对于香肠并没有太大的兴趣，只是往柜台张望了一下，就乖乖挑了一个装

* 英国女作家夏洛蒂·勃朗特创作的长篇小说《简·爱》中的情节。

饰着木头小猪雕像的卡座坐好。姐姐芸豆马上代表妹妹提出，今天早餐要喝热巧克力。反而是我往冷藏柜里使劲看，想要了解他家有什么特色，能获得舒小红的肯定。

从最里面满载的不锈钢铁盆开始，一盆一盆看过来，除了传统样式的“传奇超长卷曲猪肉肠（Legendary Crumber land）”和“原味史密斯早餐肠（Orginal Smithfield）”之外，还真有很多新鲜的口味。炒洋葱猪肉肠、甜茴香猪肉意大利肠、猪肉菠菜肠、猪肉野花蜂蜜肠、苹果桂花猪肉肠、健力士黑啤酒猪牛肉肠、威士忌辣椒猪肉肠……看着看着，就感觉店主人对于香肠的热爱隔着不锈钢和玻璃橱窗扑面而来，把我震回到座位上。

店主老板娘很热情地拿来菜单，我先点了咖啡和两杯热巧克力，把她打发走之后再仔细研究有哪些老少咸宜、可以被姐妹俩接受的香肠套餐。选来选去，最终还是想要妹妹喜欢的番茄焗黄豆配传统早餐肠，我和姐姐分享一份“全明星早餐”，包括香肠、培根、薯饼、炒菠菜和烤西红柿（其实是拿不准她到底会吃哪些、不吃哪些）。舒小红在早餐上桌之前赶来。听完我们下单的丰盛早餐之后，她居然只点一份早餐肠配菠菜，让人感觉很羞愧。

舒小红的头发披散着，好像还没有完全干，她说自己刚上完搏击课从健身房出来。一袭休闲的吊带白布裙子，光脚穿一双凉拖鞋，和格林威治的风格很搭配。她完全露出来的两只手臂是健康的黝黑色，肌肉线条和血管都清晰可见。我原来不能想象她这么瘦小的身体，这些年怎么照顾一米九几的小麦，现在发现，人只要憋住一口气，就可以浑身全是劲。我又想起俩豆还是婴儿的时候，用尽全身力气吃母乳的样子，有时候一顿奶吃完就已经满头大汗，有时候累得不耐烦，头一甩把乳头吐出来，自己还被喷一脸奶。

舒小红并没有吃完自己的早餐，甚至问我们要不要分享她的香肠；而妹妹在吃完自己的焗黄豆配早餐肠之后，还要求外带一份巧克力布朗尼路上吃。我愉快地应允，打包买单。走出餐厅的时候，太阳也出来了，初夏的格林威治有点热，我低头看看我们母女三人，虽然也是白裙子，但都穿着打底裤、上身还罩一件薄外套，就又感叹还是舒小红活得潇洒。

她问我们有什么游览计划，我回答说完全没有，于是我们就顺着小镇的商业街漫无目的地往前走，没几步就看见格林威治古董艺术品市场。入口的拱门上写着“格林威治市场——1737年建立”，除了各地集市都能见到的面包店和甜甜圈摊位，更多的是艺术品、首饰和服装店，姐妹俩甚至发现了一间店铺买传统的牵线木偶，让人惊喜。妹妹选一只小白兔，姐姐选一只带领结的小老鼠，本来各自都满意，但是当妹妹发现她的小白兔只能在牵线的控制下简单地撅撅屁股、点点头的时候，就开始羡慕起姐姐可以“动动手再动动脚”的绅士小老鼠。我和舒小红被一家饰品摊位吸引，店主在自然界采取原料，将树叶、花朵和贝壳镀上一层金银，成为各式各样的金属标本，秉承“没有完全相同的两片树叶”的精神。我和舒小红也被激发想象力，我选了两只左右不对称的叶子耳坠，她挑了几只戒指，叠加着戴在同一个手指上。

路边的服装和饰品店也让人着迷。一直以为自己住在澳大利亚的文化时尚之都墨尔本，但是在英国回头看自己家乡的审美修养，不免有点拿不出手。我们最先是走进一间可爱的手工饰品店，它以极小型的玻璃挂件为主要风格，有各种颜色的玻璃小蘑菇，有玻璃小黄鸭、玻璃小兔和玻璃花朵、云和彩虹，甚至雨滴，店主就是艺术家本人，她把这些小玻璃造型穿起来制成手链、耳环或项链，甚至也直接出售装在糖果色小铁桶里的原材料，你可以买回家自己制作。妹妹挑选了粉色的珍珠搭配玻璃花朵串成的手链，姐姐则选了一桶原材料想要自己设计。结完账，我发现店家连打包商品的礼品袋都别具匠心，也是用水果色的圆点包装纸，将同样的风格铺展到所有细节上。几乎每家服装店都有配饰出售，我在不同的店里都发现云朵、彩虹和雨滴的造型，被设计成胸针、耳环和项链，可见英国人对于自己多雨天气的幽默感。我实在无法抗拒，买了一对耳坠，有贝母做成的云朵，不但用镂空的方法展示云朵间滚动的线条，也巧妙地借用贝母在灯光下映射出的七彩来展示英国田园天空中云彩多变的光影。每朵云彩下面都有几条银色细链，顶端拴着水晶做的雨滴，高低错落地坠在耳垂下。我和舒小红还各自选了几条裙子，都是在澳大利亚没有见过的款式：轻薄的牛仔布裙搭配蕾丝和盘扣，胸前和裙摆上还刺绣几颗鲜红的草莓；通体橘红色的长裙，仔细观察起来却暗藏玄机，大片的橘色中间实际上穿插着亮红和荧光黄的细线条，轻薄的布料在腰间有叠压的设计，让一件看似单调的长裙从颜色到剪裁都细致丰富……

当天晚上，我把这些衣服首饰背回酒店的时候，再次一一品味，更感叹英伦风格不仅仅是简单的巴宝莉土黄色的格子衬衫和战壕长风衣，而是更深沉细致的设计感。记得有一次在学校听两个英语老师谈起中国学生喜欢穿巴宝莉的衣服，调侃说巴宝莉不代表英国的主流时尚审美，却被外国人当作英伦绅士的象征。我那时候还不能理解他们的对话，甚至有点厌恶他们傲慢的态度，但现在感觉就要摸到答案的边缘，有点懂。

白天我和舒小红进到商店里一件一件地翻看衣服的时候，芸豆和乐豆就坐在旁边台阶上玩牵线木偶，不知道已经给路人演出多少场戏。但是毕竟不能由着大人们一家店一家店地进，因为店铺里都是“你们感兴趣的”商品，两个孩子逐渐变得不耐烦。所以看到街角的玩具店的时候，几乎是头也不回地冲刺进门。好在英国的可爱，也不是直接的，毛绒玩具的造型并不是一般的大眼睛猫猫狗狗或兔子，反而是原本坚硬的龙虾、海星和寄居蟹，被做成毛绒绒的柔软玩偶，立刻让人产生都挂在臂弯里带走的欲望。我们就又买了一大一小两只母子龙虾，孩子们自然也不会放过绘本图书和创意文具。等我们走回到码头前主街的时候，不由自主地都把眼睛丢进一家陈列着甜点的咖啡厅橱窗里。舒小红建议进去喝杯饮料，于是我们大包小包地推门，还没等脑子反应过来，身体已经被室内的冷气吸引，直奔用餐区最里面的长条沙发座椅。

拖家带口购物之后，来到开冷气的咖啡馆里喝一杯冰咖啡的快感，几乎是我十几年来情绪的最高点。孩子们各自捧着一杯橙汁猛喝几口，才缓过神来，就开始在购物袋里翻腾，一会寻找刚才买的玩具，一会要打开彩色铅笔在新买的涂色书上作画。我看见收银机前面陈列着很多新鲜烘焙的点心，包括巨大的巧克力碎曲奇、有镂空装饰的果酱曲奇饼干、切割成长方形的烤梨派，还有撒着白糖粉的麦芬糕和蜂蜜燕麦条，就拿出手机来拍照。尽管在墨尔本的咖啡厅里也常常见到这些产品，但是我通过相机屏幕发现服务生小姐姐正盯着我们看，不买几样糕点来吃吃就感觉不好意思。实际上孩子们也走饿了，两盘火腿奶酪三明治被风卷残云，香蕉和巧克力麦芬蛋糕也很快被分食。每当这个时候，我都很惊讶小孩子们吃糖的能力，可以就着甜味的橙汁再吃下甜味的蛋糕。而不像我们，需要用苦咖啡才能把甜饼干送下肚子里去，也已经不满足于在做甜品的时候刻意加入绿茶、核桃的苦味，甚至在喝热巧克力的时候也要混入辣椒或生姜八角，才能算是懂得时尚潮流的"大人"。我和舒小红还真的每个人干了一小杯黄姜柠檬汁，就像喝烈酒一样一口闷进去。因为我们相信这些"超级健康大食材"可以增强体力、缓解体内的慢性炎症、提高免疫力。

孩子们并不管两个大人在做什么，只是比较着各自饮料的高度，看谁喝得快，看谁分得的蛋糕大一些。当我的冰咖啡被端上桌的时候，两个人都发出啧啧的羡慕声，因为店家特意没有搅拌，而是任由深色的咖啡沉底，托住白色的牛奶，而杯口还漂浮着冰块和半个冰激凌球。周围正在聊天的人也停下来，看报纸的人也抬起头，眼神都随着我的饮料一路行进，再一个弧线连接到我的脸上，投来"我懂你"的笑容，好像每个人身体里那个"馋半个冰激凌球的小灵魂"都被唤醒了一样。

喝完咖啡，舒小红和我们一起走回到码头上，然后指着右手边一片新开发区的公寓楼，说她和小麦就住在那里。她没有继续往下说，我也没有继续往下引导，只是说："看上去设施挺不错的呢！”

“对，”她有点骄傲地回答，“楼下就是新开的Waitrose超市，很大很方便。”

我转过头仔细端详那片显然是崭新的新开发区，一栋栋整齐的公寓楼都十层左右，远远看去通体漆黑，大落地窗连接成的玻璃幕墙让这一片小区在微弱的阳光下都闪闪发光。再远处是号称世纪大笑话的“千禧巨蛋（The Millennium Dome）”，和伦敦的千禧桥一样，是伦敦市政府迎接千禧年的大型工程之一。我留学的时候，常常在电视里看到那里举办各种大型演唱会和跨年表演。对于二十二岁的穷留学生来说，是遥远但让人向往的地方。如今从泰晤士河岸望过去，才发现这个建筑外形这么突兀，像外星生物一样和伦敦其余地区都格格不入。高耸的金属支架拉扯众多钢丝，将巨蛋白色的顶棚勉强拉开地面，既像是牵引式的铁索桥，又像是被随意戳满蜡烛的白糖糕，形成一个“蜘蛛从巨蛋中破茧而出，向各个方向伸出八只长脚”的造型。

◇◇◇

这些现代风格的“创意建筑”，分布在卡迪萨克号飞箭帆船的另外一侧，与这边的教堂、古道、古董艺术品市集遥相呼应，好像以这艘帆船博物馆为轴，格林威治就被分割成新旧两个时空。我们显然是站在旧时空的人，看着对面闷闷不乐。我仔细回想自己买房子的时候都不喜欢旁边空地被开发建房子，更何况是伦敦市民。因为现代化的、商业化的城市建设，在功能设施越来越先进的同时，越来越丑。如果你在我家旁边盖一座大理古城或威尼斯水巷，用更美丽的园林景致来取代自然风景，大概就没有人会反对。所以，对美的追求肯定是人性的根本需求吧？不然为什么丽江古城、圣保罗教堂和威尼斯都被游客过度消费、挤得人满为患呢？

出走半生，我们大部分时间都在追求更好，目标也好、理想也罢，仿佛美好的事物总在远方，而脚下所在之处有些平淡无奇。所以，这是不是代表着我们大部分时间都在忍受周围的丑？所以，在钢筋水泥玻璃幕墙随处可见的现代都市里，我们是不是需要通过建筑环境来感受自然地理方位？不论是伦敦、北京、墨尔本，还是开罗、巴黎，我想要自己回忆起这些旅程的时候，画面有所不同。所以内心总有一种不甘，每到一个地方都想要发现它独特的风景，我会刻意将“现代建筑”排挤到记忆的边缘，认为它们不能代表这个城市的文化，反而在教堂、古堡、旧街乡的酒吧铁牌和石板路上仔仔细细地瞧，像要把它们的形象和伦敦的色香味牢牢地捆绑在一起似的。所以我讨厌现代主义建筑，尤其厌恶现代房地产商开发“经济实用的商品房”，如果它们还能算是“建筑”。

现代主义将艺术创造中从宗教信仰系统中“解放”出来，赋予个人意志，成为“民主自由”的吉祥物。确实，自文艺复兴时期开始，油画中的婴孩和天使终于摒弃小老头的形象，真正拥有娇嫩可爱的面庞，更加“亲民”的路边咖啡厅和田园风光主题的作品大行其道，成为每个人家里都可以拥有的艺术。彼时，如果你告诉一个中世纪的艺术家，艺术需要反映和揭示现实真相，他恐怕不屑一顾。因为在仅仅两三百年前，艺术还只是传播宗教信息和信仰的手段，而非宣泄情感和抒发个人思想的平台。但在随后的浪漫主义运动中，艺术不但从“工具”的地位上解脱出来，更被赋予了个人标签，并且被行政法律手段加以保护，从而“具有主观意识的个人”成为艺术创造的主体。此时，审美和品位成为个人判断的结果，导致我们看到一个丑陋地标的时候，只觉得自己大概不懂这个建筑的“创作意图”。以至于当我站在酒店阳台上，视线从美丽的伦敦塔桥向右移动到亮晶晶的碎片大厦时，并不敢说出一个“丑”字来。

在建筑设计领域，行业私有化和商业化之后，品位和美学修养更反其道而行之。现代主义学者批判中世纪建筑中不切实际的繁冗装饰，建筑商人们强调性价比、宁静、极简的心态，崇尚“形式给予功能”的理念，而民众不得不为机械大生产买单。

然而，在如何协调商业价值与人性魅力的问题上，很少有人能像美国波普艺术的开创者安迪·沃霍尔这样有建设性。他甚至把自己在纽约的工作室称为“工厂（The Factory）”，而不是自文艺复兴文化自由以来让人神往的艺术“创作室（Studio）”。也许在我们这“现代社会”里，艺术不应该和工业生产结合在一起，但这也正是安迪·沃霍尔的意图。他敏锐地捕捉到我们现代社会的两大武器——商业和名人，更注重如何将两种力量结合在一起改善社会导向。他认为大众应该可以从商业的角度看待艺术，让美好的事物变得更便宜、更高效。有一天，他得知毕加索一生创造出四千幅伟大作品，就试图在一天内出产四千张印刷作品。结果他勤勤恳恳，用了一个月的时间才创造出五百张作品。安迪·沃霍尔的行为艺术反而给世人带来了更大的启示：生活中创造美好事物，不仅需要艺术品位和修养，更需要条理有序的安排、管理和商业运作才能产生大规模的影响力。

◇◇◇

这些天马行空的想法在我脑中奔腾而过，却一个字也没有从嘴里漏出来。毕竟，那片看似格格不入的新开发区，是舒小红和小麦生活的地方。况且，在世界上所有大都市的风景线上，都存在着这样的“现代补丁”，我们中又有几个人能住得起唐顿庄园或四合院呢？

我和舒小红挥手告别，带着孩子站到检票的队伍后面，她则站在队伍之外的不远处。这是一个有点理智的依依惜别：时不时地，我们各自往反方向走一步，再停住，回头张望互相微笑，仿佛在掐算对方大概适应了这个距离，就再走远一步。好像对她来说，“逐渐拉开距离”比“一下子转身离开”更容易接受一样。

坐回程的船就比早上有经验，我们一进船舱就在船头的第一排坐下。我面对着船头两扇巨大的玻璃窗，视野非常好，两个孩子各自捧一个热狗趴在玻璃窗下的长沙发上吃，注意力暂时还在“蕃茄酱到底有没有涂满整个热狗肠”上。船开起来的时候，船头挂的彩虹旗招展得好像要和高涨的河水一拼高下似的，然后我就想起来，今天伦敦城区有LGBTI彩虹联盟大游行。

在酒店楼下的码头上岸，时间还早。但是我没有安排任何别的行程，晚餐也在房间里吃外卖解决，一方面是不想再继续制造生活垃圾和剩饭剩菜，另一方面也是需要时间把我们这两周来不断购买的玩具和纪念品清点打包。

明天，我们要回家。

现代补丁

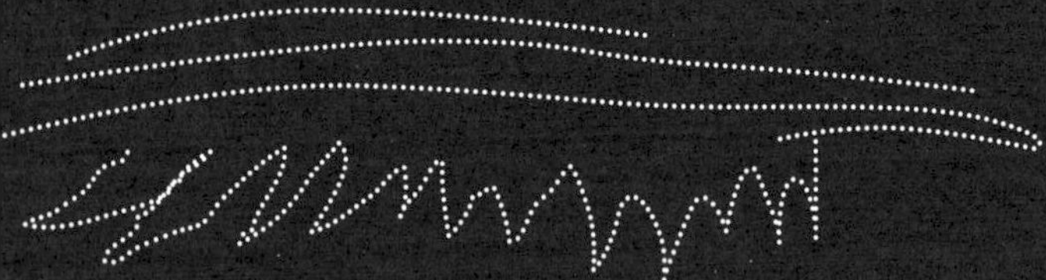

Day

14

越南人和他的大连老婆

酒店规定中午十二点退房，所以我们从容不迫，七点半起床之后还能出去逛个街吃个早饭。抓紧最后一次机会，出酒店就直接打车去伦敦中心区的牛津圆环火车站。那是连接着牛津街和摄政街两条主要商贸主街的交通路口，附近建筑上挂着标志性的巨大弧形广告荧幕，而摄政街有世界上最古老、也是世界上最大的玩具百货店——汉姆利家（Hamley' s）。

七层楼的汉姆利玩具店，是我们上午的重头戏。我可以预见自己连拉带拽从大楼里出来筋疲力竭的状态，所以把这个行程点留在所有其他小店之后，下出租车就拉着孩子们往玩具店反方向走去。先是来到一家以花卉布艺为特色的儿童用品商店Cath Kids，给孩子们挑选几件连衣裙，各自又选了一个可以带上飞机的小书包。我计划着她们可以把需要随身携带的iPad、玩具、耳机、水瓶、零食等小物件都装在自己的小书包里，美其名曰锻炼她们自我管理能力，实际上也是减轻我一路上抱拉扛举行李的负担。妹妹选择了小兔子造型双肩包，姐姐则选择了有手拉杆的小布包。我很喜欢她们各自的选择：妹妹的小兔子书包底色是淡绿色的碎花，和她今天穿的黄底粉红牡丹花布艺裙子非常般配；姐姐选择的拉杆包更素雅一些，有蓝白两色的青花瓷质感，和她今天黑红镂空连衣裙的风格也很一致。另外购买的几件路上替换的衣物也是素雅的英式田园风格，白色棉布底料上印有小兔、小女孩和小玫瑰花的图案。

下一家是正经的新秀丽行李箱商店，我们这一路上购买的纪念品太多，我又不喜欢零零散散地装在几个小袋里旅行，所以需要再添置一个结实又轻便的行李箱才行。我快速地选购了一只白色条纹的中号箱子，又怕在托运过程中不好找，在店里又搭配了三个名牌挂件。销售姑娘们热心地说，只需稍等片刻，就可以在名牌挂件上免费印我们母女三人的名字。妹妹继续小甜心的粉嫩风格，要求在粉色皮革挂件上烫珠光蓝色的英文名字，姐姐则是按照自己拉杆包的颜色，选择蓝色皮革挂件上烫银白色英文字母，妈妈也发挥创意，在棕色的皮挂件上烫金色的名字。

一切准备就绪，我们几乎不用看地图，往人群涌动的方向走过去，就看到汉姆利玩具店红色的大门。这是我留学期间几次路过、眼红又不敢进的地方，那时候害怕自己进入这样的玩具王国之后陶醉其中又囊中羞涩，尽量都是在橱窗上流连忘返，但从来没有勇气走进去。如今我终于也作为“大人”来到这里，有一种怀表兔子带着两个小爱丽丝掉进兔子洞的头晕目眩。

汉姆利家玩具店的大门是歌剧院样式挑高的玻璃门，还没走近就可以看到从门口人群中飘出的七彩泡泡。人群中有工作人员装扮成船长和海盗，“嚯咦！嚯咦！”地跟来往的顾客打招呼，也有魔术师在表演，将玫瑰花和绒毛小兔子送给围观的人，还有穿撞色布艺裙子的裁缝小姐姐和消防员，给小朋友们做棉花糖、分发爆米花……顺着高耸至房顶、塞满毛绒玩具的柜台往里走，居然还有热闹的木偶剧场。小朋友们围坐在舞台周围，仰着头看演出，让我想起自己孤僻的小学六年里，最开心的事就是学校停课、安排全体小朋友看木偶剧的时候。坐在夏日里，挂着"吊死鬼"的大槐树下，我们也是仰着头看木箱子里的玩偶做出夸张的动作表情，已经记不清什么剧情了，但只要手偶一停顿，就能引起笑声一片。

木偶剧场旁边是世界上最大的泰迪熊展区，从十几英磅的日常熊到上千英磅的典藏版，应有尽有。我甚至看见有些跟着佣人和保镖的小孩子在玩具区里奔跑，周围带着耳麦、穿西装的高大男子，眼睛在小主人和周围游客之间来回切换。我在人群中顾不上看这孩子到底是什么模样，因为芸豆和乐豆也在糖果和玩具营造出的五彩祥云中飞翔。我的眼睛和精力还不够追着她们跑，触景生情、发掘自己童心的时间都没有，更谈不上看别人。

艰难地走上一层，发现自己来到了芭比娃娃和胖吉猫的世界。我看到芭比娃娃的纪念版里，一个穿皮夹克、格子短裙的娃娃有一双粗大腿，立刻想起我在墨尔本的邻居——一个大连女孩。她就总抱怨自己的大腿太粗，夏天都不好意思穿热裤或者短裙。我决定买这个大大方方露出粗腿的芭比娃娃送给她。

◇◇◇

其实我和大连女孩贝贝能做邻居，还是因为杰克。2011年初，我们刚搬到位于墨尔本西区的新家。那时候的日子过得充满希望，姐姐芸豆两岁刚开始学习自己上厕所，我怀着妹妹乐豆，杰克还在广告公司上班。每个月，我们夫妻俩收到工资就会给家里添置一件"大件儿"，先是沙发，然后是书柜，然后是电视柜，然后是餐桌……有一天杰克出去倒垃圾、从邮箱里取信件，在门口逗留很久也不见回来。我就好奇地往门口走，没想到他手里没有拿邮箱里的信件，却领了两个客人进门。这两个人就是贝贝和她的老公肖恩，贝贝的怀里还抱着个小婴儿，才两个月大。这个小婴儿叫艾莉，后来成为俩豆的“发小”。尤其是姐姐芸豆，对她特别依赖，虽然我们各自搬家之后，三个小姑娘不在一个学校上学，但是总是在微信上聊天，并且一放假芸豆就吵着要去找艾莉玩。

原来，当天下午贝贝和老公是来我们家旁边看房子的，看到杰克在前院就和他攀谈起来，也摸清楚了街道邻里的情况和我们买房子的价格，让交易过程十分顺利。没多久，贝贝、肖恩、艾莉一家三口就入住到我们隔壁了。我怀乐豆没多久就从矿业公司离职，在家待产带孩子，贝贝因为宝宝还小，也正在休产假，所以白天男人们去上班的时候，我俩自然就成为最亲密的伙伴。互相帮助、互相讲故事、互相吐槽和安慰对方，我们甚至轮流做午饭，偶尔也一起带孩子们去附近的购物中心买菜。后来我在“我们家”附近唯一一家私立学校找到工作，三个孩子们也进入这所学校上学，关系就更亲密一层。

贝贝夫妻都是在银行勤勤恳恳工作十年的白领，过着让所有移民羡慕的、体面又稳定的、双职工中产阶级小康生活——直到2013年，澳大利亚经济不景气，杰克和肖恩都下岗，两个丈夫也变成每天晚上“车库乒乓球友”。也许就是那个时候（芸豆四岁、乐豆一岁、艾莉两岁），两个家庭里的男人都在失业中萌生了创业的想法。肖恩和贝贝说，自己想再四十岁之前至少尝试一次，不然一辈子都会后悔。肖恩准备给自己半年的时间，如果创业不成功，他承诺贝贝，自己就算开出租车也能养家。而杰克和我说，他要忠于自己的内心，我如果爱他就应该接受他的优点和缺点，无条件地支持他，然后给我半年的时间，说半年之后挣的钱要投资到他自己的公司里，我不能动。“我等不及要和时间赛跑，”他说，“我一定要做成功的人。”

也许这就是我们两家男人的区别。就算是我们后来因为他的黑市比特币交易被人持刀枪入室抢劫，也没有让他后悔，因为像我这样一个高中老师的稳定人生，实在太无聊了。

“我的高中数学老师布朗先生，在给学校勤勤恳恳工作了六十年之后，终于退休了。你知道他得到了什么回报吗？”杰克在我们被抢劫后的第二天，给我讲了布朗先生的故事，“他一辈子的劳动，就变成学校年度期刊最后一页的一句话感谢而已。你想要过这样的生活吗？”

我没有工夫回应他的话。左手抱着乐豆，右手举着平底锅，我在摊鸡蛋饼。因为妹妹从小爱撒娇总要大人抱，我已经练就单手干家务活的本事。在单手颠锅、给鸡蛋翻面的时候信心满满。我猛地抽手将锅底在灶台上一磕，借由惯性将鸡蛋饼抛起来在空中翻个面，正打算看它们完整地落回到锅里。没想到就在这个时候，妹妹在我怀里突然开心地大叫一声伸开两条腿，我怕灶台上的火苗撩到她的小脚，急忙往外转身，手里的平底锅就错过自由落体的鸡蛋。来不及完全回身，我只能用最快速度向反方向伸出手，尽量接住了大部分的鸡蛋，还是有几块摊鸡蛋落到地上。

我看着黄灿灿的鸡蛋愣了一秒钟，右手放下锅、关上火，左手把妹妹放在地上，蹲在她旁边，用手捡起掉到地上的鸡蛋，放嘴里吃了。那么新鲜出炉的鸡蛋，还觉得有点烫。

在杰克2013年11月离家出走之后，邻居家的肖恩几次试图撮合我们复合。同样是孩子妈妈的贝贝，一切都看在眼里，但是并没有说什么，只是更频繁地带艾莉来我家玩。12月18日那天，姐姐芸豆偷偷告诉好朋友艾莉，妹妹乐豆的生日爸爸也没有回家来。艾莉就将这件事告诉了妈妈贝贝，贝贝又告诉了爸爸肖恩，肖恩听完就开着车横穿墨尔本来回六十公里，把杰克带回家。杰克进门看到我的第一句话是“This is bullshit”——“这简直莫名其妙”，我就知道他一点都没有变。

那天晚上，我并不确定她们的爸爸会不会被肖恩带回来，所以没有告诉孩子们，也没有打破她们日常生活的时间表。吃过晚饭之后就按部就班地洗澡、擦油、换睡衣、讲睡前故事、亲吻晚安，我轻轻关上她们卧室的门走出来，坐在房门口听里面的动静，直到姐妹俩都睡熟。

一切都安定下来之后，我走回客厅，正看见杰克跟在肖恩身后进屋。他眼睛往上翻，做出一种问心无愧的样子，但我看见他手里好歹拿着一只白色的泰迪熊。当下心里并没有什么想法，只是觉得他们来得太晚，可千万不要把孩子们吵醒，不然又是一夜的哭闹，和第二天母女三人的疲惫烦躁。

肖恩从杰克手里拿起玩具熊递给我，说：“女儿过生日怎么可以没有爸爸的礼物呢？明天早上告诉妹妹这是爸爸送来的生日礼物。”

我说：“好。”然后轻轻开门回到孩子们的卧室，把泰迪熊放到妹妹的床上，再轻轻地退出来。

贝贝跟在我身后，在我耳边偷偷说，这个泰迪熊其实是肖恩在去找杰克的路上买的。肖恩是在杰克妈妈家找到他的，当时杰克并不想回来，但是拗不过邻居兼朋友的面子，才被连拖带拽地塞进车里。我不知道应该怎么反应，谈不上生气，也谈不上感激，因为在那个状况下，我也能理解杰克无法回来面对已经被抛在脑后的这个“烂摊子”，也无法拒绝肖恩对于“孩子需要完整的家”的坚持。所以孩子们睡着，没看见“爸爸回家”，倒也是最好的安排，避免大人之间的许多尴尬。

我多希望那是我们母女三人最后一次见到杰克，可惜在肖恩和贝贝夫妻的热心协助下，杰克承诺每周日回来看望孩子，“尽一个父亲的责任”。

于是之后的几个月里，他都是周日早上来把孩子们接走，带她们去奶奶家吃饭看电视买玩具，下午再把她们送回来。和很多分居的夫妻一样，我开始注意到孩子们对于“爸爸时间”的期待和喜悦，每个周日下午两个孩子抱着新玩具进门，我都会仔细判断这些礼物的价格。渐渐地，爸爸变成“开心”“礼物”“不用学习”的代名词，妈妈则代表着生活里让人疲倦的“严格的时间表”“上学工作”“不讨喜”的那一端。

在心里刚刚涌起委屈的时候，我还给自己做心理建设：孩子们不理解长辈的痛苦是一种幸福。我不想要两个闺女太早“懂事”、太早明白妈妈的痛苦和脆弱。我安慰自己，只要她们的需求能被满足，我就可以任自己的付出和爱被她们视而不见，因为她们从存在那一刻起，就值得我作为母亲的付出。我不允许她们有任何怀疑自我价值的机会。

杰克还在家的时候，墨尔本的社区护士就曾经开导过我，小孩是可以适应父爱和母爱不同方式的。“况且大部分家庭里，爸爸的爱都比较粗旷，可能会有磕磕碰碰，没有妈妈那么细致，但是她们也需要知道，不是所有的爱都用同一种方式表达，”护士在求救热线电话的那一头说，“你也得接受现实，除了妈妈以外，这个世界上不会有人像你这样爱她们。”

杰克走以后，我终于可以把护士的这些话抛到脑后。我的孩子们不需要适应爸爸那种“可能会让她们受伤的爱”，我就是任性地决定把自己没有得到过的“无条件的爱”给她们。因为我就是要宠溺她们，因为我喂养她们的时候，感觉也喂养着小时候的自己。

可惜，老天爷并不给我长期做圣女妈妈的机会。2014年5月的一个周末，杰克离家出走又被肖恩找回来的第五个月，他照常在周六把芸豆和乐豆带出门。但是等晚上两个孩子回家的时候，我发现她们异常的安静。等杰克开着新换的玛莎拉蒂跑车一路扬尘离开以后，姐姐扑到我怀里哭起来。她说：“爸爸有别的家了。”

她告诉我，爸爸带她们去见了一个新生儿，“在有橘色猫咪的那个阿姨家”，因为猫咪就从新生宝宝的摇篮旁边走过。爸爸还告诉她们，新生宝宝出生的时候他在医院，亲手剪断脐带。我突然想到这是他离家出走后的第六个月，然后就什么都明白了。妹妹站在我和姐姐坐的沙发旁边，大眼睛里含着眼泪，让睫毛都变得亮晶晶的。她说：“爸爸只抱小宝宝，我已经不是小宝宝了。”

那是妹妹四岁之前说的最后一句话，但是她的眼泪并没能掉下来。

从那天开始，姐姐芸豆有了说话结巴的毛病，妹妹再也不说话，也不走路，只在地上爬。我知道她们虽然说不出来，但是用身体告诉我，她们心里的痛苦和压抑。乐豆不想长大，她只想当一直可以被爸爸抱在怀里的“小宝宝”。

后来的几年里，我们都在努力弥补那一天造成的损失。妹妹2014年第二次做全麻手术，安装人工耳鼓膜。她到三岁才开始重新学习发音、说单字、词语，四岁才重新说完整的句子，并且在老师的建议下推迟一年上学。姐妹两个人每周还都会去专门的口语医生那里做语言训练、学习说话。一直到五年后的今天，妹妹还存在发育滞后的学习困难症，姐姐在想要表达内心想法的时候还会结巴。但让人欣慰的是，两个孩子在专业老师的辅导下，都已经熟练掌握了一系列与伤害共存的技巧，并且都已经长成懂得爱护环境、热爱阳光的小姑娘。偶尔一起看向前方的时候，也明白，就算我们不能避免所有的苦难，也有彼此可以依靠，未来不可期，但有妈妈和姐姐/妹妹的爱就可以继续活下去。

◇◇◇

当我们从摄政街玩具店回到酒店房间的时候，姐妹俩又在窗口发现惊喜。我们楼下的伦敦塔古道上，突然聚集起一些健身的人。在前面做示范动作的，是一个高大的白人男孩子。他把黑色的音响放在地上，自己就直接趴在旁边地面做起俯卧撑，然后转体、举手、拉伸，再换方向做另外一组。陆陆续续的，从四面八方跑来很多穿紧身衣的青年男女。红色的、绿色的、紫色的、露着腿、露着肩膀，甚至露着腹肌的人群越聚越多。他们的动作也开始变化，从深蹲、到单手着地、到仰面反向朝上。他们没有什么设备或者瑜伽垫，直接脸朝黄土背朝天、手脚翻飞。

伴随着激昂的音乐，人群还在不断聚集，蓝色、灰色、荧光黄的紧身衣和短裤仍然不断地从四周跑来，二话不说就往地上趴。甚至有些路过的上班族也被这个气氛感染，穿着西装和裙子就活动起来。我的两个孩子也被窗外的气氛带动着，在房间的地毯上打滚，一会像青虫挺身，一会像超人飞，一会又做几个瑜伽动作，几乎要把毕生所学的运动姿势，都嘻嘻哈哈地演出一遍，也不管楼下的人能不能看得见。我赶紧抓起手机来拍照，拍楼下壮观的街头健身场景，也拍眼前活泼的小精灵。

整个过程持续了十来分钟，人们又突然都从地上站起来，蹦蹦跳跳地向四方跑得无影无踪——原来这是一个健身“快闪”。被晾在酒店房间里的母女仨，和被震惊的路人一样目瞪口呆，终于在人群散去的时候，迸发出欢呼声。

◇◇◇

伦敦塔和码头又恢复到往日的白色喧嚣中，行人穿梭，阳光灿烂。但是刚才对于晚上即将到来的、对长途旅行的畏惧心情，却一扫而空。精神头都被这十几分钟点亮。太多时候，我们都被想象中的情景所支配，忘记当下的这具“活的”肉身。

此刻，我倾慕岁月，仰视生命。无论光阴带走的是什么，爱和执念却藏在心底，并在不经意间荡漾。如果这十五年是一个轮回，数不清曾经有多少回眸泪沾衣裳，也不知道还会有多少回寸断肝肠。我所付出的努力，你所窥视的欢畅，如果真的能跨越时空的阻隔再起涟漪，它是否值得这层层叠叠的不眠夜，是否止得住孤单忧伤？那波澜是否更生动？那澎湃是否更深沉？

生活给的磨砺中，我们寻找的是什么惊险，诉的是什么情肠？恐怕必须是亲身经历过，干涸的尸身才能再在沙漠中萌生发芽。尽管这生命难免恍惚和慌张。就战战兢兢地摸索一条轨迹吧？谁能来赞美生命的大喜大悲，抑或寻常便可歌可殇？如果找不到出路，是不是也就没有归期？如果不曾迎头交汇，是不是就没有远离相背？如果选择顽强，是不是要坚持到底？如果不放弃信仰，是不是就可以轻狂？

然而我心中的痛苦，已非悲喜，我眼中的对错，也无盲目或嚣张。多少次以为认清了自己，只不过是皮囊。太多的话含在嘴里难以开启，直化成惊涛骇浪，在夜晚才敢宣扬。再见了，过往；再见了，素带飘扬；再见了，居无定所；再见了，魑魅魍魉。我只需要带着小闺女们，一路欢歌、胸怀坦荡，不必睁开眼睛，也知道是走在回家的路上！

Day

14

和粑粑说再见

我们办理好退房手续的时候，离晚上的飞机还有四五个小时的时间，就临时起意去动物园看看。酒店前台帮我们把十二件大行李都安放到储藏间，换来一个手写的蓝色标签，作为提取行李的凭证。我们母女三人在这个酒店两个星期，已经和前台的工作人员很熟悉，所以高大的行李生微笑着低头，把这个小标签用头皮筋轻轻套在妹妹乐豆的手腕上。小闺女一笑，眼睛就眯起来，变成两道新月牙。果然，妹妹一路上都认真负责，时不时把手腕伸出来给大家看看，我们的“家当”安安全全，由她保管得妥妥当当。

那天下午的路况还不错，从酒店门口打车到伦敦动物园只需要半个小时。我们在墨尔本的家，离野生动物园很近，两个孩子小的时候几乎每个周末都去玩，所以对动物园充满好感。我自己上学的时候，北京还没有“野生动物园”，而北京动物园还保留着皇家行宫、农事试验场，存放各地进贡动物的“博物馆”性质。那里的“猴山”“狮虎山”，虽然是我们每个北京孩子的童年回忆，但懒洋洋的狮子老虎、臭烘烘的狼和狐狸总让人提不起倾慕的精神。想起去动物园的经历，反而是和同学们一起在湖边吃火腿肠喂鸭子的印象更深刻。再大一点，在书上读到国外有一种把动物散养在野外的“动物园”，游客反而要被关在铁笼车里参观。这让我不由得想起学校附近的“菜市口法场”，那是清朝京城的死刑法场，一个倒丁字路口，路口上冲宣武门，西通广安门，东向广渠门。在阳光和煦的下午课堂，我总是眺望窗外，然后想象：卖黄金首饰的菜市口百货商场门口聚集的人群不是在买黄金，而是在围观死刑犯被关在囚笼里，游街示众、斩首示众、曝尸示众。老师在讲台上教鲁迅的人血馒头，我就在脑子里想象刽子手如何在砍掉人头之后，如何把怀里藏的馒头拿出来沾血，他的手法是不是熟练？馒头是不是冒着热气？蘸血的时候会不会也连带着土地上的灰尘？吃起来会不会有牙碜？我也琢磨，怀里揣着鼓鼓囊囊的馒头，会不会影响刽子手帅气地挥舞砍头刀？甚至还隐约看到，行刑的刽子手、死囚犯和围观的人群一样，心里都祈祷砍头的过程顺利进行，最好能一刀人头落地。千万不要出现我奶奶在厨房里剁王八壳的时候，那种又剁又锯才能将筋骨斩断的尴尬场面。所以，当我第一次发现还可以“把人关在笼子里被动物们参观”的时候，心里泛出莫名的爽感。这种面对其他物种谨慎的卑躬屈膝，以及由这种客观行为的改变而引起一种更广泛的、“公平公正终于得以伸张”的主观快感，让我对于去野生动物园特别期待。后来，北京开始有私人投资的八达岭野生动物园、大兴野生动物园。可惜，在路牌广告上看到它们以“近距离观察动物”来吸引游客，感觉没有抓住营销的重点，颇令人失望。好在没多久，八达岭野生动物园就传出东北虎伤人的新闻，我才释怀。

墨尔本城区里也有一家“皇家动物园”，是仿照这家伦敦动物园建造的，和所有皇家动物园一样，都是展示生命的博物馆，但也并不妨碍它们逐渐发展成为亲子活动中心。伦敦动物园在摄政公园的北部，是世界上最古老的动物园，由研究动物的伦敦动物学会管理。虽然这是一所看上去体面的研究和教育机构，实际上也离不开大航海时期从各地殖民掳掠的历史，曾经饲养过的非洲斑驴和澳大利亚袋狼，如今都已经灭绝。还有加拿大陆军中尉在“一战”前赠送给动物园的美洲黑熊维尼，也正是艾伦·米恩创造《小熊维尼》的原型；1949年动物园获得第一头北极熊；在1958年迎来第一只中国大熊猫，它也成为世界自然基金会标志设计的原型……当然这些和我们无关，进入动物园之后的第一件事，就是带孩子们去餐厅上厕所。

厕所里的设施很简单，人来人往非常热闹，我和妹妹动作比较快，所以洗完手就慢慢往外走，发现厕所门口的墙上挂着一排用画框装裱起来的动物粑粑。下面的文字介绍里说明，五个玻璃框里都是植食动物的大便，动物园会收集起来作为肥料供给当地农民。从左到右，是圆球形的巴比伦骆驼、小颗粒的非洲红鹿羚、椭圆形的斑马、小圆柱形的长颈鹿和小煤球粒的兔子屎。放在一起，大小各异对比鲜明，让我想起澳大利亚另外一种以屎闻名的动物，袋熊。它曾经帮助一位中国台湾科学家获得美国哈佛大学颁发的“搞笑诺贝尔奖”物理奖，因为这位科学家终于解释出为什么这种憨态可掬的小熊会拉出独特的立方形大便。据说袋熊用自己的粑粑搭建地标，立方体的大便像小砖头一样，相当干燥，不但方便堆积起来，还不容易被雨水冲刷滚落，是袋熊们区分地盘的工具。

第一次看到袋熊是我在和杰克谈恋爱的时候，他带我开车从墨尔本到悉尼自驾游。沿着海岸线花一个星期驱车北上，在每一个小镇停下来逛古董店和农夫市场。最终到达悉尼，就在悉尼动物园里看到这个圆滚滚的伏地小熊。我还了解到这些短手短脚的袋熊，其实肌肉相当发达，运动速度可以达到每小时四十公里，简直是可爱版的低空飞行器。袋熊还有强有力的爪子，像兔子一样善于打洞，所以它的育儿袋也和考拉、袋鼠不同——袋口朝后，小袋熊生下来之后直接爬进妈妈肚子上的育儿袋，脑袋朝向妈妈的屁股而不是头部，据说这样妈妈在挖土刨洞的时候，泥土就不会被抛进口袋里。也因为袋熊超强的挖洞能力，在澳大利亚山火的时候，还被媒体戏称为救火“小英熊”。因为袋熊会让其他小动物们躲到它们四通八达的地下宫殿里来躲避火灾。此外，它们也是吃草的植食动物，所以当之无愧应该挂上这面“粑粑展示墙”。

姐妹俩也被这样集中展示的粑粑吸引，在我们离开动物园之前，还特意跑回来举着梦龙冰激凌在墙前拍照留念。看着孩子们成长的这几年，我发现“屎尿屁”对于她们来说有独特的吸引力，不论何时总能引起一阵欢笑，后来发现弗洛伊德早就将儿童时期对于屎尿屁的兴趣与人格发展的阶段联系起来，后来的意大利教育学家蒙台梭利（也就是目前正流行的蒙氏教育创始人）也提出儿童在“语言敏感期”对于在大人看来禁忌的词汇话题非常敏感，对于自己语言的力量和谈论“禁忌词汇”引发的反响抱有极大的兴趣。

◇◇◇

实际上，我自己到现在都还有这样的痴迷。第一次参观墨尔本博物馆的时候，我就兴致勃勃地买了好几块几百万年前的恐龙大便。这些大便已经形成化石，甚至可以看到不同矿物质形成的不同区块，有些墨绿色的标本被指出是植食性恐龙的粪便，有些暗褐色与淡色混杂的则是肉食性动物的粪便。我把这些恐龙大便的化石拿到杰克妈妈的店里，请她帮忙装裱起来，准备挂在自己新家的厕所里。可惜，那时候杰克的妈妈并不喜欢我们要自己买房子的计划，也"没有时间"帮我装裱这些恐龙大便化石，但是我也不好意思把这些化石要回来拿去别家店装框，就这样尴尬地让我牵挂了好几年。以致于以后杰克离家出走，我无论如何都没有机会把这些大便化石要回来了，终于下决心和这些大便说再见。

◇◇◇

相比澳大利亚的动物园，北半球的动物园对我已经无法产生太大的冲击，反而是和姐妹俩一起坐坐旋转木马更让人愉快。伦敦动物园的旋转木马规模不大，但是没有人排队，我们母女一人一骑坐了好几圈，恋恋不舍地从旋转舞台上走下来，必须再到旁边的食品车上选购粉色的棉花糖和黄油爆米花。因为整个园区都杜绝塑料袋，就连矿泉水都是金属罐装的。俩豆愉快地拿着易拉罐，假装自己在喝雪碧或可乐一类的气泡饮料，我也想象自己回到北京夏天的三里屯，在黄包车酒吧的露台上开一瓶啤酒。我们就近在露天的木桌椅上坐下，看看地图和日程表，研究接下来的活动，最终决定去看望来自我们南半球的企鹅。

墨尔本在澳大利亚大陆的南端，正对着南极，海滩上是有野生企鹅的。在结婚前，我也和杰克去墨尔本著名的企鹅岛上看过野生企鹅傍晚上岸回家的壮观情景。参观的游客也像在野生动物园里一样，被围起来坐在海滩一侧，伸着脖子等日落。等天色渐暗、冷风习习的时候，海面上就会浮现出一排排黑色的小脑袋“滑翔”上岸。墨尔本的企鹅是只有三十几厘米高的小蓝企鹅，真的需要全神贯注地往海面上瞧，才能发现。但是一旦离开水面就变得醒目，所以小企鹅们会在海滩上集结，然后排着队往巢穴走，没有赶上大部队的零星队员会转头跳回到海里等下一波队员。从海滩到附近的土丘洞穴大概有十几分钟的路程，有木栈道和玻璃幕墙，让游客可以近距离观察“收工回家”的小企鹅队伍。我看到它们虽然摇摇摆摆，但是队伍相当整齐，如果有队员被路边的花花草草吸引停下来，整个队伍都会停住脚步等它。我们去企鹅岛的时候是10月底，正值小蓝企鹅的交配期，我就看到有双双对对的小企鹅脱离队伍走进洞穴，也有最终落单的小企鹅站在洞口张望，然后和游客四目而视。我在室内展厅的介绍中读到，企鹅的交配并不容易，因为它们圆圆的身体表面非常光滑，所以企鹅姑娘必须要一动不动，企鹅小伙才能趴到她身上不掉下来。一旦交配，企鹅就过着一生一夫一妻的生活，在每年的交配季节里凭借叫声寻找自己的伴侣，甚至不管这个老相好是男是女。所以，首先，企鹅里面有不少同性夫妻，其次，这些同性企鹅夫妻也是一“炮”定终生。没错，这世界上有不少同性企鹅夫妻，闭嘴，get over it。

也正是如此靠近南极，就算是地面温度四十摄氏度的大夏天，海水也还是冰凉的，所以就算是墨尔本市区的圣科达海滩上，也偶尔能看到野生企鹅。我在墨尔本定居十几年，就只下海游过一次泳，而悉尼的海滩对人类就友好得多，相比而言纬度稍低又朝向太平洋，海水暖和得多。初次去悉尼著名的邦迪海滩的时候，就被大街上赤裸上身扛着冲浪板的少年吸引，以至于整个澳大利亚文化在我脑海里都是充满阳光的、湿漉漉的大胸肌形象。这也是我在越南芽庄遇到的澳大利亚小伙子克里斯的形象。亚洲的海滩舒适温暖，我们有几天时间都混一起出海、潜水、游泳，我发现克里斯就像企鹅一样，不断寻着海浪的位置往潮水里跳，然后他解释说："你跳进海浪里的时候，就能感觉自己的身体被猛地卷到海底。"我看着有趣，但是也没理解"身体被卷到海底"有什么好玩的，直到见识过澳大利亚的海浪之后才明白。亚洲的海都太温柔了。

◇◇◇

等我们走到伦敦动物园的"企鹅海滩"，不禁有点心疼这些夏日里的小老乡。这里没有空调冷气，甚至也没有冰块降温，就是一个大水池和假山石，"海滩"上的植物还是绿油油的，一点也不像家乡。企鹅们大部分泡在水里，遵循着饲养员的指挥，成群结队地往左或者往右游，然后伸出脖子来吃饲养员抛到水里的小鱼。游泳池的一边是玻璃围墙，可以看到水下的场景，我和孩子们就在那里仔细观察企鹅游泳。脱离了冰雪的企鹅，看上去和鸬鹚一类的水鸟没有什么区别，仅仅靠黑白相间的晚礼服花纹标示着自己的身份。我们来到北半球已经两周，但依然觉得热，身体还没有完全适应反季的温度变化，所以也难怪有些小企鹅开始脱毛，斑斑驳驳的，暴露出粉色的肌肤。南半球的小企鹅来到北半球定居，大概也和飞越重洋的移民似的，只能一边生活，一边水土不服。看完企鹅，我们是真的开始想家。于是打道回酒店，取行李准备去机场。

就在我和前台交涉行李的时候，突然感觉到有人从背后拍我。原来是舒小红赶来和我们道别，她说上午带小麦去医院复查，这时候小麦在家睡午觉，她就跑出来再见我们最后一面。说完还从大书包里掏出礼物，送给姐姐一本关于宇宙星辰的儿童科普图书，送给妹妹一串五颜六色的珠子项链，我可以看得出带着格林威治小镇的风格。芸豆看见最喜欢的小红阿姨来送行，立刻从新买的青花瓷小布包里掏出iPad来要和她再下一盘围棋。我看还有一点时间，就决定继续把行李留在大堂，去旁边的咖啡厅喝茶吃蛋糕再聊几分钟。现在想起来，那时候的气氛太欢乐，只是那时候我们都没有察觉出不对劲的地方。离别的气氛太欢乐，难免显得做作，回忆起来，笑容定格在远方，反而更加忧伤。

坐上酒店的专车一路往西，路过查灵十字街和特拉法加广场，再到白金汉宫门前广场，金色的维多利亚女王雕像在低沉的阴云中闪闪发光。从白金汉宫东侧转向北，我隔着车窗往外看到白金汉宫门口聚集的游客，才意识到自己这一趟果然和十五年前留学的那两年一样，没有安排参观白金汉宫的行程，著名的皇家卫队换岗仪式也没有亲眼看到过。也罢，对于三十六岁的我来说，伦敦依然不是宏伟的白金汉宫和喧嚣的海德公园，而是红眼航班上，从南飞到北，再从北飞回南，赴夏再入冬的，一场梦。

就这样，我们在伦敦的夏天离开，回到墨尔本的冬天去。梦醒眼睛睁开，心就关起来。

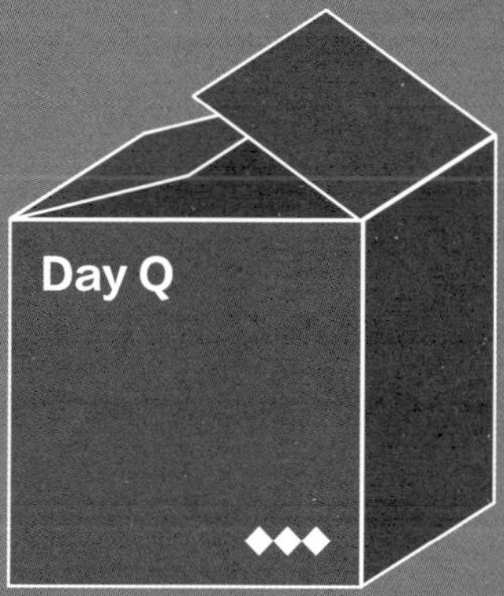

WHY YOU SHOULD NOT FEAR TO DIE YOUNG

去伦敦度假是在2018年的6月份，我们赶在温布尔顿网球公开赛之前回到墨尔本。地球重新运转起来，我和孩子们的生活节奏也越来越快。每天按部就班地上班上学，忙活到第三个学期结束，已经是同年9月份，南半球的初春。我才又想起舒小红。

因为我们6月份见面的时候，她说自己的英国签证是同年10月份到期，新的工作在新加坡，大概也是10月份开始。所以我立刻意识到，此时也是她和小麦生活再次发生变化的时候。我在微信上给她发信息，想看看情况如何。舒小红回复说自己已经到新加坡，小麦还和他妈妈在英国，等她租房子、将新家收拾妥当、联系好交接的医生之后再来。

我们另外一个大学同学，叶子，也一直关心着舒小红和小麦的情况，时而和我在微信上互相交流信息。于是我收到舒小红回信之后，就把她的情况和叶子也汇报了一下。

叶子是我们大学对门寝室的女生，和夏洛特一个寝室。她俩是上海人，据说因为高考成绩稍微高了一点，被北大提前录取走，没能考上家门口的复旦大学。本科毕业以后，我和夏洛特去英国，常青保送硕士然后去德国，叶子并没有像我们一样出国留学，而是选择回上海工作、结婚、生子，感觉是我们一班女生中，日子过得最安稳踏实的一个。

舒小红和小麦结婚之后，曾经因为工作的原因两地分居过一段时间。舒小红在北京，小麦在上海。虽然他们每周末都会轮流坐高铁去对方的城市团聚，但是小麦的癫痫第一次发作的时候，是一个工作日。据说叶子接到舒小红的电话，说小麦早上醒来发现自己浑身酸痛起不了床，当时也是叶子第一时间帮小麦叫救护车送医院，发现小麦在睡觉的时候莫名原因地肋骨骨折，随即在医院做全面检查，发现了脑子里的肿瘤。随后，叶子还在两人去英国手术治病期间，帮忙收拾他们在上海出租房的行李、退租和处理其他手续。在小麦三年后复发、第二次回英国手术的时候，也是叶子和她做人事主管的老公帮助舒小红夫妻俩解决了小麦的工作合同纠纷，争取到小麦的医疗保险的延期。

叶子在听说舒小红到新加坡的情况之后，也和我商量，如果小麦的医疗保险到期，舒小红还不放弃治疗，需要卖房子给小麦续命的时候，我们就把舒小红在北京的房子买下来。但是我们都太了解她，如果让舒小红知道我们的想法，她肯定不会接受，所以到后来，小麦的病情再次恶化的时候，我和叶子通过她老公家人的名义出价，最终以市场价在最快的合同周期将房子买下来。

我们几个同学中，没有一个可以全额付款买房，所以在买房的过程中每个人都资助一部分现金，以便合同和过户手续能尽快完成，舒小红也能尽快拿到治病的钱。但是叶子知道我将来不会带着两个孩子回国生活，说我的那部分钱只算借款，将来她们夫妻俩会像还贷款一样把那份钱还给我。我开玩笑说："那就不要算利息了！"

在小麦彻底失去医疗保险之后，卖房子的几百万也没能维持多长时间，终于还是在转年，2019年的3月份，死在了英国威尔士自己的家里。那是距离他第一次在上海发病、确诊胰腺癌晚期之后的第五个春天，远比医生预测的六个月到三年“长寿”许多。再后来，我们就听说舒小红被抓，是经济犯罪。她在新加坡的公司是一家公关活动公司，在给场地做消防申报的时候有贿赂和作假的违规操作。案情非常简单，但是涉案金额不小，大概是双方都收了钱，也大概不止一次。整个预审和开庭的过程都非常快，最后判了十一年。实际上，我们并不知道整个过程，听到消息的时候判决书已经生效，舒小红并没有申请上诉。大家都非常错愕，一方面惊讶于舒小红竟然会铤而走险，并且完全没有给大家透露过蛛丝马迹，另一方面也觉得判得太重，如果她当时向我们求助，大家帮她想想办法，也许不至于判到十一年。可是，舒小红从大学起就是这样，不到崩溃点是不会和我们求助的。

后来，舒小红在望京的公寓就成为我和女儿们回北京的落脚地，平日里也是大学同学们聚会的地点，就算没有人的时候，也会被叶子夫妻俩收拾得整整齐齐。夏洛特买一张不锈钢桌面的餐桌，放在厨房门边的饭厅。她的品位总是很独特，毕业之后做艺术策展很多年，组织过不少有名的电影节、艺术交流活动，不过我瞧这个不锈钢台面、实木腿的大餐桌，总觉得像意大利餐厅做比萨饼的操作台。另一个大学同学，北京大妞媛媛，毕业后去文物局工作过两年，又回到北大读博士，是我们一群人里唯一一个还留在考古圈的同学。我和媛媛从高中就认识，也是我们学校那年“唯二”考上北大的毕业生之一，还都上考古系，给教高三的历史老师挣足了面子。她给舒小红的公寓里搬来一张实木的罗汉床，上面还铺着绸面刺绣的坐垫。

◇◇◇

我在2019年底最后一次带着孩子们回北京，就是住在这个“七拼八凑”的公寓里。飞机抵达北京国际机场，我们透过机窗都能感受到空气中浑浊的雾霾。这又是一次从夏天飞往冬天的反季旅行，还没走出到达大厅都能感觉到胳膊、手背上一层黏腻尘土。我事前没有告诉爸妈这次行程，所以也没有人来接机。倒也简单。我就带着孩子们直接打车到望京。叶子已经把房门密码发信息给我，可以直接“回家”。

这是一间朝阳的小三居室，一进门就可以看到客厅的大落地窗，窗外依旧是灰蒙蒙的，好像有很多楼房，又好像没有，一根根矗立着的，更像夜幕低垂下的巨大白桦树。窗前的布艺沙发已经从原先的大红色，换成蓝白素色打底的花布罩，和芸豆在伦敦最后一天买的青花瓷图案的布艺书包有点像，但是花布罩的纹路比芸豆的书包多一些艳红的玫瑰花，像血块，又像是叶子夫妻俩在这个房间里留下的余温。我们母女三人各自整理行李，没多久，叶子夫妻俩就从超市买菜回来，直奔厨房忙活。

厨房不大，只够他们夫妻俩在里面“二人转”。我招呼叶子的儿子和我的两个女儿在客厅的电视前玩游戏，突然想起刚收到夏洛特的电话，就扯着嗓子和在厨房里帮厨的叶子喊话：“夏洛特说要搭媛媛的车从西城过来。两人尽量按时下班，但路上挺远，她让我们先吃起来不要等。”

“也没有那么快吃饭！”叶子也从厨房扯着嗓子喊回话，

“本来计划大家吃火锅，准备和收拾起来都方便些，但是我老公说你们从澳大利亚远道回娘家，机会难得，就坚持要给大家露两手。这会儿正在烧酱鸭呢。还有四季烤麸和红烧素鸡，都是一早起来，上午就炖好的。”

全职妈妈王嘉楠带着她的胖儿子休司，最先进门来，一边换鞋一边往厨房里瞧，冲着叶子夫妻的背影喊：“哇，好香啊！我先生在工作，我就把休司一起带来啦！”

“没问题，”我赶紧招呼他们往里走，“别堵在门口，快来和我们一起玩‘马里奥和索尼克在东京奥运会’。”那是Switch游戏机最新推出的一款东京奥运会主题游戏。

母子俩应和着走过来。几年不见，王嘉楠比我印象中更瘦小，仿佛把壮实的小臂和屁股都传给了儿子似的。三个孩子们警惕地彼此看看，小脑瓜里寻思着两只游戏手柄要怎么分配才公平。

王嘉楠进门就笑，说在楼下刚好遇到李健阳带着她的秃头老公在找停车位。然后我才看见，李健阳和她老公，刚才一直恭恭敬敬地站在门外的走廊里，等到母子俩都换好鞋子进到客厅里，俩人才往前一步，顶替上鞋柜旁边空余出来的位置。

果然是大律师的装扮，二人都是灰色的西装，领子上插着手绢，袖子上别着袖扣。只不过一进门就把西装脱下来，拿在手里。

“放到卧室里去吧！”我赶紧招呼他俩，“客厅里饭菜飘香的，别把西装都染上味道了！”

然后到的是常青，她手里提着老家的竹叶青酒，进门就说：“你们还记得在学校寝室里，熄灯之后偷喝我的竹叶青吗？我们那时候都还没到二十岁，也没有醉过酒，就决定在大二下田野之前体会一把。”

“当然记得，”我说，“咱们三个寝室一起，熄灯以后聚在走廊里，举着应急灯、拿刷牙缸子喝酒，笑得声音那么大，差点把楼长给叫醒。”

“谁想到青豆叫嚣得最凶，酒量最小！喝醉之后重色轻友，只顾给姚顺雨师兄打电话，气得我再也不想理你了！”

我不得不辩解说：“常青你不讲理啊，那时候我天天都泡在戏剧社，也不关心系里的八卦，怎么会知道你也喜欢姚顺雨师兄！”

“切，如果你知道我喜欢姚顺雨，你就不和他在一起了吗？”常青自知一语中的，不屑地拍我肩膀。我倒是也同意她的假设以及假设后的结果，笑着拉她到罗汉床上坐。

王嘉楠坚持说她那天没有喝醉，还在我们所有人都睡了以后，嗑瓜子看完一整部电影版柯南，快到天亮才爬到上铺去睡觉。

我不由得眯起眼睛来，仿佛可以瞧见清晨窗外微微泛白的时候，王嘉楠终于关上了电脑，先穿着拖鞋趴在上下铺梯子的最低一格上，伸手把应急灯丢到上铺，再甩掉拖鞋，两只手把着上铺的栏杆往上，两只肉呼呼的脚底板依次从我眼前划过的样子。

这时候，叶子从厨房里端一盘子铁棍山药走出来，说：“夏洛特和媛媛刚才打电话来，说高速上堵车还不知道什么时候到，你们别一早就喝醉了！先吃几根山药垫垫肚子。”

“来滋滋阴！”我接下茬。

“但从那以后，我们各自分散开，不知道醉了多少次。”常青说，“今天就算重新聚在一起，也已经不习惯把自己灌醉的喝法了。”

叶子老公还是准备了火锅，但用上海咸肉、笋和鲜肉吊的“腌笃鲜”汤头，果然是一盆友好的亲子汤底。我、叶子和王嘉楠三个妈妈也有默契，先在小碗里盛好白米饭，用腌多鲜汤泡了，再涮几片绿色蔬菜摆进去，等酱鸭和四季烤麸出锅的时候，再拣几块肉给他们，很快就可以打发孩子们离席，大人们就可以好好说话了。

夏洛特和媛媛进门的时候，孩子们已经吃饱喝足又回到游戏机旁。

“儿子呢？”我问媛媛。

“送到我姐家去啦！”她哈哈笑着说，“没有孩子才能愉快地喝酒聊天呀！”

夏洛特在门口甩掉平底鞋、脱去长风衣，撇着八字脚奔向厕所，路上还甩开长手把风衣扔到沙发上。从厕所再出来的时候，两只手已经洗得干干净净香喷喷，跳着脚回到客厅，无不炫耀地说：“怎么样？这个不锈钢的餐桌不错吧？感觉很容易擦干净。”

“我看见它，就想在上头揉面！”媛媛翻着白眼说，“你是从哪个后厨里捡来的二手货？”

我就喜欢看夏洛特咧开大嘴笑的样子，下巴微微抬起，整个脸颊都上扬，看着特别自得其乐。从英国留学回来之后，我们曾经在奥运村合租过一年，不过因为我的抑郁症病情恶化，从编辑部辞职、搬家、去大山里做扶贫，她也去北京世纪坛做策展，生活轨迹就逐渐分散开。再后来，她去东京大学读书，毕业之后又和老公去加拿大，也在异国他乡经历了一段婚变故事。那一年她曾经给我写过一封信，是那种在物理世界里漂洋过海的一片信纸。从北美的夏天，带着蓝色圆珠笔的手写字体，晃到南半球的深冬。那是一封鼓励信，夏洛特写道：我们一起成长，终于到今天，开始喜欢自己。

吃完饭不久，我们决定给舒小红也写封信。我主笔，然后大家就一边喝酒，一边你一言我一语地口述，与其说是给在监狱里的舒小红写信，更像是我们将相识二十年的生活又拧到一起，拼接成一篇漫长的独白。总之，我们集体创作一宿，思路时而奔逸时而凝结，最终洋洋洒洒写成以下这一篇：

亲爱的红宝儿：

见字如面！

今天，我、叶子、夏洛特、媛媛、王嘉楠、李健阳和常青在“你家”聚会，特别想你，于是决定一起给你写封信，告诉你一个秘密：其实，是我们几个筹钱买下了你在望京的房子。我们懂你，也理解你的自尊和骄傲，是我们每个人都有的：不到实在没有办法都不会向别人求助。如果知道实情，你恐怕也不会接受我们的钱，所以拖到现在才告诉你，对不起。

这次我带着孩子们回北京就住在你家里，看到叶子她们帮你把房子保持得很好。在接下来的十一年里，这就是我们大家的家。我们轮流来帮你照顾这个房子，等你出来，就把它还给你。如果不想住北京，也没有关系，你就到墨尔本来找我，咱们一起过澳大利亚的田园生活。说这么多，就是希望你知道，无论什么时候，你都是有根的人。

在伦敦见面的时候，你曾经说要带小麦来澳大利亚来静养，小麦不在了，你还是可以到澳大利亚来找我。十一年可能过得很慢，慢到无法想象。就像大二我们下田野实习，刚到遗址村子的那天，我完全不能想象自己如何在没有自来水、没有暖气、不能洗澡的地方生活半年，怕是要度日如年。但如今再回头看这段经历，短暂得连细节都想不起来了。所以十一年也可以过得很快。那时候芸豆和乐豆都已经成年，有她们的生活，所以只要你想，这辈子都可以住在我家里。咱们在院子里养花、种菜、养猫、养狗，然后拍照片、发朋友圈，让夏洛特和媛媛她们都羡慕得要马上辞职，非得买机票飞来吃晚饭才行。

要不是因为你，我们大学三个寝室的同学们也不会有机会再次聚到一起。现在已经是凌晨，每个人都喝得有点多，开始胡言乱语。我们喝的还是常青从老家带来的竹叶青酒，你记得吗？在寝室楼道里半夜偷酒喝的夜晚？那是大一的最后一个学期，我们知道学期结束，你就要转系到新闻学院，离开这个宿舍楼了，所以我们都哭着说舍不得。那天晚上我们感动得像生离死别一样，结果也就是骗骗自己而已。这二十年来，我们谁也没有像承诺的那样，努力把自己和大家的生活绑在一起。不知道是任由生活塑造了不同的我们，还是任由自己追求了不一样的生活，总之，大一入学时那种亲密无间，是永久地失去了。我们再聚首，倒也没有惭愧，毕竟当天晚上的情绪是真实的，如今，明白这情绪再也找不回来的感受，也是真实的。所以，不对自己撒谎的时候，我们反而可以舒服地聚在一起，心里怅然若失，但也不全是悲伤。

听说你被判刑之后并没有上诉，大概能体会你失去小麦之后的心情。在伦敦的时候你和我说，小麦死以后就再也没有人可以聊那些风花雪月的话题了。所以，我们就决定在这封信里好好和你聊一聊这些不切实际的哲学问题。我们学考古的，是试图通过物质遗存了解历史的人。但是复原历史的过程中，从来都躲不开精神层面的重建，结果就发现：人类从来没有像现今时代这么孤独过。当我在英国被确诊抑郁症的时候，就特意去翻找过相关的社会调查和报道，有百分四十几的美国人都认为自己是孤独的；在英国，每四个人就有一个患有某种程度的抑郁和焦虑症。所以在失去部落、宗族和聚落组织之后，我们生活的物理空间越来越狭小，精神空间却越来越空旷，这并不是一个错觉。我们并不是越来越无理取闹，相反，我们是越来越“乖”，越来越难以推卸责任。因为现代社会赋予我们的“自由意志”，让人们在为自己的成功骄傲的同时，也必须为自己的失败承担全部责任。当生活中没有神明的决策和左右之后，每个人生活中哪怕细小的不完美，都成为我们苛责自己不够好的力证。我最近几年，总有一种感觉，就像是双手紧紧抓住水库的闸门，神经和肌肉明明已经疲惫到麻木不堪，仍然拼了命地要保持现状。生怕手指间的一点点松懈就会让闸门不堪重负，失去控制；生怕打开一点点情绪的缺口，洪水就会决堤，我们的生活就完蛋了。

不知道你是不是也一样？仅仅两百年前，婚姻都还只是两个家族经济、政治利益结合的战略手段，不光是在中国，西方体系中也是一样，甚至在中世纪的语境中，两个人如果仅仅“为爱结婚”，就会被看成是一件满足一己私欲、自私自立的行为。这样真实存在过的观念，在现在看来简直无法想象。同样在人类历史的长河中，“寻找一个人相伴终生”也从来没有像现今社会这么重要过。实际上，是不是每个人都有一个命中注定的灵魂伴侣呢？如果真的有，是不是这个灵魂伴侣一定生活在我们生活的时间和空间呢？有没有一种可能，我的“另一半”碰巧昨天在悉尼被车撞死了呢？或者他二百年后才会出生，或者他两千年前已经来过了？此外，我们把一生最爱称作“另一半”的做法本身，是不是就有毛病呢？没有运气找到灵魂伴侣的人，是不是就可以被归类为“不完整的、失败的人”了呢？

我好奇，在现实生活中，到底有几个人是“完整的”，又有多大比例的人是“凑合着完整的”。所以每一个听说过你们故事的人，也无不被你们的爱情感动，像你们这样可以心灵沟通的两个人，能够在这一世相遇，恐怕已经是我们大多数人没有的好运气。不过，毕竟那些观众对于我们来说，都是外人。你为小麦所做的牺牲，你的顽强和坚持，我们都看在眼里，我们在羡慕你的“完整”之外，更心疼你对于这份“完整”的维护。我到现在也没有弄明白，现代社会里的“爱情”到底是什么。生活在古希腊、古埃及和炎黄时代的人，是不是和我们追求一样的爱情？他们心目中对于人生伴侣的期待，是不是和我们一样？他们的婚后生活，是不是也像我们一样？今天晚上，我们也反思各自的婚姻经历，围坐在火锅旁边不断地互相提问题，像在大学寝室的“卧谈会”一样。只不过那时候我们想弄明白的，是社会规则；而现在我们想弄明白的，是社会规则需要如何转变。

夏洛特说，我们都是浪漫的人。就算是从来没有读过任何18世纪浪漫主义著作，我们从小接触到的童话故事、动画片、电影电视、流行音乐，也都传承、传播着同样的浪漫主义思想，因为我们生活在一个浪漫的时代。在我们这个时代，爱情是两个人永远完美的契合，性生活是爱情最伟大的形式，婚姻是从灵魂到肉身的相伴，爱情的检验标准是对彼此专一终生不退的性冲动。写到这里，你恐怕也和我们一样，已经看出这些思想观念给现代人带来的烦恼。好像现实生活中，我们对于婚姻伴侣的热情衰退、轻视和不满，让我们失去了“现代性”，不能再被称为“合格的人”了一样。

可笑的是，仔细阅读就能发现，浪漫主义文学作品里的男女，往往都活不长。他们可以终日沉醉在美好的爱情冲动中，在为爱化蝶之前也都不需要养家糊口，不需要买菜做饭和洗衣服。贾宝玉和林黛玉相识的时候也不过十四岁，罗密欧与朱丽叶殉情的时候也只有十六岁。这些以本能冲动为起点，以生命结束为终点的浪漫爱情，显然偏离了现实。所以到19世纪，文学著作则更多是充斥着外遇、乱伦、禁忌的个人悲剧。随后的20世纪，存在主义思潮席卷下的欧洲，文学追求独立解放，不论是加缪还是萨特，都开始反抗现实的荒诞。那么，在21世纪接受高等教育的我们，又该创造出怎样的时代？做怎样的冒险？退一万步说，哪怕只是为了能心安理得地生活下去，我们该如何自洽呢？

也许，过去发生的一切从来都没有真正逝去，就像人类文明的进程永远都构建在前人创造的基础上，无法脱离社会历史背景凭空创造一样。从个人层面上来说，我们童年的伤害恐怕从来没有真正地愈合过，在紧压的水闸背后，早已经铸成内心深处层层叠叠的疤痕，而成年的我们，所作所为、所思所想，也逃不出那些层层疤痕堆砌出来的条条框框。说来也可悲，恐怕只有人类的童年这么漫长。我们不像小马、小鹿、小牛，生下来几个小时就能自己站立起来，跟在妈妈后面奔跑，就连这世界上最大的哺乳动物蓝鲸，也只需要五年就达到成年。只有我们人类啊，在生命的头十几年里都必须生活在父母或长辈的庇护和权威下，需要靠周围成年人的扶助、照顾和供养才能活。然而我们的父辈、祖辈，也都是背负着他们自己的童年伤疤的成人，也不可能在养育我们的这十几年里做到完美无瑕——或许，根本就不存在完美无瑕的做法。所以，媛媛说，没有人的童年是没有阴影的，也没有哪个人的心智是十八岁成年之后，一夜之间就成熟完美的。我们是这样，我们的父辈是这样，我们的儿女恐怕也会是这样。所以我们歌颂勤奋、努力、拼搏、争上游，只因为我们都对自己不满意。

她说的恐怕是事实。我甚至想说，恐怕越是聪明智慧的人，越容易受到内心深处那种自我厌恶感的困扰。实际上，没有人天生就爱自己。通过养育两个闺女，我开始重新观察生命的过程，也开始重新了解自己是如何一路走来，变成现在的模样。婴儿刚来到世上的时候，并没有清晰的自我意识，凭借求生欲而活。直到九个月左右，婴儿开始产生的分离焦虑，才侧面证明了他进入了区别自我和他人的意识阶段。这个阶段宝宝变得更“粘人”，爸妈不仅需要满足他吃喝拉撒睡的生理需求，也需要关注他心理上的需求。婴儿的视觉、触觉、头脑神经不断发育，终于开始意识到自己和母亲是两个独立的个体，从而意识到自己和妈妈是有可能分开的，于是产生“分离焦虑”。

意识到自己是一个独立的个人，是人之所以为人的必经阶段，也是自我意识产生的前提。然而，对于“我”的定义，却是在周围人对待我们的态度中慢慢构建出来的。从小，你是被无条件地爱着，还是需要努力证明自己是好孩子呢？父母对你的付出，是不是随时可能被收回呢？有没有被威胁"如果不做×××，你就给我滚出去"过呢？你的爷爷奶奶、爸爸妈妈，是不是也会夸你乖，说你听话、懂事呢？

在我们的生命初期，脆弱无知的儿童面对的，如果是严格、冷漠、忙碌无暇或情绪化的父母，"自我厌恶"便开始生根发芽，我们过早地学习伪装自己的"阴暗面"，努力学习、勤奋读书，在打球的时候不认输，在失败后不发脾气，就算面对长辈的责骂也不能辩解。这些被压抑到潜意识里的悲伤和愤怒，从来就没有消失过，往往通过成年后的某种热爱和偏执表现出来。所以说，并不是我们不值得生存在这个世界上，也不是人间值不值得我们留恋，只是大部分时候，我们都无法接受"小时候父母对我们不好"这个现实。但是从另一个方面想，我们在毫无理性逻辑依据的情况下为不完美的父母开脱、在潜意识里无条件偏袒对方，甚至不惜仇视自己，不也证明我们作为人类的一员，与生俱来就有的、强大的爱的能力吗？"不要去烦你妈妈"或者"别去招惹你爸爸"，因为他们工作很累、因为他们昨天晚上没有睡好——这些原因，对于孩子们来说，要如何理解呢？于是，大部分好孩子都自觉地扮演起家里的"拉拉队长"，在给家里带来欢乐的小甜心背后，是幼小心灵对于自己的苛责，懂事的孩子才更让人心疼。只可惜，我们都爱得太真挚，真挚到自己都意识不到自己有多"懂事"。

其实，我们讨论的还是如何做一个"自私而健康"

的人。对一个成年人来说，健康理性地安抚自己、供养自己、爱自己的能力，是需要通过培训和练习来精进的，它不是天生的能力，却是每个人都可以发掘的潜力。在脱离父母之后的自我救赎：左脑拍拍右脑的肩膀说“你可以的”，这才是我们赖以生存、熬过余生重重考验，不断成长的本领。

所以，今天我们聚在一起，并不追求快乐，而是真正地敞开心扉暴露自己的脆弱。在毕业多年后的同学会上不攀比，反而诚恳地抱怨自己的生活艰辛，确实是一件很困难的事。最终，我们每个人都承认自己生活中悲伤和苦难多过开心和快乐。健阳说，也许是因为我们都进入到“人生的中段”，开始上有老下有小，工作有责任和负担的阶段。但我怀疑，人生到底是不是“一个阶段”接着“一个阶段”发展的？每个阶段的结点在哪里？如果真的有下一个阶段，快乐是否就会比痛苦多？或许，就像塞内卡说的，生命本身就是苦多于甜。媛媛说，我会有这样的想法，源自摩羯座的悲观。那么乐观的狮子座的你，此刻怎样想？

如果人生就是一场磨难，那么某一刻短暂的、感官或心灵碰撞而产生的快乐，是否就值得我们继续活下去呢？今天晚上，在宴席、朋友和竹叶青的催化下，我们的回答是肯定的。几周后，收到信的那天的你呢？那个时空下的你的答案是什么呢？我们短暂的思想碰撞所带来的愉悦，是不是值得生活中其他时候绵延漫长的苦呢？

加缪在《局外人》的结尾说："妈妈在临死的时候，一定感到自身即将解脱，准备再次经历这一切。任何人，任何人都无权为她哭泣。我也同样，感到自己已经准备好了，要再次经历这一切。经过这场盛怒，我就好像净除了痛苦，空乏了希望，面对这布满征象的星空，我第一次敞开心扉，接受世界温柔的冷漠。"

不瞒你说，我们几个"北大脑子"商量一晚上，也只想出一句无关痛痒的"保重"，作为寄语给你，感觉十分无助。大概是因为这样沉重又不着边际的讨论中，没有你在场，总缺少点"正向的刺激"。没有你在场的讨论，再深刻，也是不完整的。

所以，亲爱的红宝儿，在里面保重。也不需要勉强维护什么希望，也不需要激励自己鼓什么勇气，毕竟没有人知道未来的生活是怎么样的。我们害怕盲目的希望带给你的，只能是更大的痛苦和失望。所以只需要记得，但凡老天爷还没弄死我们，这一切就都能熬过去，大家就陪你一起活下去。

等你出来的那一天。

叶子，夏洛特，媛媛，王嘉楠，李健阳，常青，青豆

于望京家里

2019年12月31日

放下笔的时候，我发现客厅里只剩下自己，甚至想不起来她

们都是什么时候离开的。不锈钢面餐桌上，还摆着吃剩的酱鸭和素什锦，我发现自己就在盘子和碗中间的一小块空间里，不知道埋头写了多久。

站起身来，顿时感觉腰酸背疼，挣扎着走进卧室，看到孩子们在各自的小床上熟睡。我知道昨天晚上肯定是“阿姨们”帮两个孩子洗漱、换睡衣和讲睡前故事的。姐姐芸豆习惯性地把被子往上扯，层层叠叠地裹在脸颊旁边，而两条腿却露在外面；妹妹乐豆已经睡得掉转了方向，头冲着床尾、双腿蜷缩在身子下面，两只手抓着自己最喜欢的小毯子。我常常为此偷笑她们，也不知道是人盖被子，还是被子盖人。初为人母的时候，还每天晚上起来给她们盖被子，后来就干脆把暖气温度开高一点，放任她们翻滚着睡，不打扰她们，也放过我自己。

我轻轻跪在床边，伸手摸她们和我一样的自然卷，把头发从脸上拨开，肉嘟嘟的脸颊就露出来，微微泛红，依稀还能看到她们婴儿时候的模样。我一会左一会右，仔细端详半天，才意识到窗帘没有拉严实而透进光来。而此刻窗外的天空已经泛白，恐怕是要天亮了。

墨尔本和北京有三个小时的时差，对于大人们来说不算什么大事，但是两三个小时的差别对于孩子们作息的影响却很大，过早起床往往意味着一整天的哭闹烦躁。我默默希望她们能至少睡到北京时间的七点钟，也就是墨尔本的十点钟，于是赶紧起身把窗帘拉紧，把黑暗严严实实地捂在卧室里，再轻轻关上房门退回到客厅。

我在厨房烧开水，准备给自己泡一杯茶。等烧水的时候，就独自站在客厅的落地窗前往外看。我发现清晨的薄雾反而比昨晚的雾霾透亮一些，窗外一幢幢灰白色的居民楼，大部分的窗户都拉着帘子，楼下的街道也空无一人，更让人想起寒冬的白桦林。我非常享受孩子们起床前这段短暂的清闲时光，就一个窗口一个窗口地望过去，观察对面窗帘的颜色，偶尔还能发现窗台上摆放的杂物或玩偶。直到视线高过我们自己所在的楼层，我在玻璃窗上发现一条隐约的橘红色，然后这橘色就快速地从一条线铺展开，跨越窗框和楼层的界限，把一家家的窗户都吞噬进来，形成一个巨大的七彩泡泡。

这是2020年的第一道朝阳。就像我二十年前和初恋男朋友在未名湖畔的石舫上迎来的那道千禧年的朝阳一样，给人带来满腔的热忱与期望。也让我想起用来算命的塔罗牌，起始的一张“零号牌”上，画的是一个举着白色花朵、扛着行李、准备远行的翩翩少年，他的目光雀跃脚步轻盈，脸上也充满了勇气和希望。然而，这张牌的下方写着——“愚人”。

Why you should not fear to die young

后记

有没有这样一种可能：时间，其实是弥散性的。

我们说"时间流逝""从前""以后""历史发展""社会进步"的时候，都隐含着一层背后的共识，那就是时间是线性流淌的，过往的再也回不去，未来的总是会到来。不论我们用什么力量都无法阻止它以或快或慢的速度一路向前推进。

但是这几年，在被看不见摸不着的病毒囚禁在看得见摸得着的家、酒店、医院、隔离所的时候，有没有人和我一样好奇：我们生活的四维世界里，除了长、宽、高这三个看得见摸得着的维度，那第四个看不见摸不着的维度，时间，会不会其实也像病毒一样，是弥散又无处不在的呢？就像我们的肉身要被物理性地困在某一个地点的时候，头脑才能切实体会到病毒的存在一样，人类也需要有语言才能描述时间。因为只有把这个看不见摸不着的东西具象化——不论是用时钟、用历法，甚至用自己的呼吸和心跳来标识它，用风、用日月移动、用水流来比喻它，还是用谈话、书写来白纸黑字地记录它——我们的头脑才能理解。我们意识中的那只手才能真正触摸到它。

写这本书的目的，就是在尝试给你演示这个假说。

我设计了一个既标识明确又含混不清的时空框架，就像是把一条滑溜溜的鳝鱼先钉在案板上，再解剖重组，最终是为了炒一盘可以拌米饭的响油鳝糊。我在这个结构里翻腾，也是想邀请你一起挑战思维的边界，看看有没有可能通过变换语言习惯，把我们的思路从直线推进的时间轴里解放出来；看看在解剖重组时间的骨骼和皮肤之后，到底能炒出一盘什么菜。

实际上，在创作的过程中，我也欣喜地发现，如果日子不再线性“流逝”，生活中的这些人、这些故事、这些城市道路和历史建筑，都在模糊了轮廓的同时，层层叠加，死而后已，迸发出更丰满、更深沉、更强大的生命力来。

小说的章节从“楔子：美丽的新世界”开始，实际上却是在回忆过去。埋在龙爪槐前的二黑，没有了生，也就无所谓死，抛弃了物理性的肉身，便突破了时间的局限，长久地存在于你我的记忆里，这何尝不是一种永生。这就让人在缅怀它曾经的“行动坐卧走”的同时，又有了一丝欣慰，因为现在无形无相的二黑，已经永远不会离开我了。有了这个“美丽的新感悟”，贯穿我创作始终的那种怅然若失的情绪，saudade，就又油然而生。

小说的最后一章“Day Q Why you should not fear to die young”中的“Day Q”，也是因为我觉得这个大写字母“Q”，看上去就像是胖胖的猫咪二黑的背影，它离开了，又总在那。所以那一章里写的故事，也无所谓真假，也无所谓到底是哪年哪月谁和谁发生了什么，只要知道有爱在其中就好。而小标题中那个问句，正是书名的由来：为什么不要畏惧在年轻的时候就死去呢？为什么要反对长生不老呢？因为没有死亡的物品，也就没有生，就像石头。所以，我们是不是应该把“生命体”就定义成是“可以死的东西”呢？如果病毒还可以杀死，那么它就是有活力的。因为何时死，定义了何时生，于是，我们只要生活得够多面，肉体和情感的体验都够丰富，那么我的生命便足够厚实和深刻，自然无所谓长短了。就像是用一枚鸡蛋可以摊一张薄薄的鸡蛋饼，也可以烤成高高厚厚的热烘饼，看你追求在哪个维度上的延展了。当然，能多加几个鸡蛋，做成又高又大的鸡蛋糕更好！所以每一个斜杠的人生都值得浇上奶油和枫糖。

虽然在疫情爆发的三年后，我们在病毒和时间面前依然感到无力，但总算是有了一些寻找安全感的路径，或许让阅读长篇小说又成为可能。小说在给我们展示“存在的多种可能性”*的同时，更是通过书写和阅读的过程，由作者和读者共同创造出一个想象的世界。我想，这正是文学创作让人着魔的地方。在那里，我们的思绪逐渐靠近，直到彼此的精神可以在这个特殊的语境中共存，直到你和我灵魂的边界也模糊，直到共鸣、感动、心灵都相通。于是，孤零零的你和我，便超越物理世界时空的限制，可以放心地让厚重的情绪感受弥散开来。于是，也就真无所谓什么“生”的起始和“死”的终结了。

---

* 摘自米兰·昆德拉的《小说的艺术》。

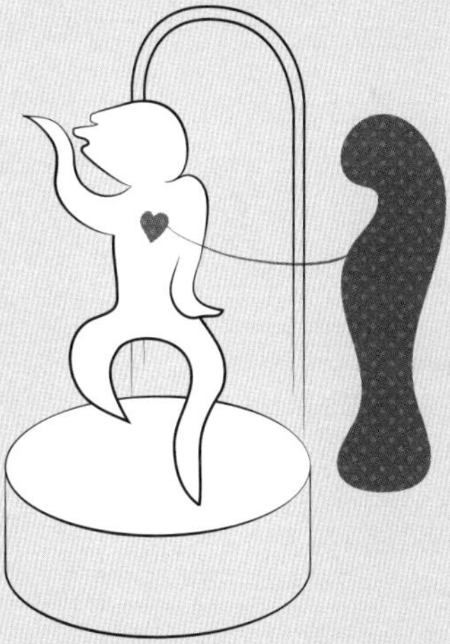

图书在版编目（CIP）数据

反对长生不老的真正原因 / 石敢著. -- 北京 : 中国地图出版社, 2023.1
ISBN 978-7-5204-3259-7

Ⅰ. ①反… Ⅱ. ①石… Ⅲ. ①长篇小说–中国–当代 Ⅳ. ①I247.5

中国国家版本馆CIP数据核字(2023)第011164号

反对长生不老的真正原因
FANDUI CHANGSHENGBULAO DE ZHENZHENG YUANYIN
石敢 著

责任编辑 李偲涵
编　　辑 林紫秋　喻 乐
终　　审 朱 萌
地图编辑 刘红艳
书籍设计 李小棠
排　　版 王愔嫕

出版发行 中国地图出版社
社　　址 北京市白纸坊西街3号
邮　　编 10054
网　　址 www.sinomaps.com
印　　刷 河北环京美印刷有限公司
成品规格 147mm×210mm
印　　张 12
字　　数 249千字
版　　次 2023年1月第1版
印　　次 2023年1月北京第1次印刷
定　　价 59.00元
书　　号 978-7-5204-3259-7